suhrkamp taschenbuch 2433

Jules Vernes Phileas Fogg, Esq., sah es als eine Leistung an, die Welt in achtzig Tagen zu umreisen. Für seinen lateinamerikanischen Namensvetter Julio Cortázar enthält ein Tag bereits eine so große Anzahl von Welten, daß deren Betrachtung und Beschreibung dem einzelnen hinreichend Aufregung bietet: da gibt es die Welt des Konzertsaals, in der Louis Armstrong oder Clifford Brown auftreten, da bietet der Kater mit dem Namen eines deutschen Philosophen den Anlaß zu einer Betrachtung über das Verhältnis von Philosophen und Katzen, da hagelt es Zitate, da stößt die Welt des Malers Adolf Wölfli an die Lezama Limas, wird eine Reise ins Land der Cronopien unternommen, deren chamäleonartige Eigenschaften gerühmt wurden. Für die Ausstattung der unterschiedlichen Welten mit Bildern und Grafiken sorgte ein anderer Namensvetter von Julio Cortázar: Julio Silva.

Julio Cortázar, geboren am 26. August 1914 in Brüssel, lebte bis 1951 in Buenos Aires, danach in Paris, wo er am 12. Februar 1984 starb. Sein Werk im Suhrkamp Verlag ist auf Seite 241 dieses Bandes verzeichnet.

Julio Cortázar
Reise um den Tag in 80 Welten

Aus dem Spanischen von
Rudolf Wittkopf

Suhrkamp

Titel der Originalausgabe:
La vuelta al día en ochenta mundos. Zwei Bände
Die Auswahl aus diesen beiden Bänden traf Julio Cortázar.
Umschlagfoto: Stephan Erfurt

suhrkamp taschenbuch 2433
Erste Auflage 1995

Druck: Nomos Verlagsgesellschaft, Baden-Baden
Printed in Germany
Umschlag nach Entwürfen von
Willy Fleckhaus und Rolf Staudt

1 2 3 4 5 6 – 00 99 98 97 96 95

Inhalt

So wird angefangen 11
Sommer in den Hügeln 17
Julios in Aktion 27
Von dem Gefühl, nicht ganz da zu sein 34
Eine Aufgabe für Sankt Georg 45
Von dem Gefühl des Phantastischen 49
»Ich könnte diesen Sessel tanzen«, sagte Isadora 57
Ein Julio spricht vom andern 64
Über die Art und Weise, von Athen zum Kap Sunion zu fahren 71
Dialog mit Maoris 77
Clifford 83
Nächte in den Ministerien Europas 85
Von einer anderen »Machine célibataire« 95
Man muß wirklich ein Idiot sein, um 107
Louis, ein ganz enormes Cronopium 113
Thelonious Monks Reise ums Klavier 123
Mit berechtigtem Stolz 129
Um zu Lezama Lima Zugang zu finden 139
Verdächtige Beziehungen 177
Saison der Hand 194
Die tiefste Liebkosung 200
Melancholie der Koffer 211
Reise in ein Land von Cronopien 217
Morelliana, immer 224
Häuschen des Chamäleons 227

Verzeichnis der Abbildungen 239

Reise um den Tag
in 80 Welten

SO WIRD ANGEFANGEN

Den Titel dieses Buches verdanke ich meinem Namensvetter, und Lester Young die Freiheit, ihn abzuwandeln, ohne damit gegen die planetarische Saga von Phileas Fogg, Esq. zu verstoßen. Eines Abends, als Lester die Melodie von *Three Little Words* mit Rauch und Regen schwängerte, spürte ich stärker denn je, was die Großen des Jazz groß macht, dieses Erfinden, das dem Thema, das es bekämpft und verwandelt und schillern läßt, dennoch treu bleibt. Wer könnte den kaiserlichen Einsatz von Charlie Parker in *Lady, be good* je vergessen? Augenblicklich wählte Lester das Profil, nahezu die Abwesenheit des Themas, und beschwor es herauf, so wie vielleicht die Antimaterie die Materie heraufbeschwört, und ich mußte an Mallarmé und an Kid Azteca denken, einen Boxer, den ich in den vierziger Jahren in Buenos Aires kennenlernte und der angesichts des Santaféschen Chaos des Gegners dieses Abends eine völlige Abwesenheit veranstaltete, durch unmerkliche Ausweichmanöver eine Lehre in Leere erteilte, wo die pathetische Kanonade von acht Unzen fadenscheinig wurde. Außerdem gelange ich durch den Jazz immer ins Offene, ich befreie mich von dem Krebs des Identischen und werde Schwamm und poröse Simultaneität, Teilnahme, die an diesem Abend mit Lester ein Aufblitzen von Sternsplittern, Anagrammen und Palindromen war, die mir in irgendeinem Augenblick unerklärlicherweise meinen Namensvetter in Erinnerung brachten, und auf einmal tauchten Passepartout und die schöne Aouda auf, war da die Reise um den Tag in achtzig Welten, denn bei mir funktioniert die Analogie, so wie bei Lester das melodische Schema, durch das er auf die Rückseite des Teppichs stieß, wo dieselben Fäden und dieselben Farben in anderer Weise einschießen.

Alles Folgende hat so gut wie möglich (nicht immer kann man einen fünfzigjährigen täglichen Krebs loswerden) teil an diesem Atmen des Schwamms, wo fortwährend Fische der Erinnerung aufblinken, blitzartige Verbindungen von Zeiten und Zuständen, und Themen, welche die Seriosität, diese Dame, der man allzu oft Gehör schenkt, unvereinbar halten würde. An dieses Buch und manche seiner voraussehbaren Wirkungen auf die erwähnte Dame denke ich mit Vergnügen, ein wenig so, wie das Cronopium Man Ray an sein Bügeleisen mit Nägeln und andere großartige Gegenstände dachte, als er versicherte: »Auf keinen Fall sollte man sie verwechseln mit ästhetischen Bestrebungen oder künstlerischem Virtuosentum, was man im allgemeinen von Kunstwerken erwartet. Natürlich«, fügte der Brillenkauz, an die besagte Dame denkend, hinzu, »waren die Besucher meiner Ausstellung perplex und wagten es nicht, sich zu amüsieren, da eine Gemäldegalerie nun einmal als Sanktuarium betrachtet wird, in dem man mit der Kunst nicht spaßt.«
Und sie wagten es nicht, sich zu amüsieren. Man Ray, mit welchem Vergnügen hättest du gehört, was ich vor einigen Monaten in Genf mit angehört habe, wo eine Galerie in der Altstadt eine Hommage für Dada brachte. Eben dort war dein Bügeleisen mit Nägeln, und während die Dame von weiter oben es mit eisiger Ehrfurcht betrachtete, führte ein rothaariges Mädchen mit einem anderen, das eher blond war, das folgende beispielhafte Gespräch:
»Im Grunde ist es gar nicht so verschieden von meinem Bügeleisen.«
»Wieso?«
»Nun, mit diesem stichst du dich, mit dem meinen verbrennst du dich.«
Oder um zu Lester zurückzukehren, den ein Musikkritiker, so ernst wie die Dame, einmal nach den tiefen ästhetischen Gründen fragte, die ihn veranlaßt hatten, das Schlagzeug mit

dem Tenorsaxophon zu vertauschen, und Lester ihm antwortete: »Das Schlagzeug hat eine sehr begrenzte Ausstrahlung. Es hat gar keinen Zweck, mit den hübschesten Mädchen im Parkett zu liebäugeln, denn wenn man endlich alles abgebaut hat, haben die sich schon von anderen angeln lassen.«
Man wird bemerkt haben, daß es hier Zitate hagelt, aber das ist gar nichts, verglichen mit dem, was noch kommt, nämlich fast alles. In den achtzig Welten meiner Reise um den Tag gibt es für die Cronopien Häfen, Hotels und Betten, und außerdem heißt zitieren sich zitieren, das haben schon viele gesagt und getan, mit dem Unterschied, daß die Pedanten zitieren, weil das Eindruck macht, und die Cronopien, weil sie schrecklich egoistisch sind und ihre Freunde für sich allein haben wollen, so wie ich Lester und Man Ray und die, die noch kommen werden, Robert Lebel zum Beispiel, der dieses Buch vortrefflich beschreibt, wenn er sagt: »Alles, was Sie in diesem Zimmer sehen, oder besser gesagt, in diesem Lager, haben die Vormieter zurückgelassen; daher werden Sie nicht viel sehen, was mir gehört, aber ich ziehe diese Utensilien des Zufalls vor. Ihre Verschiedenartigkeit hindert mich daran, mich auf eine einseitige Reflexion zu beschränken, und in diesem Labor, dessen Hilfsmittel ich einer systematischen Bestandsaufnahme unterziehe, wohlgemerkt in umgekehrter Reihenfolge, läuft meine Imagination weniger Gefahr, auf der Stelle zu treten.« Ich hätte mehr Worte gebraucht, das ist sicher.
Die Person, die durch Lebel spricht, ist kein Geringerer als Marcel Duchamp. Seiner Art, eine reichere Wirklichkeit hervorzurufen – indem er Staubkulturen anlegt, zum Beispiel, oder neue Maßeinheiten schafft dank dem Verfahren, das nicht konventioneller ist als andere, ein Stück Schnur auf eine gummierte Fläche fallen zu lassen und seine Länge und Linienführung zu beachten –, kommt hier noch etwas hinzu,

das ich nicht genau zu definieren wüßte, doch das sich vielleicht selbst definiert, indem es von allem sich abhebt. Ich meine ein Gefühl von Substantialität, ein Lebendigsein, das in so vielen unserer Bücher fehlt, damit Schreiben und Atmen (in der indischen Bedeutung des Atmens als Ebbe und Flut des allumfassenden Seins) nicht zwei verschiedene Rhythmen sind. Etwas wie das, was Antonin Artaud auszudrücken versuchte: »... ich spreche von diesem Minimum an denkendem und rohem Leben – das nicht zum Wort gelangt ist, doch das nötigenfalls dahingelangen könnte –, ohne das die Seele nicht mehr leben kann und das Leben ist, als wäre es nicht mehr.«

Und dazu noch vieles mehr – achtzig Welten und in jeder von ihnen weitere achtzig und in jeder von diesen ... –, Blödsinn, Cafégeplauder, Informationen wie die, welche die geheime Berühmtheit von *Les admirables secrets d'Albert le Grand* ausmachen, unter anderen die, daß *wenn ein Mensch einen anderen beißt, während dieser gerade Linsen ißt, die Bißwunde unheilbar ist,* und auch das wunderbare Rezept:

Wie man ein Mädchen im Hemd zum Tanzen bringt

Man nehme wilden Majoran, reinen Dost, wilden Thymian, Eisenkraut, Myrtenblätter sowie drei Nußbaumblätter und drei kleine Fenchelstengel, all dies in der Johannisnacht vor Sonnenaufgang gepflückt. Es muß im Schatten trocknen, dann gemahlen und durch ein feines Haarsieb passiert werden, und wenn man dieses anmutige Spiel vollführen will, bläst man das Pulver in die Luft, dorthin, wo das Mädchen steht, damit sie es einatmet, oder man läßt es sie wie Schnupftabak nehmen; es wird eine sofortige Wirkung haben. Ein berühmter Autor fügt an, daß die Wirkung noch sicherer sein wird, wenn man dieses kecke Experiment an

einem Ort ausführt, wo mit Hasen- und Zickelfett gespeiste Lampen brennen.
Ein Rezept, das ich in jedem Fall in meinen Tälern der Haute-Provence ausprobieren werde, wo alle diese Kräuter so stark duften, ganz zu schweigen von den Mädchen.
Und Gedichte, die sich, ich glaube, darüber beklagen, daß sie vergessen sind, vielleicht zu Recht vergessen, aber das weiß man nie, und ein Anflug, ein Ton, den ich mir wünsche wie den von *Dimanche m'attend* des großen Audiberti und von *The Unquiet Grave* und vieler Seiten von *Le Paysan de Paris*, und dahinter immer Jean l'oiseleur, der mich der idiotischen Zeit einer Jugend in Buenos Aires entriß und mir sagte, was mir Jules Verne schon so oft gesagt hatte, ohne daß ich es ganz verstand: es gibt eine Welt, es gibt achtzig Welten am Tag; es gibt Dargelos und Hatteras, es gibt Gordon Pym, es gibt Palinurus, es gibt Oppiano Licario (unbekannt, nicht wahr? Wir werden von dem Cronopium Lezama Lima noch sprechen, und eines Tages auch von Felisberto und von Maurice Fourré), aber es gibt vor allem die Geste, sich eine Zigarette zu teilen und gemeinsam einen Bummel durch die verschwiegensten Viertel von Paris oder anderer Welten zu machen; aber genug, Sie haben jetzt eine Ahnung von dem, was Sie erwartet, und so laßt uns mit dem großen Macedonio sagen: »Mir graut davor, das Ende meiner Schriften zu erleben, weshalb ich sie vorher abschließe.«

SOMMER IN DEN HÜGELN

Gestern abend habe ich den Käfig für den Bischof von Evreux fertiggebaut, ich habe mit dem Kater Theodor W. Adorno gespielt und am Himmel von Cazeneuve eine einsame Wolke entdeckt, bei der ich an ein Bild von René Magritte, *La Bataille de l'Argonne,* denken mußte. Cazeneuve ist ein kleines Dorf in den Hügeln vor der Bergkette des Luberon, und wenn der Mistral bläst, der die Luft und ihre Bilder blank putzt, betrachte ich es mir gern von meinem Haus in Saignon aus und stelle mir vor, daß alle Einwohner Mittelfinger über Zeigefinger legen oder sich eine violette wollene Schlafmütze aufsetzen, vor allem gestern abend, als diese außergewöhnliche Magritte-Wolke mich nicht nur daran hinderte, den Bischof einzusperren, sondern auch an dem Vergnügen, mich mit Theodor im Gras zu wälzen, ein Treiben, das wir beide über alles schätzen. Am blanken Himmel der Haute-Provence, in dem abends um neun noch viel Sonne war und ein Mond im ersten Viertel, schwebte die Magritte-Wolke genau über Cazeneuve, und da stellte ich einmal mehr fest, daß die bläßliche Natur die feurige Kunst nachahmt und daß diese Wolke den bei Magritte stets unheilverkündenden Schwebezustand des Lebens plagiierte, und auch die geheime Macht eines Textes, den ich vor vielen Jahren geschrieben und nie veröffentlicht habe, außer in französisch, und der lautet:

Wie man auf einfachste Weise eine Stadt zerstört – Man wartet, im Gras verborgen, so lange, bis eine große Wolke der Kumulusart mitten über der verhaßten Stadt schwebt. Dann schießt man den versteinernden Pfeil ab, die Wolke wird zu Marmor, und für das, was dann geschieht, bedarf es keines Kommentars.

Meine Frau, die weiß, daß ich an einem Buch schreibe, bei dem ich mir nur über den Titel im klaren bin und über das Verlangen, es zu schreiben, liest über meine Schulter hinweg und fragt:

»Wird es ein Erinnerungsbuch? Dann hat die Arteriosklerose also schon begonnen? Und wo willst du den Käfig mit dem Bischof hinhängen?«

Ich antworte ihr, daß in meinem Alter die Arterien mit ihrer hinterhältigen Verschlackung sicher schon begonnen haben, doch daß die Memoiren keineswegs in den Narzißmus verfallen werden, der mit der geistigen Andropause einhergeht, und daß sie sich vorzugsweise auf die Magritte-Wolke, auf den Kater Theodor W. Adorno und auf ein Verhalten stützen werden, das niemand besser beschrieben hat als Felisberto Hernández, als er in *Tierras de la memoria* (nicht der Memoiren) entdeckt, daß seine Gedanken immer zwischen dem Unendlichen und dem Niesen oszillieren. Was den Käfig betrifft, so muß ich den Bischof, der außerdem eine Mandragora ist, erst noch darin einsperren, und wo wir sein oszillierendes Inferno hinhängen, wird sich finden. Unser Haus ist ziemlich groß, doch habe ich stets die Neigung gehabt, gegen die Leere anzukämpfen, während meine Frau für das Gegenteil kämpft, was unserer Ehe einen ihrer vielen aufregenden Aspekte gegeben hat. Wenn es nach mir ginge, würde ich den Käfig mit dem Bischof mitten ins Wohnzimmer hängen, damit die Bischofsmandragora an unserem harmonischen Sommer teilhabe, uns um fünf Uhr nachmittags Mate trinken sähe und zur Stunde der Magritte-Wolke Kaffee, nicht zu reden von unserem listenreichen Krieg gegen die Bremsen und Spinnen. Meine liebe Maria Zambrano, die die verschiedenen Manifestationen der Arachne liebevoll in Schutz nimmt, möge mir verzeihen, wenn ich sage, daß ich heute nachmittag einen Schuh und fünfundsiebzig Kilo Gewicht auf eine schwarze Spinne, die sich anschickte, mein Hosenbein hinaufzuklettern, plaziert habe, eine Taktik, mit der es mir gelang, sie sichtlich zu entmutigen. Selbstverständlich sind die Reste der Spinne schon der für den Bischof von Evreux bestimmten Nahrung beigemengt, die sich in einer Ecke des Käfigs häuft, wo man dank einem Kerzenstumpf Schnurenden, Gauloises-Stummel, verwelkte Blumen, Schnecken und eine Menge anderer Ingredienzen ausmachen kann, die den Beifall des Malers Alberto Girondella finden würden, auch wenn er den Käfig und den Bischof für das Werk eines Dilettanten hielte. Jedenfalls werde ich den Käfig nicht ins Wohnzimmer hängen können; wie die Wolke über Cazeneuve, wird er bänglich über meinem Arbeitstisch schweben. Den Bischof habe ich jetzt eingesperrt: mit zwei Engländern habe ich das Halseisen angezogen und ihn gerade nur seinen rechten Fuß aufstützen lassen. Die Kette, an der der Käfig hängt, quietscht jedesmal, wenn man die Tür meines Zimmers öffnet, und dann sehe ich den Bischof von vorn, im Halbprofil und manchmal von hinten, doch ist die Kette bestrebt, den Käfig in einer einzigen Position zu halten. Wenn Essenszeit ist und ich den Kerzenstumpf anzünde, wird der Schatten des Bischofs auf die getünchten Wände geworfen; dann tritt die Mandragora-Seite an ihm deutlicher hervor.

Da es in Saignon nur wenige Bücher gibt, gerade nur die achtzig oder hundert, die wir den Sommer über lesen wollen, sowie die, die wir in der Buchhandlung Dumas kaufen, wenn wir am Markttag nach Apt hinuntergehen, fehlen mir Informationen über den Bischof, ich weiß zum Beispiel nicht, ob er sich in seinem Kerker frei bewegen konnte oder in Ketten lag. Als Bischof möchte ich ihn lieber im Halseisen haben, doch in seiner Eigenschaft als Mandragora erfüllt mich diese Behandlung mit Sorge. Mein Problem ist schwieriger als das Louis' XI., für den es nur ein bischöfliches

Problem gab; ich habe einen Bischof und eine Mandragora, und außerdem sind diese beiden ein Drittes in Form eines alten Rebholzes von ungefähr fünfzehn Zentimeter Länge mit einem riesigen, knorrigen Geschlecht, einem Kopf, der in ein Paar Hörner oder Fühler ausläuft, und mit Armen, die einen ans Rad binden oder eine Magd, die den Heuschobern nicht genügend mißtraut, hinterhältig einfangen können. Ich belasse es bei dem Strick und einer teuflischen Wurzelnahrung; für die Mandragora wird es dann und wann ein Tellerchen Milch geben, abgesehen davon, daß man, wie jemand mir erzählt hat, die Mandragoren mit einer Feder streicheln muß, damit sie zufrieden und uns gewogen sind.

Die Ironie der Frage meiner Frau hatte bewirkt, daß ich ein wenig so wurde wie die Wolke über Cazeneuve. Warum nicht ein Erinnerungsbuch? Wenn ich Lust habe, warum nicht? Was für ein Kontinent von Heuchlern ist doch der südamerikanische; welche Angst haben wir, man könnte uns vorwerfen, eitel und/oder pedantisch zu sein. Wenn Robert Ranke Graves oder Simone de Beauvoir von sich selbst sprechen, wieviel Preis und Ehr; aber wenn Carlos Fuentes oder ich unsere Memoiren veröffentlichten, würde man uns sofort sagen, daß wir uns für bedeutend halten. Einer der Beweise für die Unterentwicklung unserer Länder ist, daß es ihren Schriftstellern an *Natürlichkeit* fehlt; ein weiterer ist der Mangel an Humor, denn dieser entsteht nicht ohne Natürlichkeit. Die Verbindung von Natürlichkeit und Humor ist es, was dem Schriftsteller in anderen Gesellschaften seine Persönlichkeit gibt; Robert Ranke Graves und Simone de Beauvoir schreiben ihre Memoiren an eben dem Tag, da sie dazu Lust haben, ohne daß sie oder die Leser das im geringsten außergewöhnlich finden. Wir jedoch, ängstliche Produkte der Selbstzensur und der lächelnden Überwachung durch Freunde und Kritiker, wir beschränken uns darauf, Ersatz-Memoiren zu schreiben, indem wir uns à la

Frégoli von unseren Romanen aus präsentieren. Und wenn ein Romancier dies immer ein wenig tut, weil es eben in der Natur der Sache liegt, bleiben wir in unseren Romanen eingeschlossen, richten wir uns in ihnen ein, und wenn wir auf die Straße gehen, sind wir langweilige, vorzugsweise dunkelblau gekleidete Herren. Wir wollen doch mal sehen: warum sollte ich nicht meine Memoiren schreiben, jetzt, wo meine Dämmerung beginnt, wo ich den Käfig für den Bischof fertiggebaut und einen kleinen Stapel Bücher zu verantworten habe, die ein gewisses Recht auf die erste Person singular geben?

Das Problem löst Theodor W. Adorno, indem er mir boshaft auf die Knie springt, was entsprechende Kratzer zur Folge hat, denn während ich mit ihm spiele, vergesse ich die Memoiren, dafür möchte ich klarstellen, daß ihm sein Name nicht aus Ironie gegeben wurde, sondern aus der unendlichen Freude heraus, die meiner Frau und mir gewisse argentinische Korrespondenzen machen. Schon vor dieser meiner Erklärung wird man bemerkt haben, daß es mir viel mehr Spaß macht, von Theodor und den anderen Personen zu sprechen, als von mir selbst. Oder, wie hier, von der Mandragora, über die noch fast nichts gesagt wurde.

Albert-Marie Schmidt* lehrt uns, daß der Adam der Kabbalisten nicht nur aus dem Paradies ausgestoßen wurde, sondern daß Jehova, dieser herrschsüchtige Piepmatz, ihm Eva vorenthielt. In einem Traum sah Adam das Bild der geliebten Frau mit solcher Klarheit, daß das Verlangen das seine tat und der Samen des ersten Menschen auf die Erde fiel und eine Pflanze daraus entstand, die menschliche Gestalt annahm. Im Mittelalter (und im deutschen Film) schleicht sich der Glaube ein, die Mandragora sei die Frucht des Galgens, der verhängnisvollen letzten Zuckung des Gehäng-

* La mandragore, Flammarion, Paris, Kap. III.

ten. Es bedurfte eines Cronopiums mit sehr langen Antennen, um zwischen so verschiedenen Versionen eine Brücke zu spannen. Ist nicht Jesus der *neue Adam*, wurde er nicht *ans Holz gehängt*, wie es in der Apostelgeschichte heißt? Die christliche Schamhaftigkeit eskamotierte – buchstäblich – die Wurzel des Glaubens, der auf das Niveau eines Grimmschen Märchens sank, auf das des zu Unrecht gehenkten reinen Jünglings, zu dessen Füßen die Mandragora sprießt; aber dieser Jüngling ist Christus, und seine ungewollte Frucht geistert mangels besserer Nachkommenschaft durch die Folklore.

Mehr über Katzen und Philosophen

Welch außerordentliches Glück, ein Südamerikaner zu sein, und insbesondere ein Argentinier, der sich nicht verpflichtet fühlt, ernsthaft zu schreiben, ernst zu sein, mit gewienerten Schuhen und einem Grabesbegriff vom Ernst-des-Augenblicks sich an die Maschine zu setzen. Zu den Aussprüchen, die ich in meiner Kindheit prämonitorischerweise am meisten liebte, zählt der eines Mitschülers: »Wie komisch, alle weinten.« Nichts komischer als der Ernst, verstanden als Voraussetzung jeder bedeutenden Literatur (noch eine unendlich komische Idee, Bedeutung vorauszusetzen), dieser Ernst, mit dem einer schreibt wie jemand, der aus Verpflichtung zu einer Totenwache geht oder einem Priester eine Tracht Prügel verabreicht. Über diese Totenwache muß ich etwas erzählen, das ich einmal von Doktor Alejandro Gancedo gehört habe, doch zuerst will ich mich dem Kater zuwenden, denn es ist an der Zeit, zu erklären, warum er Theodor heißt. In einem Roman, der auf kleiner Flamme kocht, gab es eine Passage, die ich gestrichen habe (man wird sehen, daß ich in diesem Roman so vieles gestrichen habe, daß es, wenn ich noch etwas streiche, etwas zuviel ist, wie Macedonio sagen würde), und in dieser Passage diskutierten drei keineswegs seriöse noch bedeutende Argentinier das Problem der Sonntagsbeilagen der Zeitungen von Buenos Aires und damit zusammenhängende Themen in der folgenden Weise:

Vielleicht wurde schon einmal ein schwarzer Kater so genannt; es ist Zeit, darauf hinzuweisen, daß er Theodor hieß als indirekte Huldigung an den deutschen Denker, und daß ihm der Name von Juan, Calac und Polanco gegeben wurde nach weitschweifigen Auslassungen über das literarische Material, das ihnen irgendwelche treue Tanten aus Rio de la Plata schickten, und in dem einige eher hausbackene Soziologen sich in Zitaten des berühmten Adorno ergehen, dessen schmucken Namen sie anscheinend buchstäblich gebrauchen wollten, damit ihre Essays auch wirklich prächtig würden. Man lebte in einer Zeit, da fast alle Artikel dieser Art mit Zitaten von Adorno und auch von Wittgenstein gespickt waren, weshalb Polanco darauf bestanden hatte, daß der Kater es verdiene, daß man ihn *Tractatus* taufe, ein Antrag, der von Calac, Juan und dem Kater selbst schlecht aufgenommen wurde, wohingegen er keineswegs deprimiert zu sein schien, Theodor zu heißen.

Polanco, dem Ältesten, zufolge hätte der Kater zwanzig Jahre früher aus ähnlichen Gründen Rainer Maria heißen müssen, etwas später Albert oder William – ermittle, Ermittler –, und danach Saint-John Perse (ein großer Name für einen Kater, wenn man's recht bedenkt) oder Dylan. Vor den verdutzten Augen von Juan und Calac alte Ausschnitte aus Zeitungen aus der Heimat schwenkend, war er fähig, unwiderleglich zu beweisen, daß die in diesen Spalten zu Wort kommenden Soziologen im Grunde ein und derselbe Soziologe sein mußten, und daß das einzige, was sich im Laufe der Jahre änderte, die Zitate waren, das heißt, daß es darauf ankam, auf diesem Gebiet à la mode zu sein und bei Strafe-des-Mißkredits jede Erwähnung von schon im vorhergehenden Dezennium angeführten Autoren zu vermeiden. Pareto unbrauchbar. Durkheim Talmi. Kaum trafen die Ausschnitte ein, ermittelten die drei Tataren sofort, womit sich der Soziologe in diesen Wochen beschäftigt hatte, ohne daß die verschiedenen Namen unter den Artikeln sie irritierten, da das einzig Interessante war, alle paar Zentimeter das Zitat von Wittgenstein oder von Adorno zu entdecken, ohne das ein Artikel nicht denkbar war. »Warte ab«, sagte Polanco, »wirst sehen, daß bald Lévi-Strauss an die Reihe kommt, wenn er nicht schon dran ist, und dann haltet euch ja fest, Kinder.« Juan erinnerte sich nebenbei, daß die beliebtesten *blue-jeans* in den USA von einem gewissen Levi-Strauss hergestellt werden, doch Calac und Polanco wiesen ihn darauf hin, daß er vom Thema abschweife, und die drei gingen dann dazu über, die jüngsten Aktivitäten der Dicken zu untersuchen.

Die Dicke war fast ausschließlich Calacs Domäne, der Dutzende von Sonetten der gefeierten Dichterin auswendig konnte und sie rezitierte, wobei er vier- und dreizeilige Strophen vertauschte, ohne daß jemand den Unterschied bemerkte, auch änderte die Tatsache, daß die Dicke vom Sonntag dem 8. zwei Nachnamen hatte und die vom 29. nur einen, nichts daran, daß es offensichtlich nur eine einzige Dicke gab, die verschiedene Wohnsitze, verschiedene Namen und verschiedene Ehegatten hatte und in durchaus rührender Weise immer das gleiche Sonett schrieb, oder doch fast das gleiche. »Das ist reine Science-fiction«, sagte Calac, »in diesen Zeitungen beginnt ihre Mutation, he! ist ein vielfältiges Protoplasma, das noch nicht weiß, daß es leben könnte, wenn es nur eine Miete zahlte. Die Forscher sollten die keineswegs zufällige Begegnung des Soziologen mit der Dicken herbeiführen, um zu sehen, ob der genetische Funke zündet, und wir tun einen riesigen Sprung nach vorne.« Natürlich kümmerte sich Theodor um all dies höchst wenig, während man ihm seine Schale lauer Milch neben Calacs Bett stellte, das die Agora war, wo man diesen Problemen des südamerikanischen Schicksals zu Leibe ging.

JULIOS IN AKTION

Während des ganzen 19. Jahrhunderts war die Zuflucht zur Metaphysik die beste Abhilfe gegen den *timor mortis,* die Miseren des *hic et nunc* und das Gefühl des Absurden, durch das wir uns und die Welt definieren. Dann kam Jules Laforgue, der als Astronaut den anderen Jules in einer Hinsicht übertraf, und zeigte uns eine schlichtere Zuflucht: wozu die dunstige Metaphysik, wo wir die greifbare Physik haben? In einer Epoche, da jedes Gefühl wie ein Bumerang wirkte, warf Laforgue das seine wie einen Wurfspeer gegen die Sonne, gegen das zur Verzweiflung bringende kosmische Geheimnis. Daß er recht hatte, hat die Zeit gezeigt: im 20. Jahrhundert kann uns nichts besser vom Anthropozentrismus, dem Urheber aller unserer Leiden, heilen, als einen Blick auf die Physik des unendlichen Großen (oder Kleinen) zu werfen. Bei irgendeinem populärwissenschaftlichen Text kommt das Gefühl des Absurden rasch wieder auf, doch jetzt ist es ein faßliches, aus greifbaren oder nachweisbaren Dingen erwachsenes, fast tröstliches Gefühl. Man braucht nicht mehr zu glauben, weil es absurd ist, sondern es ist absurd, weil man glauben muß.

Meine gelehrte Lektüre des ›Courrier scientifique‹ in *Le Monde* (erscheint jeden Donnerstag) hat zudem den Vorzug, daß sie, anstatt mich vor dem Absurden zu bewahren, mich dazu anhält, es als die natürliche Form zu akzeptieren, in der sich uns eine unfaßliche Wirklichkeit zeigt. Aber das heißt nicht, die Wirklichkeit akzeptieren, auch wenn man sie für absurd hält, sondern im Absurden eine Herausforderung vermuten, die die Physik aufgegriffen hat, ohne daß sich sagen ließe, wie und womit ihre verrückte Jagd durch den doppelten Tunnel des Tele- und des Mikroskops (ist dieser Tunnel wirklich ein doppelter?) enden wird.

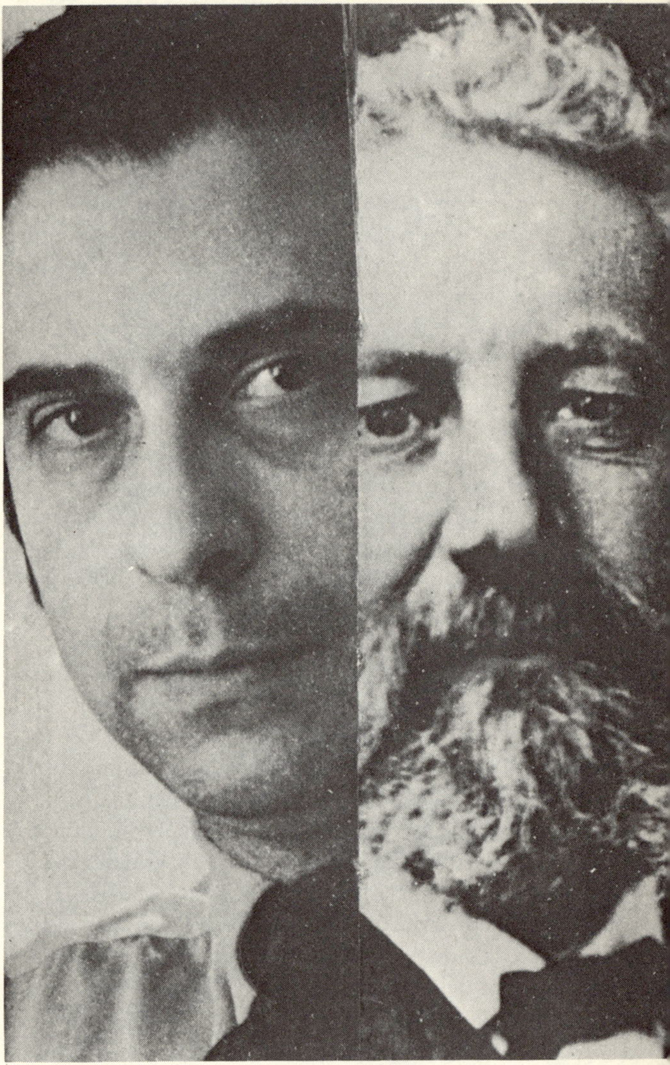

Encore a cet astre

Espèce de soleil! tu songes: – Voyez-les,
Ces pantins morphinés, buveurs de lait d'anêsse
Et de café; sans trêve, en vain, je leur caresse
L'échine de mes feux, ils vont étioles! –

– Eh! c'est toi, qui n'as plus que des rayons gelés!
Nous, nous mais nous crevons de santé, de jeunesse!
C'est vrai, la Terre n'est qu'une vaste kermesse,
Nos hourrahs de gaîté courbent au loin les blés.

Toi seul, claques des dents, car tes taches accrues
Te mangent, ô Soleil, ainsi que des verrues
Un vaste citron d'or, et bientôt, blond moqueur,

Après tant de couchants dans la pourpre et la gloire,
Tu seras en risée aux étoiles sans cœur,
Astre jaune et grêlé, flamboyante écumoire!

En passant (aber in einer ganz besonderen Gangart) sei gesagt, daß Marcel Duchamp 1911 eine Zeichnung zu diesem Gedicht gemacht hat, aus der sein *Nu descendant un escalier* entstehen sollte. Eine ganz normale pataphysische Sequenz.

Ich meine, daß ein deutliches Gefühl des Absurden uns besser und klarer definiert als die Sicherheit Kant'schen Ursprungs, derzufolge die Erscheinungen Vermittlungen einer unerreichbaren Wirklichkeit sind, doch die ihnen immerhin als einjährige Garantie gegen jeden Bruch dient. Die Cronopien haben von klein auf einen höchst konstruktiven Begriff vom Absurden, weshalb es sie zutiefst bestürzt, wenn sie sehen, daß die Famen eine Nachricht wie die

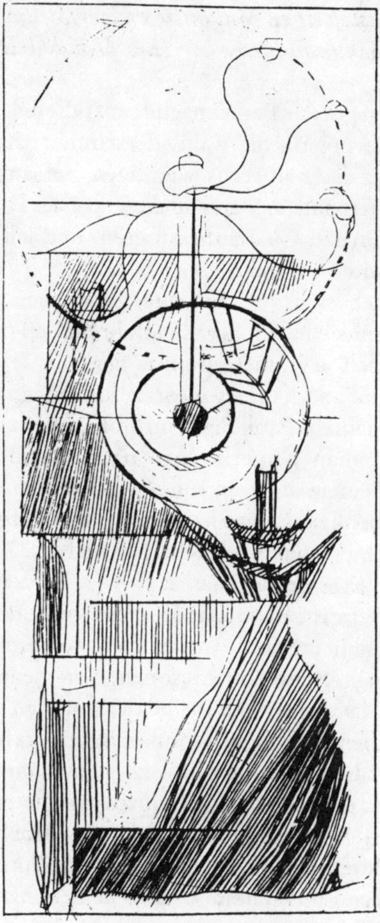

folgende völlig kalt läßt: *Das neue Elementarteilchen (»N. Sternchen 3245«) besitzt eine relativ längere Lebensdauer als die anderer bekannter Elementarteilchen, obgleich es nur die eines Tausendstel einer Millionsten einer Millionsten einer Millionsten Sekunde erreicht. (Le Monde, Donnerstag, 7. Juli 1966)*

»He! Coca«, sagte der Fame, nachdem er diese Information gelesen hat, »bring mir die Wildlederschuhe, ich muß heute nachmittag zu einer überaus wichtigen Versammlung des Schriftstellerverbandes. Man will die Frage des Dichterwettbewerbs in Curuzú Cuatiá diskutieren, und ich bin schon zwanzig Minuten zu spät.«

Dagegen haben sich verschiedene Cronopien ungeheuer aufgeregt, denn sie haben gerade erfahren, daß das Universum womöglich asymmetrisch ist, was der erlauchtesten aller allgemein anerkannten Vorstellungen zuwiderläuft. Ein Forscher namens Paoli Franzini und seine Frau Juliet Lee Franzini (hat man bemerkt, wie nach einem Julio, der schreibt, und einem anderen Julio, der zeichnet, zwei Jules sich ihnen anschließen, und jetzt eine Juliet, aufgrund einer am 7. Juli erschienenen Nachricht?) wissen eine Menge über das neutrale Eta-Meson, das erst vor kurzem aus der Anonymität heraustrat und das die merkwürdige Besonderheit besitzt, sein eigenes Antiteilchen zu sein. Sowie es zerfällt, erzeugt es drei Pi-Mesonen, von denen eins ein Neutrum ist, das Arme, und die beiden anderen zur großen Beruhigung aller positiv, beziehungsweise negativ. Bis man entdeckt (was die Franzinis halbwegs getan haben), daß das Verhalten der beiden Pi-Mesonen nicht symmetrisch ist; die harmonische Vorstellung, daß die Antimaterie das genaue Abbild der Materie ist, platzt wie ein Luftballon. Was wird aus uns werden? Die Franzinis waren keineswegs erschrokken; es ist völlig in Ordnung, daß die beiden Pi-Mesonen feindliche Brüder sind, denn das hilft ihnen, sich zu erkennen und zu identifizieren. Selbst die Physik hat ihre Talleyrands.

Die Cronopien spüren den Wind des Schwindels durch ihre Ohren sausen, wenn sie am Schluß der Nachricht lesen: »So wird man dank dieser Asymmetrie vielleicht dahin gelangen, die aus Antimaterie bestehenden Himmelskörper zu identifizieren, vorausgesetzt, daß diese Körper, wie einige versichern, auf den Strahlen basieren, die sie ausstrahlen.« Und immer am Donnerstag, immer in *Le Monde*, immer irgendein Julio am Drücker.

Was die Famen betrifft, hat Laforgue von einer seiner Weltraumkabinen aus schon gesagt:

La plupart vit et meurt sans soupçonner l'histoire
Du globe, sa misère en l'éternelle gloire,
Sa future agonie au soleil moribond.

Vertiges d'univers, cieux à jamais en fête!
Rien, ils n'auront rien su. Combien même s'en vont
Sans avoir seulement visité leur planète.

P.S. Als ich anmerkte: »Eine ganz normale pataphysische Sequenz«, nachdem ich auf diese Verbindung Laforgue-Duchamp, die mich irgendwie immer verblüfft, hingewiesen hatte, habe ich nicht geahnt, daß ich in die Welt der großen Transparenten noch einmal *Passage* haben würde. Am selben Nachmittag (11.12.1966), nachdem ich an diesem Text gearbeitet hatte, beschloß ich, eine Dada gewidmete Ausstellung zu besuchen. Das erste Bild, das ich dort sah, war *Nu descendant un escalier*, vom Museum in Philadelphia eigens zu dieser Ausstellung nach Paris geschickt.

VON DEM GEFÜHL, NICHT GANZ DA ZU SEIN

Jamais réel et toujours vrai
(Auf einer Zeichnung von Antonin Artaud)

Immer werde ich bei vielen Dingen wie ein Kind sein, doch eines von jenen Kindern, die von Anfang an den Erwachsenen in sich haben, so daß, wenn das kleine Ungeheuer dann wirklich ein Erwachsener geworden ist, dieser seinerseits das Kind in sich hat, und es *nel mezzo del camin* eine nur selten friedliche Koexistenz von wenigstens zwei Öffnungen auf die Welt gibt.

Dies kann metaphorisch verstanden werden, doch es deutet in jedem Fall auf ein Temperament hin, das auf die kindliche Sicht als Preis für die Sicht des Erwachsenen nicht verzichtet hat, und dieses Nebeneinander, das den Dichter und vielleicht den Verbrecher ausmacht, und auch das Cronopium und den Humoristen (eine Frage verschiedener Dosierung, oxytoner oder proparoxytoner Betonung, und eine Frage der Wahl: jetzt spiele ich, jetzt töte ich), äußert sich in dem Gefühl, nicht ganz da zu sein, gleich in welcher der Strukturen, der Gewebe, die das Leben webt, und in denen wir zugleich Spinne und Mücke sind.

Vieles von dem, was ich geschrieben habe, wird der *Exzentrizität* zugeordnet, da ich zwischen Leben und Schreiben nie einen klaren Unterschied gelten ließ; wenn ich im Leben eine teilweise Anteilnahme an meiner Umwelt verbergen kann, so kann ich sie bei dem, was ich schreibe, nicht leugnen, da ich ja gerade schreibe, weil ich nicht da bin oder nur halb da bin. Ich schreibe aus einem Aufgeschmissensein, aus einem Deplacement heraus; und da ich aus einem Spalt heraus

schreibe, fordere ich immer dazu auf, daß andere den ihren suchen und durch ihn hindurch den Garten betrachten, wo die Bäume Früchte tragen, die natürlich kostbare Steine sind. Das kleine Ungeheuer läßt sich nicht beirren.

Diese Art klarer Konstante erklärt – wo sie es nicht rechtfertigt – vieles von dem, was ich geschrieben oder gelebt habe. Meinen Romanen – diesem Spiel am Rande des Balkons, diesem Streichholz nahe der Benzinflasche, diesem geladenen Revolver auf dem Nachttisch – wirft man eine intellektuelle Suche nach dem Roman selbst vor, sie sei gleich einem ständigen Kommentar der Handlung und oft die Handlung eines Kommentars. Ich bin es überdrüssig, a posteriori zu argumentieren, daß während dieser magischen Dialektik ein Kind-Mann darum kämpft, das Spiel seines Lebens zu beenden: *welche Hand, rechts oder links.* Denn ist ein Spiel genaugenommen nicht ein Prozeß, der von einem Deplacement ausgeht, um zu einer Ordnung, einem Emplacement zu gelangen – Tor, schachmatt, raus? Ist es nicht das Vollziehen einer Zeremonie, die nach der finalen, sie krönenden Fixierung strebt?

Der Mensch unserer Zeit ist leicht des Glaubens, daß seine philosophische und geschichtliche Aufgeklärtheit ihn vor dem naiven Realismus bewahre. In Vorlesungen an der Universität und bei Plaudereien im Café räumt er ein, daß die Wirklichkeit nicht das ist, was sie zu sein scheint, und er ist stets bereit zuzugeben, daß seine Sinne ihn täuschen und sein Verstand ihm eine erträgliche, wenn auch unvollständige Vorstellung von der Welt vermittelt. Jedesmal, wenn er metaphysisch denkt, fühlt er sich »trauriger und weiser«, doch sein Geständnis ist momentan und stellt eine Ausnahme dar, während das Kontinuum des Lebens ihn voll in die Erscheinungswelt stellt, sie um ihn her verdichtet und mit Definitionen, Funktionen und Werten versieht. Dieser Mensch ist eher ein realistischer Naiver als ein naiver Realist.

Man braucht nur sein Verhalten angesichts des Außerordentlichen, des Ungewöhnlichen zu beobachten; entweder führt er es auf ein ästhetisches oder poetisches Phänomen zurück (»ich kann dir sagen, es war wirklich surrealistisch«) oder er verzichtet von Anfang an darauf, der Ahnung nachzugehen, die ein Traum, ein gescheitertes Unternehmen, eine ungewöhnliche Wort- oder Kausalverbindung, eine verblüffende Koinzidenz, irgendeiner der plötzlichen Brüche des Kontinuums ihm gegeben hat. Wenn man ihn fragt, wird er sagen, daß er an die tägliche Wirklichkeit nicht ganz glaube und daß er sie nur pragmatisch akzeptiere. Und ob er an sie glaubt! Sie ist das einzige, woran er glaubt. Sein Sinn fürs Leben ähnelt dem Mechanismus seines Blicks. Manchmal wird ihm für kurze Augenblicke bewußt, daß die Lider alle paar Sekunden die Sicht unterbrechen, die sein Bewußtsein als permanent und kontinuierlich aufzufassen beschlossen hat; doch fast augenblicklich wird der Wimpernschlag wieder unbewußt, das Buch oder der Apfel erstarren in ihrer obstinaten Erscheinung. Es gibt da gleichsam ein Gentlemen's-Agreement zwischen dem Umstand und den Umständen, in denen sich einer befindet; du bringst mich nicht von meinen Gewohnheiten ab und ich stochere nicht in dir herum. Nun aber ist der Kind-Mann kein gentleman, sondern ein Cronopium, das das System von Fluchtlinien, dank denen man eine zufriedenstellende Perspektive dieses Umstandes schafft, nicht recht versteht, oder, wie das bei mißglückten Collagen der Fall ist, sich in ein Größenverhältnis versetzt fühlt, das den Gegebenheiten nicht entspricht, eine Ameise, die nicht in einen Palast hineinpaßt, oder eine Zahl Vier, in die nicht mehr als drei oder fünf Einheiten passen. Mir passiert es, daß ich deutlich spüre, daß ich manchmal größer bin als das Pferd, das ich reite, und bisweilen falle ich auch in einen meiner Schuhe und stoße mich fürchterlich, ganz zu schweigen von der Arbeit, da wieder herauszukommen, die mit den Schnürsenkeln Knoten um Knoten fabrizierten Leitern hochzuklettern und dann, schon am Rand, die schreckliche Entdeckung zu machen, daß jemand den Schuh in einen Kleiderschrank weggeschlossen hat und daß ich schlimmer dran bin als Edmundo Dantés in der Festung von If, weil in den Kleiderschränken in meinem Haus nicht einmal ein Abbé in der Nähe ist.

Und mir gefällt es, und ich bin ungeheuer glücklich in meinem Inferno, und ich schreibe. Ich lebe und schreibe bedroht von dieser Lateralität, von dieser *wahren Parallaxe,* davon, immer etwas weiter links oder mehr im Innern des Ortes zu sein, als wo man sein sollte, damit alles an einem weiteren Tag des Lebens ohne Konflikte zufriedenstellend verläuft. Schon als ganz kleiner Junge fand ich mich mit zusammengebissenen Zähnen mit dieser Veranlagung ab, die mich von meinen Freunden trennte und die sie zugleich für den Sonderling, den ganz Anderen, für den, der den Finger in den Ventilator steckte, einnahm. Ich war nicht unglücklich; die einzige Bedingung war, bisweilen mit einem anderen (dem Schulfreund, dem exzentrischen Onkel, der verrückten Alten) darin übereinzustimmen, daß er auch nicht ganz in seine Schuhe paßt, und das war natürlich nicht leicht, bald jedoch entdeckte ich die Katzen, in denen ich mein eigenes Wesen vermutete, und die Bücher, in denen ich es vollauf fand. In diesen Jahren hätte ich mir die – vielleicht apokryphen – Verse von Poe hersagen können:

From childhood's hour I have not been
As others were; I have not seen
As others saw; I could not bring
My passions from a commun spring –

Doch was für den Mann aus Virginia ein Stigma war (ein luziferisches, aber eben deshalb ein ungeheuerliches), das ihn zur Einsamkeit verurteilte,

And all I loved, I loved alone

trennte mich nicht von jenen, deren runde Welt ich nur am Rande teilte. Ein pfiffiger Heuchler, aller Mimikry fähig und von einer Sanftheit, die die Grenzen überwand und sie mir verhehlte; die Überraschungen und Kümmernisse der Kindheit waren mit freundlicher Ironie gefärbt. Ich erinnere mich: mit elf Jahren lieh ich einem Schulkameraden *Das Geheimnis des Wilhelm Storitz*, mit dem Jules Verne mir wie immer einen natürlichen und herzlichen Verkehr mit einer Wirklichkeit nahelegte, die der alltäglichen gar nicht unähnlich war. Mein Freund gab mir das Buch zurück: »Ich habe es nicht zu Ende gelesen, es ist zu phantastisch.« Nie werde ich meine Verwunderung und Entrüstung in diesem Augenblick vergessen. Die Unsichtbarkeit eines Menschen phantastisch? Konnten wir uns denn nur beim Fußball, beim Milchkaffee, beim vertraulichen Austausch von ersten sexuellen Erfahrungen treffen?

In meiner Jugend glaubte ich wie so viele, daß meine ständige Verwunderung das Anzeichen des Dichters sei, und ich schrieb die Gedichte, die man dann schreibt und die immer leichter zu schreiben sind als Prosa in diesem Alter, in dem sich bei jedem Einzelnen die Phasen der Literatur wiederholen. Mit den Jahren wurde ich gewahr, daß zwar jeder Dichter ein Staunender ist, aber nicht jeder Staunende ein Dichter, in der allgemeinen Bedeutung des Wortes. Ich begebe mich hier auf das Gebiet der Polemik; hebe den Handschuh auf, wer will. Wenn wir unter einem Dichter funktionell denjenigen verstehen, der Gedichte schreibt, ist der Grund, aus dem er sie schreibt (die Qualität steht nicht zur Debatte), der, daß seine Verwunderung als Person stets einen Mechanismus von *challenge and response* auslöst;

immer dann, wenn der Dichter für seine Lateralität, für seine äußerliche Lage in einer anscheinend inneren Wirklichkeit empfänglich ist, reagiert er dichterisch (ich würde fast sagen, professionell, vor allem von dem Augenblick an, da er technisch ausgereift ist); mit anderen Worten, er schreibt Gedichte, die gleichsam Versteinerungen dieser Verwunderung sind, das, was der Dichter *an Stelle von etwas* sieht oder empfindet, oder sogar im Widerspruch dazu, wobei dieses Etwas das ist, das die anderen so sehen, wie sie glauben, daß es sei, ohne Deplacement und innere Kritik. Ich bezweifle, daß es ein einziges großes Gedicht gibt, das nicht aus dieser Verwunderung heraus entstanden ist, oder das ihr nicht Ausdruck gibt; mehr noch, das die Verwunderung nicht aktiviert und potenziert in der Vermutung, daß eben sie der Zwischenraum ist, wo der Zugang möglich ist. Auch der Philosoph verwundert sich und deplaziert sich willentlich, um die Risse in der Erscheinungswelt zu entdecken, und seine Suche hat ihren Ursprung gleichfalls in einem *challenge and response;* in beiden Fällen, mögen die Ziele auch verschieden sein, gibt es eine instrumentale Antwort, ein technisches Verhalten gegenüber einem bestimmten Gegenstand.

Aber wie wir gesehen haben, sind nicht alle Staunenden professionelle Dichter oder Philosophen. Fast immer sind sie es zuerst oder wollen es sein, doch es kommt der Tag, da ihnen bewußt wird, daß sie nicht können oder daß sie sich nicht genötigt sehen zu dieser fast zwangsläufigen *response,* die das Gedicht oder die Philosophie angesichts des *challenge* der Verwunderung darstellen. Ihre Haltung wird defensiv, egoistisch, wenn man so will, da es sich darum handelt, vor allem die Klarsicht zu bewahren, der hinterhältigen Deformierung sich zu widersetzen, welche die kodifizierte Alltäglichkeit mit aktiver Beteiligung des räsonierenden Verstandes im Bewußtsein anrichtet, die Informationsmedien, der

Hedonismus, die Arteriosklerose und die Ehe, *inter alia*. Die Humoristen, manche Anarchisten, nicht wenige Verbrecher und viele Erzähler und Romanciers sind auf diesem schwer zu definierenden Gebiet ansässig, in dem die Veranlagung des Verwunderten nicht zwangsläufig eine Antwort dichterischer Art zur Folge hat. Diese nicht-professionellen Dichter nehmen ihr Deplacement mit größerer Natürlichkeit und weniger Glanz auf sich, und man könnte sogar sagen, daß ihre Auffassung der Verwunderung im Vergleich zur lyrischen oder tragischen Antwort des Dichters ludisch ist. Während dieser immer einen Kampf liefert, verschmelzen die schlicht Staunenden mit der Exzentrizität bis zu einem Punkt, wo das Außergewöhnliche dieser Veranlagung, die beim Dichter oder beim Philosophen das *challenge* bewirkt, dahingeht, die natürliche Veranlagung des staunenden Subjekts zu werden, das es so gewollt hat und sein Verhalten deshalb diesem allmählichen Einverständnis angepaßt hat. Ich denke an Jarry, an einen langsamen Umgang aufgrund von Humor, Ironie, Vertrautheit, wodurch die Waagschale sich am Ende auf die Seite der Ausnahmen neigt, den skandalösen Unterschied zwischen dem Gewöhnlichen und dem Ungewöhnlichen aufhebt und den täglichen Übergang – ohne konkrete *response*, weil es kein *challenge* mehr gibt – auf eine Ebene erlaubt, die wir mangels eines besseren Namens weiterhin Wirklichkeit nennen, doch ohne daß sie jetzt ein *flatus vocis* oder ein Notbehelf ist.

Zurück zu Eugénie Grandet

Vielleicht versteht man jetzt etwas von dem besser, was ich in meinen Büchern machen wollte, und habe ich ein Mißverständnis beseitigt, das die Gewinne der Firmen Waterman und Pelikan in ungerechtfertigter Weise vergrößert. Diejenigen, die mir vorwerfen, Romane zu schreiben, in denen fast ständig in Zweifel gezogen wird, was gerade behauptet wurde, oder jeder Grund zum Zweifel hartnäckig bejaht wird, bestehen darauf, daß das Annehmbarste meiner literarischen Produktion einige Erzählungen sind, wo man eine eindeutige Art zu schreiben findet, ohne Rückblicke oder kleine Hamletische Spaziergänge innerhalb der Struktur des Erzählten selbst. Ich für mein Teil glaube, daß diese einschränkende Unterscheidung zwischen zwei Arten zu schreiben nicht so sehr auf den Gründen oder Errungenschaften des Autors beruht, als auf der Bequemlichkeit desjenigen, der liest. Wozu auf die allbekannte Tatsache zurückkommen, daß je mehr ein Buch einer Pfeife Opium ähnelt, desto zufriedener der Chinese ist, der sie raucht, allenfalls bereit, die Qualität des Opiums zu diskutieren, doch nicht dessen lähmende Wirkung. Die Anhänger dieser Erzählungen übersehen, daß die Anekdote jeder Erzählung auch ein Zeugnis von Verwunderung ist, wo nicht eine Herausforderung, die darauf abzielt, sie auch beim Leser hervorzurufen. Man hat gesagt, daß in meinen Erzählungen das Phantastische sich vom »Wirklichen« losreißt oder sich in es einfügt, und daß diese plötzliche und fast immer unerwartete Disharmonie zwischen dem zufriedenstellenden vernünftigen Horizont und dem Einbruch des Ungewöhnlichen es ist, was ihnen als literarischer Stoff Wirkung verleiht. Aber was macht es schon, wenn in diesen Erzählungen ohne Unterbrechung eine Handlung erzählt wird, die den Leser zu bezaubern vermag, wo das, was ihn in sublimer Weise bezaubert, nicht die Einheit des Erzählverlaufs, sondern das Auseinanderbrechen mitten in der scheinbaren Eindeutigkeit ist? Eine wirkungsvolle Schreibweise kann den Leser überwältigen, ohne ihm Gelegenheit zu geben, während der Lektüre von seinem kritischen Verstand Gebrauch zu machen, doch nicht durch die Schreibweise unterscheiden sich diese Erzählungen von anderen Versuchen; gut oder schlecht geschrieben, sind die meisten von ihnen von dergleichen Sorte wie meine Romane, Öffnungen auf die Verwunderung, Momente eines Deplacement, von wo an das Gewohnte aufhört, beruhigend zu sein, weil nichts gewöhnlich ist, sobald man es einer geheimen, fortgesetzten Prüfung unterzieht. Man frage Macedonio, Francis Ponge, Michaux.

Jemand wird sagen, daß es eine Sache sei, Verwunderung als solche oder als literarische Paraphrase zu zeigen, und etwas ganz anderes, sie auf einer dialektischen Ebene zu erörtern, wie das für gewöhnlich in meinen Romanen geschieht. Als Leser ist es sein gutes Recht, das eine oder andere Vehikel vorzuziehen, für Beteiligung oder für Reflexion zu optieren. Doch sollte er den Roman nicht im Namen der Erzählung kritisieren (oder umgekehrt, falls jemand das zu tun versucht hat), da die Grundeinstellung ja die gleiche bleibt und lediglich die Perspektiven verschiedene sind, in die der Autor sich versetzt, um seine interstitiellen Möglichkeiten zu vermehren. *Rayuela* ist gewissermaßen die Philosophie meiner Erzählungen, eine Untersuchung dessen, was im Laufe vieler Jahre ihren Stoff oder ihren Impuls bestimmte. Wenn ich eine Erzählung schreibe, reflektiere ich kaum oder gar nicht; wie bei den Gedichten habe ich den Eindruck, daß sie sich von selbst geschrieben haben, und ich glaube nicht aufzuschneiden, wenn ich sage, daß viele von ihnen an dieser Suspension der Kontingenz und der Ungläubigkeit teilhaben, worin Coleridge das Kennzeichen höchsten dichterischen Tuns sah. Dagegen sind die Romane systematischere Unternehmungen gewesen, in denen sich die Entrückung dichterischen Ursprungs nur intermittierend einschaltete, um eine von der Reflexion hinausgezögerte Handlung voranzutreiben. Aber hat man auch bemerkt, daß diese Reflexion weniger der Logik als der Mantik verpflichtet ist, daß sie nicht so sehr Dialektik als verbale oder imaginative Assoziation ist? Was ich hier Reflexion nenne, verdiente vielleicht einen anderen Namen oder jedenfalls eine andere Konnotation; auch Hamlet reflektierte über sein Tun oder sein Nichttun, auch der Ulrich bei Musil oder der Konsul bei Malcolm Lowry. Aber es ist fast unausbleiblich, daß diese Unterbrechungen der Hypnose, in denen der Autor vom Leser aktive Wachsamkeit verlangt, von der Klientel des Rauchersalons mit beträchtlicher Konsterniertheit aufgenommen wird.

Um zum Schluß zu kommen: auch mir gefallen jene Kapitel in *Rayuela,* die die Kritiker fast einmütig gerühmt haben: das Konzert von Berthe Trépat, der Tod von Rocamadour. Trotzdem glaube ich nicht, daß in ihnen, auch nicht im entferntesten, die Rechtfertigung des Buches zu finden ist. Ich kann nicht umhin zu sehen, daß diejenigen, die diese Kapitel loben, sich damit ein weiteres Glied in der Romantradition loben, auf einem ihnen vertrauten, orthodoxen Gebiet. Ich schließe mich den wenigen Kritikern an, die in *Rayuela* die mangelhafte und verzweifelte Denunzierung des *establishment* der Geisteswissenschaften haben sehen wollen, das zugleich Spiegel und Bildschirm des anderen *establishment* ist, das dabei ist – in kybernetischer, minutiöser Weise – das aus *Adán* (Adam) zu machen, was sein Name besagt, wenn man ihn von hinten liest: *nada* (nichts).

EINE AUFGABE FÜR SANKT GEORG

Von Zeit zu Zeit muß López wieder arbeiten, denn er hat feststellen müssen, daß das Geld die unangenehme Neigung hat, zusammenzuschrumpfen, und daß ein großer, schöner Hundertfrancschein plötzlich als ein Fünfziger aus der Tasche hervorkommt, und dieser sich, wenn man es am wenigsten erwartet, zu einem Zehnfrancschein verkleinert, wonach etwas Schreckliches passiert, nämlich die Tasche wird viel schwerer und man hört sogar ein sympathisches Klimpern, doch kommen diese angenehmen Äußerungen ganz allein von ein paar Einfrancstücken, und da möchte ich dich sehen. Also stößt dieser arme Kerl hohlklingende Seufzer aus und unterschreibt mit irgendeiner der Firmen, für die er schon öfter zeitweilig gearbeitet hat, einen Einmonatsvertrag, und am Montag, dem 5.7.66 betritt er pünktlich um 8 Uhr morgens die Abteilung 18, 4. Stock,

Treppe 2, und bums stößt er auf das freundliche Ungeheuer.

Natürlich ist es nicht leicht, die Realität des freundlichen Ungeheuers zu akzeptieren, da es erstens dort überhaupt keines gibt, wie sollte es dort auch ein Ungeheuer geben, wo der Chef und die Kollegen im Büro ihn herzlich empfangen und jeder ihm die Neuigkeiten erzählt und ihm Zigaretten anbietet. Die Gegenwart des Ungeheuers ist etwas anderes, etwas, das sich einem gleichsam diagonal oder von der Kehrseite dessen aufdrängt, was an diesem Tag und an den folgenden geschieht, und er muß es dulden, obgleich niemand es je gesehen hat, denn dieses Ungeheuer ist ein Ungeheuer ja gerade insofern, als es nicht existiert, insofern es da ist wie ein lebendiges Nichts, eine Art von Leere, die enthält und besitzt und zuhört, was mir gestern abend passiert ist, López, da hat doch meine Frau... Und so, fast augenblicklich, erfährt man vom Ungeheuer, denn es ist unglaublich, Kleiner, für Februar haben sie die Angleichung der Gehälter versprochen, und jetzt hör dir das an, da hat doch das Ministerium...

Müßte man es abgrenzen, eine Puderwolke von Worten streuen, um seine Ausmaße zu erkennen, vielleicht würden Dinge hineingehen wie Suárez' Pfeife, der Husten, der alle paar Minuten aus dem Büro von Frau Schmidt kommt, das Zitronenparfüm von Miss Roberts, die Witze von Toguini (hab ich dir schon den von dem Japaner erzählt?), diese Art, die Sätze mit Bleistiftgeklopfe auf dem Tisch zu skandieren, was der Prosa des Doktor Uriarte die Eigenschaft einer mit einem Metronom geschlagenen Suppe gibt. Und auch das Licht, der Bäume und Wolken beraubt, das ein durch die Polaroidscheiben der Fenster zerfetztes Gefieder nachschleppt, das Wägelchen mit dem Kaffee und den Amerikanern um zehn Uhr vierzig, der aschgraue Aktenstrom. Nichts von dem ist wirklich das Ungeheuer, oder doch, aber wie eine unbedeutende Bekundung seiner Gegenwart, wie die Spuren seiner Füße oder seiner Exkremente oder ein fernes Brüllen. Und doch lebt das Ungeheuer von der Pfeife oder dem Husten oder dem Bleistiftgeklopfe, aus solchen Dingen besteht sein Blut und sein Charakter, vor allem sein Charakter, denn López ist sich schließlich darüber klar geworden, daß sich das Ungeheuer von anderen Ungeheuern, die er kennt, unterscheidet, es kommt ganz darauf an, wie das Ungeheuer sich konkretisiert, welcher Husten oder welche Fenster oder welche Zigarren in seinen Adern fließen. Wenn er einst angenommen hatte, daß das Ungeheuer immer das gleiche sei, etwas Allgegenwärtiges und Unvermeidliches, so genügte es, in verschiedenen Firmen zu arbeiten, um zu entdecken, daß es mehr als eines gibt, obgleich irgendwie alle immer insoweit das Ungeheuer waren, als es sich allein von López erkennen ließ, während seine Kollegen im Büro seine Gegenwart nicht zu bemerken schienen. López ist sich schließlich darüber klar geworden, daß das Ungeheuer der Place Azincourt, das der Villa Calvin und das der Vindobona Street sich in undefinierbaren Eigenschaften und Absichten und Tabaksorten unterscheiden. Er weiß zum Beispiel, daß das der Place Azincourt ein Plappermaul und ein netter Kerl ist, ein liebenswertes Ungeheuer, wenn man so will, ein kleines Ungeheuer, das sich immer ein bißchen herumwälzt, das zu Streichen aufgelegt ist und fünfe gerade sein läßt, ein Ungeheuer wie sie fast nicht mehr üblich sind, während das der Vindobona Street unfreundlich und kurz angebunden ist, mit sich selbst unzufrieden zu sein scheint und Hochstapeleien und gadgets ausdünstet, ein nachtragendes und unglückliches Ungeheuer ist. Und jetzt ist López wieder einmal in eine der Firmen, die ihn gelegentlich beschäftigen, eingetreten, und an einem mit Papieren bedeckten Schreibtisch sitzend, spürte er immer deutlicher, während er mit halb geschlossenen Augen rauchte und sich die Anekdoten seiner Kollegen anhörte, das langsame, unerbittliche, unbeschreibliche Koagulieren des Ungeheuers, das auf seine Rückkehr gewartet hatte, um wirklich zu existieren, um zu erwachen und anzuschwellen mit allen seinen Schuppen und seinen Pfeifen und seinem Husten. Eine Weile noch findet er es lächerlich, daß das Ungeheuer auf ihn gewartet hat, um einmal mehr aufzuleben, daß es auf ihn gewartet hat, der der einzige ist, der es verabscheut und es fürchtet, daß es ausgerechnet auf ihn gewartet hat und nicht auf einen von diesen Kollegen, die von seiner Existenz nichts wissen, und auch wenn sie davon wüßten, ganz ruhig bleiben würden, aber es könnte auch sein, daß eben deshalb das Ungeheuer nicht existiert, wenn nur sie da sind und López fehlt. Es findet alles so absurd, daß er weit weg sein möchte und wünschte, nicht arbeiten zu müssen, aber es ist unnütz, denn seine Abwesenheit wird das Ungeheuer nicht töten, es wird im Rauch der Pfeife, im Geräusch des Wägelchens mit dem Kaffee um zehn Uhr vierzig, in der Geschichte von dem Japaner weiterhin warten. Das Ungeheuer ist geduldig und freundlich, nie wird es etwas sagen, wenn López weggeht und es blind zurückläßt, es wird dort in seinem Dunkel einfach weiterhin warten mit ungeheuer friedlicher und schläfriger Bereitschaft. An dem Morgen, wenn López sich an den Schreibtisch setzt, umgeben von seinen Kollegen, die ihn begrüßen und auf die Schulter klopfen, wird das Ungeheuer sich freuen, wieder erwacht zu sein, es wird sich mit einer schrecklichen unschuldigen Freude darüber freuen, daß seine Augen einmal mehr die Augen sind, mit denen López es ansieht und es haßt.

VON DEM GEFÜHL DES PHANTASTISCHEN

Heute morgen machte Theodor W. Adorno etwas typisch Katzenhaftes: mitten in einer leidenschaftlichen Rede, halb Jeremiade, halb völlig begründetes Sichreiben an meinen Hosenbeinen, blieb er steif und starr stehen und fixierte einen Punkt in der Luft, wo für mich nichts zu sehen war, nichts bis zur Wand, wo der Käfig mit dem Bischof von Evreux hängt, der nie Theodors Interesse geweckt hat. Eine englische Lady hätte gesagt, daß der Kater da ein morgendliches Gespenst sah, was die echtesten sind und am leichtesten nachzuweisen, und daß die Lockerung der anfänglichen Starrheit und die langsame Bewegung des Kopfes von links nach rechts in gerader Blickrichtung zur Tür zur Genüge beweise, daß das Gespenst, durch diese erbarmungslose Bespitzelung wahrscheinlich inkommodiert, gerade hinausgegangen ist.

Man wird es seltsam finden, aber das Gefühl des Phantastischen ist mir nicht so angeboren wie anderen Menschen, die dann keine phantastischen Erzählungen schreiben. Als Kind war ich empfänglicher für das Wunderbare als für das Phantastische (über die verschiedene Bedeutung dieser immer falsch angewandten Begriffe ziehe man Roger Caillois zu Rate)*, und außer an die Märchen glaubte ich mit der ganzen Familie, daß die äußere Wirklichkeit jeden Morgen mit der gleichen Pünktlichkeit und in immer den gleichen Spalten in *La Prensa* erscheine. Daß jeder Zug von einer Lokomotive gezogen werden muß, war eine offensichtliche Tatsache, die durch häufige Reisen von Bánfield nach Buenos Aires in beruhigender Weise bestätigt wurde, und

* Siehe insbesondere Vorwort zu *Anthologie du fantastique*, Club français du livre, Paris 1958.

deshalb begann ich an dem Morgen, als ich zum ersten Mal einen elektrischen Zug einfahren sah, der auf eine Lokomotive verzichten zu können schien, so bitterlich zu weinen, daß es meiner Tante Enriqueta zufolge mehr als eines halben Pfunds Zitroneneis bedurfte, um mich wieder zu beruhigen. (Meinen abscheulichen Realismus zu jener Zeit mag noch besser die Tatsache veranschaulichen, daß ich auf Spaziergängen mit meiner Tante Geldstücke auf der Straße zu finden pflegte, aber vor allem die Geschicklichkeit, mit der ich die zuhause geklauten Münzen auf den Boden fallen ließ, während meine Tante sich ein Schaufenster betrachtete, um sie dann schnell wieder einzusammeln und unverzüglich von dem Recht Gebrauch zu machen, mir Bonbons zu kaufen. Hingegen war meiner Tante das Phantastische sehr vertraut, da sie diese allzu häufige Wiederholung nie ungewöhnlich fand und sogar die Begeisterung über den Fund und so manches Bonbon mit mir teilte.)

An anderer Stelle habe ich von meiner Verwunderung darüber gesprochen, daß ein Mitschüler die Geschichte von Wilhelm Storitz, an deren Glaubwürdigkeit mir nicht die geringsten Zweifel gekommen waren, phantastisch fand. Mir ist klar, daß ich ein umgekehrtes, ziemlich schwieriges Verfahren anwandte: das Phantastische in die Wirklichkeit einbringen, es *verwirklichen.* Der Zauber jedes Buches erleichterte mir die Arbeit: wie an Jules Verne *zweifeln?* Wie Nâser-è-Khosrow, im 11. Jahrhundert in Persien geboren, empfand ich, daß ein Buch

Obgleich es nur einen Rücken hat, hundert Gesichter besitzt

und daß ich diese Gesichter unbedingt aus ihrer großen Truhe zutage fördern und in meine persönliche Umwelt einschmuggeln mußte, in die Dachstube, in die Angstträume, in die Träumereien in der Krone eines Baumes während der Siesta. Ich glaube, daß ich in der Kindheit das Phantastische nie unmittelbar sah oder empfand; Worte,

Sätze, Erzählungen, Bibliotheken destillierten es im äußeren Leben durch einen Willensakt, durch freie Wahl. Es empörte mich, daß mein Freund den Fall Wilhelm Storitz ablehnte; wenn jemand über einen unsichtbaren Menschen geschrieben hatte, genügte es nicht, daß dessen Existenz durchaus möglich war? An dem Tag, da ich meine erste phantastische Erzählung schrieb, griff ich letzten Endes nur persönlich in ein Verfahren ein, an dem ich bis dahin stellvertretend beteiligt gewesen war; ein Julio trat an die Stelle des anderen, zum spürbaren Nachteil für beide.

Jene Welt, die diese ist

In einer der *Illuminationen* zeigt Rimbaud den Jungen noch »bei der Versuchung des Antonius«, Beute der »Krämpfe kindlichen Stolzes, das Zusammenbrechen und das Grauen«. Von dieser Bindung an die Kontingenz wird er sich frei machen durch den Willen, die Welt zu verändern. »Du wirst dich an diese Arbeit machen«, sagt er und sagt sich Rimbaud. »Um dich als Zentrum wirbelt die Fülle harmonischer und architektonischer Möglichkeiten.« Die wahre Alchimie besteht in dieser Formel: *Deine Erinnerung und deine Sinne werden ausschließlich deine schöpferische Kraft nähren. Die Welt, trittst du ab, wie ist sie geworden? Jedenfalls nichts von dem, was sie heute scheint.**
Wenn die Welt nichts mehr von ihrem heutigen Aussehen haben wird, dann wird die schöpferische Kraft, von der der Dichter spricht, die pragmatischen Funktionen der Erinnerung und der Sinne verwandelt haben; die ganze »ars combinatoria«, die Wahrnehmung der unterschwelligen Beziehungen, das Gefühl, daß die Rückseiten die Vordersei-

* Jeunesse, IV.

ten widerlegen, vervielfachen, annullieren, sind die natürliche Modalität desjenigen, der lebt, *um das Unerwartete zu erwarten.* Die äußerste Vertrautheit mit dem Phantastischen geht noch darüber hinaus; irgendwie haben wir das, was wir noch nicht erhalten haben, schon bekommen, die Tür öffnet sich einem Besucher, der übermorgen kommen wird oder gestern kam. Die Ordnung wird immer eine offene sein, sie wird nie auf einen Abschluß abzielen, da in einem System, von dem man nur unmittelbare Koordinaten besitzt, weder etwas endet, noch etwas beginnt. Einst habe ich befürchtet, daß das Funktionieren des Phantastischen noch grausamer sei als die physische Kasualität; ich war mir nicht darüber im klaren, daß ich es mit besonderen Anwendungen des Systems zu tun hatte, die durch ihre außergewöhnliche Kraft den Eindruck des Schicksalhaften, eines Calvinismus des Übernatürlichen, weckten. Später habe ich gesehen, daß diese überwältigende Inständigkeit des Phantastischen auf praktisch unfaßbare Virtualitäten zurückstrahlte; die Übung ist eine Hilfe, das Studium der sogenannten Zufälle erweitert die Banden des Billardtisches, vermehrt die Schachfiguren bis zu dieser persönlichen Grenze, jenseits der nur andere Kräfte als die unseren Zugang haben. Es gibt kein in sich geschlossenes Phantastisches, denn das, was wir von ihm kennenlernen können, ist immer nur ein Teil, und deshalb halten wir ihn für phantastisch. Man wird schon geahnt haben, daß die Worte, wie immer, Löcher verdecken.

Ein Beispiel für das begrenzte und gleichsam schicksalhafte Phantastische gibt eine Erzählung von W.F. Harvey.* Der Erzähler hat zu zeichnen begonnen, um sich bei der Hitze eines Augusttages etwas abzulenken; als er dessen, was er gezeichnet hat, gewahr wird, hat er eine Gerichtsszene vor sich: der Richter hat gerade das Todesurteil gesprochen und

*W. F. Harvey. *August Heat* in *The Beast with Five Fingers,* Dent, London 1962.

der Verurteilte, ein dicker, kahlköpfiger Mann, sieht ihn mit einem Blick an, in dem mehr Mutlosigkeit als Entsetzen liegt. Die Zeichnung in die Tasche steckend, verläßt der Erzähler das Haus und schlendert durch die Straßen, bis er, müde geworden, vor der Hoftür eines Steinmetzen stehen bleibt. Ohne recht zu wissen warum, geht er auf den Mann zu, der einen Grabstein meißelt: er ist derselbe, den er zwei Stunden zuvor gezeichnet hat, ohne ihn zu kennen. Der Mann begrüßt ihn herzlich und zeigt ihm einen fast fertig bearbeiteten Grabstein, auf dem der Erzähler seinen eigenen Namen entdeckt, das genaue Datum seiner Geburt und das seines Todes: eben dieser Tag. Ungläubig und erschrocken, erfährt er, daß der Grabstein für eine Ausstellung bestimmt ist und daß der Steinmetz einen Namen und Daten in ihn gemeißelt hat, die er sich ausgedacht hatte.
Da es immer noch heißer wird, gehen sie ins Haus. Der Erzähler zeigt seine Zeichnung und den beiden Männern wird klar, daß diese doppelte Koinzidenz sich jeder Erklärung entzieht und daß sie in ihrer Absurdität entsetzlich ist. Der Steinmetz rät dem Erzähler, sein Haus bis Mitternacht nicht zu verlassen, um einen möglichen Unfall zu vermeiden. Sie begeben sich in ein abgelegenes Zimmer und der Steinmetz vertreibt sich die Zeit mit dem Schärfen seines Grabstichels, während der Erzähler den Vorfall zu Papier bringt. Es ist elf Uhr nachts; noch eine Stunde, und die Gefahr wird vorüber sein. Die Hitze wird noch größer; wie der Schlußsatz der Erzählung sagt, ist es *eine Hitze, die imstande ist, jeden um den Verstand zu bringen.*
Über dem wunderbar symmetrischen Schema der Erzählung und der Zwangsläufigkeit ihres Ablaufs darf man nicht vergessen, daß die beiden Opfer nur eine Masche des Netzes kennengelernt haben, das sie zu vernichten droht; das wirklich Phantastische liegt nicht so sehr in den wenigen berichteten Umständen als im Mitschwingen ihres Puls-

schlags, des erschreckenden Klopfens eines Herzens, das nicht das unsere ist, einer Ordnung, die uns jeden Augenblick für eins ihrer Mosaike benutzen kann, indem sie uns der Routine entreißt und uns einen Bleistift oder einen Grabstichel in die Hand drückt. Wenn das Phantastische mich besucht (manchmal bin ich der Besucher, meine Erzählungen verdanken sich diesen gegenseitigen Anstandsbesuchen im Laufe von zwanzig Jahren), muß ich immer an den wunderbaren Passus von Victor Hugo denken: »Niemand weiß, was der Segelpunkt eines Schiffes ist; ein Konvergenzpunkt, ein Schnittpunkt, der selbst dem Erbauer des Schiffes ein Geheimnis ist, und in dem die im ganzen beigesetzten Segelwerk verteilten Kräfte sich summieren.« Ich bin überzeugt, daß Theodor heute morgen einen Segelpunkt der Luft fixiert hat. Es ist nicht schwer, solche zu finden, nicht einmal, sie heraufzubeschwören, doch unter einer Voraussetzung: man muß sich eine ganz besondere Vorstellung von den in der Konvergenz zulässigen Heterogeneitäten machen und darf keine Angst haben vor der zufälligen Begegnung (was sie nicht sein wird) eines Regenschirms und einer Nähmaschine. Das Phantastische bricht eine scheinbare Kruste auf, und deshalb gemahnt es an den Segelpunkt; es ist da etwas, das uns mit aller Macht aus dem Gleis zu bringen versucht. Immer habe ich erfahren, daß die großen Überraschungen dort auf uns warten, wo wir gelernt haben, uns über nichts mehr zu wundern, worunter ich verstehe, uns angesichts der Brüche der Ordnung nicht zu empören. Die einzigen, die wirklich an Gespenster glauben, sind die Gespenster selbst, wie der berühmte Dialog in der Bildergalerie beweist.* Wenn wir in irgendeiner Ordnung des Phantastischen diese Natürlichkeit erlangten, wäre Theodor

* So berühmt, daß es fast beleidigend ist, seinen Autor zu erwähnen: Georg Loring Frost *(Memorabilia,* 1923) und das Buch, das ihm zu diesem Ruhm verhalf: die *Antología de la literatura fantástica* (Borges, Silvina Ocampo, Bioy Casares).

nicht mehr der einzige, der so ruhig bleibt, das arme Tierchen, wenn es das sieht, was wir noch nicht sehen können.

»ICH KÖNNTE DIESEN SESSEL TANZEN«, SAGTE ISADORA

On n'observe chez Wölfli ni inspiration particulière et isolée, ni conception d'idées ou d'imagination bien distinctes; bien plus, sa pensée tout comme sa façon de travailler n'a ni de commencement ni fin. Il s'interrompt à peine, sitôt qu'une feuille est terminée, il en commence une autre et sans cesse il écrit, il dessine. Si on lui demande au début ce qu'il a l'intention de dessiner sur sa feuille, il vous répond parfois sans hésiter comme si cela allait de soi, qu'il va représenter un hôtel géant, une haute montagne, une grande grande Déesse, etc.; mais souvent aussi il ne peut encore vous dire juste avant de s'y mettre, ce qu'il va dessiner; il ne le sait pas encore, cela finira bien par prendre figure: il n'est pas rare non plus qu'il élude avec mauvaise humeur ce genre de questions: qu'on le laisse tranquille, il a plus intéressant à faire qu'à bavarder!

Morgenthaler, *Un aliéné artiste*, in: *L'art brut*, 2, pp. 42–3

Ein gebrochenes Bein und Adolf Wölflis Werk waren Anlaß für diese Reflexion über ein Gefühl, das Lévy-Bruhl prälogisch genannt haben würde, bevor andere Anthropologen den falschen Gebrauch dieses Terminus aufgezeigt hätten. Ich beziehe mich auf die Vermutung archaisch magischen Ursprungs, derzufolge es Phänomene und sogar Dinge gibt, die sind, was sie sind und wie sie sind, da sie in gewisser Weise auch ein anderes Phänomen oder ein anderes Ding sind oder sein können; und daß die Wechselwirkung eine Gesamtheit

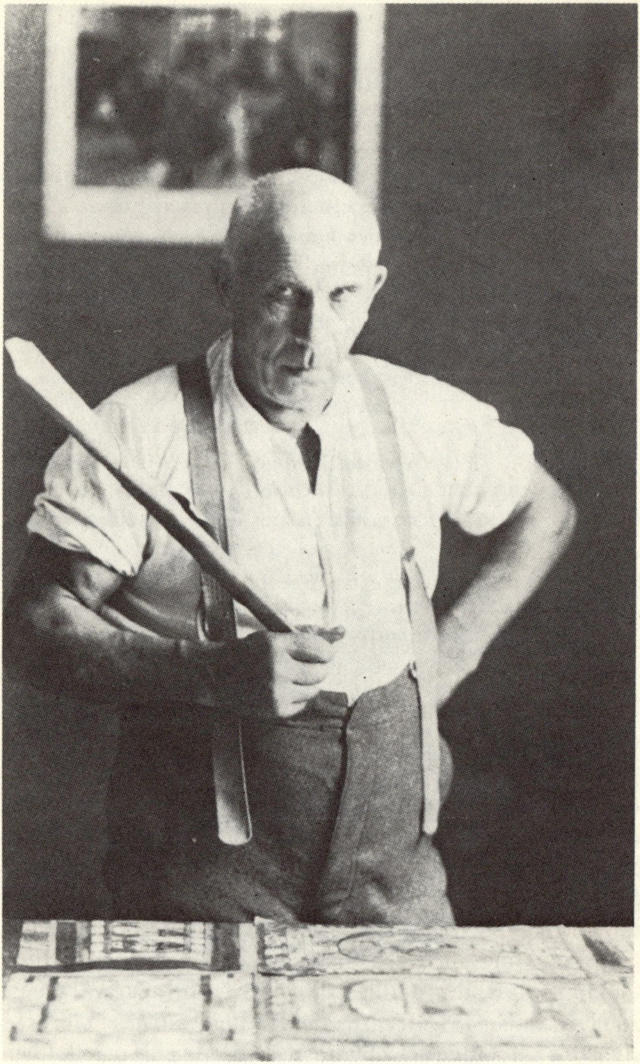

von Elementen, die dem Verstand heterogen erscheinen, nicht nur ähnliche Wechselwirkungen in anderen, von der ersteren scheinbar abgesonderten Gesamtheiten auszulösen vermag, wie das die sympathetische Magie verstand und viele beleidigte dicke Frauen, die immer noch Nadeln in Wachsfigürchen stecken, sondern daß es zwischen der einen und der anderen Gesamtheit tiefste Übereinstimmung gibt, so skandalös das dem Intellekt erscheinen mag.

All das klingt nach Tamtam und Hokuspokus und erscheint einem zugleich etwas arg technisch, aber das ist es nicht, sowie man die Routine aufgibt und dieser Durchlässigkeit für sich selbst nachgibt, worin Antonin Artaud den dichterischen Akt par excellence sah, »das Erkennen dieser inneren, dynamischen Bestimmung des Denkens«. Man braucht nur den Rat von Fred Astaire zu befolgen, *let yourself go*, zum Beispiel wenn man an Wölfli denkt, denn einige der Dinge, die Wölfli gemacht hat, waren perfekte Kristallisationen dieser Erlebnisse.

Ich lernte Wölfli durch Jean Dubuffet kennen, der den Text eines Schweizer Arztes, der sich in der Irrenanstalt mit Wölfli befaßt hatte, veröffentlichte, ein Text, der, wiewohl gar nicht ins Französische übersetzt, besonders intelligent erscheint, auch wenn er voll guten Willens und voller Anekdoten ist, was aber gerade interessiert, da wir Intelligenz heute ja alle aufbieten. Ich verweise auf das Buch wegen des *curriculum vitae*, aber während man sich das beschafft, kann es nicht schaden, daran zu erinnern, wie der Riese Wölfli, ein behaarter Gebirgsbewohner und ungeheuer viril, ganz Unterhose und Bizeps, ein ungewohnter Primat selbst in seinem Dorf von Hirten, nach wiederholter Vergewaltigung von Minderjährigen oder ähnlichen Versuchen in einer Gummizelle landet; es folgen Gefängnis und neue Vergehen in Heuschobern, Gefängnis und weitere Notzuchtverbrechen, bis am Rande des Zuchthauses die Gelehrten sich über die Unzurechnungsfähigkeit des vermeintlichen Ungeheuers klarwerden und ihn in eine Irrenanstalt stecken. Dort macht Wölfli jedem das Leben sauer, doch ein Psychiater kommt eines Tages auf die Idee, dem Schimpansen eine Banane in Form von Buntstiften und Papier zu geben. Der Schimpanse beginnt zu zeichnen und zu schreiben, und außerdem macht er aus einem Blatt Papier eine Rolle und bastelt sich so ein Musikinstrument, woraufhin Wölfli zwanzig Jahre lang, gerade nur eine Pause einlegend, um zu essen, zu schlafen und sich von den Ärzten piesacken zu lassen, schreibt und zeichnet und ein völlig irres Werk schafft, das für viele jener Künstler, die aus irgendeinem Grunde immer noch frei herumlaufen, eine Bereicherung sein könnte.

Ich stütze mich hier auf eines seiner Bilder mit dem Titel (ich sehe mich genötigt, die französische Übersetzung anzuführen) *La ville de biscuit à bière St. Adolf.* Es ist eine mit Buntstiften kolorierte Zeichnung (nie gab man ihm Öl oder Temperafarbe; viel zu teuer, um an einen Irren verschwendet zu werden), die Wölfli zufolge eine Stadt darstellt – was richtig ist, *inter alia* –, doch diese Stadt ist aus Biskuit (wenn der Übersetzer das Biskuit genannte Porzellan meint, ist diese Stadt aus Porzellan, aus Biskuitporzellan für Bier oder aus Biersteingut, oder wenn der Übersetzer unter *bière* Sarg versteht, ist diese Stadt aus Biersteingut oder aus Porzellan oder aus Sarg). Sagen wir, um zu wählen, was am wahrscheinlichsten ist: Stadt aus Biskuitporzellan St. Adolf, und hier muß man erläutern, daß Wölfli sich ein St. Adolf unter anderen schuf. Das Bild vereinigt also in seinem Titel eine scheinbare Multivision, die für Wölfli völlig eindeutig ist, der es als Stadt sieht (aus Biskuit ((aus Biskuitporzellan (((Stadt St. Adolf)))))). Mir ist klar, daß St. Adolf nicht der Name der Stadt ist, sondern daß die Stadt, wie beim Biskuit und beim Bier, St. Adolf *ist* und umgekehrt.

Doch damit nicht genug. Wenn der Doktor Morgenthaler sich für die Bedeutung von Wölflis Werk interessierte und dieser, was selten vorkam, zu sprechen geruhte, geschah es manchmal, daß der Riese auf die übliche Frage: »Was stellt das dar?« zur Antwort gab: »Das«, seine Papierrolle nahm und eine Melodie blies, die für ihn nicht nur die Erklärung des Bildes war, sondern auch das Bild, oder dieses die Melodie, wie die Tatsache beweist, daß viele seiner Zeichnungen Pentagramme mit musikalischen Kompositionen von ihm enthalten, und daß er zudem einen großen Teil seiner Bilder mit Texten ausfüllte, in denen seine Sicht der Wirklichkeit noch einmal in Worte gefaßt erschien. Merkwürdig, beunruhigend, daß Wölfli den pessimistischen Satz von Lichtenberg hat widerlegen (und mit seiner Zwangsklausur zugleich hat bestätigen) können: »Wenn ich über dergleichen Sachen schreiben wollte, würden mich die Leute einen Verrückten heißen, und deshalb schweige ich. Es ist geradeso unmöglich, darüber zu sprechen, wie auf der Geige, als wären es Noten, die Tintenflecke auf meinem Schreibtisch zu spielen ...«

Wenn die psychiatrische Studie auf diese schwindelerregende musikalische Erklärung des Bildes auch Nachdruck legt, sagt sie doch nichts von der symmetrischen Möglichkeit, der nämlich, daß Wölfli *seine Musik male*. Als hartnäkkiger Bewohner von Zwischenbereichen will mir nichts natürlicher erscheinen, als daß eine Stadt, das Biskuit, das Bier, St. Adolf und eine Musik fünf Dinge in einem sind und eins in fünf; es gibt bereits ein Präzedens, nämlich die Trinität, und es gibt das *car je est un autre*. Doch all dies wäre eher statisch, wenn man nicht die Erfahrung gemacht hätte, daß diese eindeutig fünffachen Dinge in ihrer inneren, dynamischen Bestimmung (wenn man auf ihren Bereich die Aktivität überträgt, die Artaud dem Denken beimaß) eine Wirkung ausüben, die jener der Teilchen des Atoms entsprechen, so daß, um den Titel von Wölflis Bild metaphorisch zu gebrauchen, die eventuelle Wirkung des Biskuits auf die Stadt eine Metamorphose in St. Adolf verursachen kann, so wie die geringste Geste von St. Adolf das Verhalten des Biers völlig zu verändern vermag. Wenn wir dieses Beispiel jetzt in weniger gastronomische und hagiographische Zusammenhänge bringen, werden wir zu dem abschweifen, was mir im Hospital Cochin mit meinem gebrochenen Bein passiert ist, und das in der Erfahrung bestand (nicht mehr in dem Gefühl oder in der Vermutung: die Gewißheit war von jener Art, die der Stolz der aristotelischen Logik ist), daß mein infiziertes Bein, dem ich vom Beobachtungsposten des Fiebers und des Deliriums aus zusah, ein Schlachtfeld war, dessen wechselhaftes Geschehen ich minuziös verfolgte, mit seiner Geographie, seiner Strategie, seinen Rückschlägen und Gegenangriffen, als ein unparteiischer und zugleich engagierter Betrachter, in dem Maße wie jeder Schmerzstich ein bergab stürmendes Regiment oder ein Kampf Mann gegen Mann war, und jeder Pulsschlag des Fiebers ein zügelloser Angriff oder eine Kolonne von im Winde flatternder Fähnchen.* Unmöglich, Grund zu berühren, ohne mit der definitiven Überzeugung wieder an die Oberfläche zu kommen, daß gleich welche historische Schlacht ein Tee mit Toast in einem Rektorat der Grafschaft Kent hat sein können, oder daß die Mühe, die ich mir seit einer Stunde gebe, um diese Seiten zu schreiben, vielleicht einem Ameisenhaufen in Adelaide, Australien, gleichkommt oder den drei letzten *rounds* des vierten Vorkampfes am vergangenen Donnerstag am Dawson Square in Glasgow. Ich führe primäre Beispiele an, die sich auf eine Wirkung beschränken, die sich von X auf Z erstreckt, aufgrund einer wesentlichen Koexistenz von X und Z. Aber was zählt das im Vergleich mit einem Tag in

* Viele Jahre später stieß ich auf einen anderen Aphorismus von Lichtenberg: *Für die Kriegführenden sind die Schlachten Krankheiten.*

deinem Leben, einer Liebe von Swann, der Konzeption der Kathedrale von Gaudí in Barcelona? Die Leute erschrecken, wenn man ihnen die Bedeutung eines Lichtjahrs, des Volumens eines Zwergsterns, des Ausmaßes eines Galaxis begreiflich macht. Was da sagen über die drei Pinselstriche von Masaccio, die vielleicht der Brand von Persepolis sind, der vielleicht das Mordzimmer von Peter Kürten ist, das vielleicht der Weg nach Damaskus ist, der vielleicht die Galeries Lafayettes ist, die vielleicht der schwarze Kater von Hans Magnus Enzensberger sind, der vielleicht eine Prostituierte in Avignon namens Jeanne Blanc (1477–1514) ist? Und dies sagen heißt weniger als nichts sagen, da es ja nicht um die Interexistenz an sich geht, sondern um ihre Dynamik (ihre »innere, dynamische Bestimmung«), die sich freilich am Rande aller Meß- oder Zählbarkeit, die auf unseren Greenwich oder Geigers basieren, vollzieht. Metaphern, die in diese vage, aufstachelnde Richtung zielen: der Peitschenknall der dreifachen Karambole, der Zug des Läufers, der die Spannungen auf dem ganzen Schachbrett verändert: wie oft habe ich das Gefühl gehabt, daß ein glänzendes Kombinationsspiel (zumal wenn River Plate es zeigte, die Mannschaft, der ich in meinen Jahren als echter »porteño« die Treue hielt) bei einem Physiker in Rom eine Gedankenverbindung bewirken könnte, falls er nicht aus dieser Verbindung erst hervorgeht, oder, noch schwindelerregender, daß Physiker und Fußball Elemente einer anderen Operation seien, die sich gerade auf einem Kirschbaumzweig in Nicaragua vollziehen könnte, und alle drei ihrerseits ...

EIN JULIO SPRICHT VOM ANDERN

Dieses Buch entsteht wie die geheimnisvollen Gerichte einiger Pariser Restaurants, bei denen die erste Zutat, der *fond de cuisson,* vor vielleicht zwei Jahrhunderten angesetzt wurde, ein Sud, der in der Folge in einem endlosen Prozeß durch verschiedene Fleischsorten, Gemüse und Gewürze aromatisiert wurde, so daß er im Innersten den akkumulierten Geschmack unendlichen Brutzelns hat. Hier gibt es einen Julio, der uns, ich fürchte, etwas pikaresk, von einer Daguerreotypie aus betrachtet, einen Julio, der schreibt und Blatt um Blatt ins Reine tippt, und einen Julio, der mit all dem Seite um Seite gestaltet, mit einer Geduld, die ihn nicht daran hindert, von Zeit zu Zeit ein kategorisches Verdammt! auszustoßen, an seinen Namensvetter neben ihm gerichtet, oder an das scotch tape, das sich ihm um einen Finger gerollt hat, mit diesem ungestümen Bedürfnis, das das scotch tape zu haben scheint, seine Effizienz zu beweisen.

Der älteste der Julios schweigt, die beiden anderen arbeiten, diskutieren, essen hin und wieder ein kleines Steak und rauchen Gitanes. Sie kennen sich so gut, sie haben sich so daran gewöhnt, Julio zu sein, zur gleichen Zeit den Kopf zu heben, wenn jemand ihren Namen nennt, daß einer von ihnen plötzlich erschrickt, weil er feststellt, daß das Buch Fortschritte macht, doch daß er nichts von dem anderen gesagt hat, von dem, der die Blätter bekommt, sie sich zuerst ansieht, als wären sie ausschließlich meßbare, klebbare und diagrammierbare Dinge, und später, wenn er allein ist, sie zu lesen beginnt und dann und wann, viele Tage später, zwischen zwei Zigaretten, eine Bemerkung fallen läßt oder eine Anspielung macht, damit dieser Schreiber-Julio wisse, daß auch er mit dem Buch zutiefst vertraut ist und daß es ihm

gefällt. Deshalb meint dieser Schreiber-Julio jetzt, daß er über Julio Silva etwas sagen muß, und daß es das beste sein wird, zum Beispiel zu erzählen, wie Silva 1955 von Buenos Aires nach Paris kam, mich einige Monate später aufsuchte und mir einen ganzen Abend lang von französischer Poesie sprach, wobei er häufig eine gewisse Sara erwähnte, die immer höchst subtile Dinge sagte, mochten sie auch etwas sibyllinisch sein. Ich war mit ihm damals noch nicht so intim, um ihn schlankweg nach der Identität dieser geheimnisvollen Muse, die ihn durch den Surrealismus leitete, zu fragen, bis mir kurz vor Ende des Abends klar wurde, daß es sich um Tzara handelte, so ausgesprochen wie dieses Cronopium zum Glück immer pronunzieren wird, Silva, der der guten Aussprache wenig bedarf, um uns eine so reiche Sprache zu schenken wie die seine. Wir wurden enge Freunde, wahrscheinlich dank Sara, und Julio begann, in Paris seine Bilder auszustellen und uns mit Zeichnungen zu beunruhigen, in denen eine Tierwelt in ständiger Metamorphose etwas spöttisch damit droht, unseren living-room in Beschlag zu nehmen, und da möchte ich euch sehen. In jenen Jahren passierten unglaubliche Dinge, wie zum Beispiel, daß Julio ein Bild gegen ein Autochen tauschte, das einem Yoghurtglas sehr ähnlich sah und das man durch das Dach aus Plexiglas, das die Form einer Weltraumkapsel hatte, bestieg, und so kam er auf die Idee, da er überzeugt war, ein sehr guter Fahrer zu sein, seine nagelneue Erwerbung selber abzuholen, während seine Frau zu einer ersten Ausfahrt vor der Haustür auf ihn wartete. Mit einiger Mühe drängte er sich mitten im Quartier Latin in das Yoghurtglas, und als er das Auto in Gang setzte, hatte er den Eindruck, daß die Bäume des Trottoirs rückwärts liefen, statt vorwärts, eine Lappalie, die ihn nicht groß beunruhigte, wiewohl ein kurzer Blick auf die Gangschaltung ihm gesagt haben würde, daß er rückwärts fährt, eine Art der Fortbewegung, die in Paris um fünf Uhr

nachmittags ihre Nachteile hat und die in der keineswegs zufälligen Begegnung des Yoghurtglases mit einem dieser unwahrscheinlichen Häuschen gipfelte, in denen eine verfrorene arme Alte Lotterielose verkauft. Als er sich dessen bewußt wurde, war das mephitische Auspuffrohr des Autos in das Gemach eingedrungen, und die ältliche Verteilerin des Glücks stieß diese schrillen Schreie aus, mit denen die Pariserinnen von Zeit zu Zeit das höfliche Schweigen ihrer hohen Kultur kompensieren. Mein Freund versuchte aus dem Auto zu steigen, um dem halb erstickten Opfer zu Hilfe zu kommen, doch da er nicht wußte, wie man das Dach aus Plexiglas aufschiebt, sah er sich noch fester eingeschlossen als Gagarin in seiner Kapsel, ganz zu schweigen von der entrüsteten Volksmenge, die den kläglichen Unfallort umringte und schon davon redete, die Ausländer zu lynchen, was die Pflicht jeder Volksmenge, die auf sich hält, zu sein scheint.

Dinge wie diese sind Julio viele passiert, doch meine Wertschätzung gründet sich vor allem auf die Art, wie er nach und nach von einer exzellenten Wohnung Besitz ergriff, die sich sage und schreibe in einem Haus der rue de Beaune befindet, wo einst die drei Musketiere wohnten (noch heute kann man die schmiedeeisernen Ständer sehen, an die Porthos und Athos die Schwerter hängten, bevor sie auf ihre Zimmer gingen, und man stellt sich Constance Bonacieux vor, wie sie von der Ecke der rue de Lille aus scheu zu den Fenstern hinaufsieht, hinter denen D'Artagnan von Chimären und Nestelstiften aus Diamanten träumte). Zuerst hatte Julio eine Küche und ein Schlafzimmer; mit den Jahren drang er in einen weiteren, größeren Raum vor und dann ignorierte er eine Tür, hinter der – Vorsicht Stufen – sich das befand, was heute sein Atelier ist. All das machte er mit der Hartnäckigkeit eines Maulwurfs, verbunden mit einer Raffinesse à la Talleyrand, um die Eigentümer und Nachbarn zu beschwichtigen, die angesichts dieses Phänomens einer von Max Planck nie untersuchten Expansion verständlicherweise alarmiert waren. Heute kann er sich damit brüsten, ein Haus mit zwei Türen zu haben, die auf verschiedene Straßen führen, was die Atmosphäre erweitert, die man sich vorstellt, als der Kardinal de Richelieu den Musketieren den Garaus machen wollte und es zu mancherlei Scharmützeln und Zwangslagen kam und zu diesen Verdammich! wie die Musketiere in den katalanischen Übersetzungen, die unsere Kindheit schändeten, immer sagten.

Dieses Cronopium empfängt seine Freunde heute mit einer Sammlung technologischer Wunder, unter denen vermöge ihrer Funktion ein Vergrößerungsapparat von natürlicher Größe herausragt, ferner ein Fotokopiergerät, das ein besorgniserregendes Kollern von sich gibt und dazu neigt, bei jeder Gelegenheit seinen Kopf durchzusetzen, ganz zu schweigen von einer Reihe schwarzer Masken, die einen fühlen lassen, was man wirklich ist, ein armer Weißer. Und der Wein, über dessen rigorose Auswahl ich mich nicht verbreiten will, weil es immer gut ist, wenn die Leute ihre Geheimnisse für sich behalten; und seine Frau, die die Cronopien, die im Atelier herumhängen, mit gleichbleibender Güte erträgt, und die zwei Kinder, die ohne Zweifel inspiriert sind durch das bezaubernde Bild *Der Maler und seine Familie* von Juan Bautista Mazo, dem Schwiegersohn von Diego Velázquez.

Dies ist der Julio, der der Reise um den Tag Form und Rhythmus gegeben hat. Ich glaube, der andere Julio, hätte er ihn gekannt, würde ihn zusammen mit Michel Ardan in die Mondrakete gesteckt haben, um die glückseligen Gefahren der Improvisation, der Phantasie und des Spiels zu vergrößern. Heute schicken wir eine andere Sorte von Kosmonauten in den Weltraum, das ist schade. Darf ich dieses Porträt mit einer Kostprobe der ästhetischen Theorien Julios beenden, die insbesondere die Damen nicht lesen sollten? Einmal, als wir von den verschiedenen Zugängen zur Zeichnung sprachen, verlor das große Cronopium die Geduld und sagte barsch und ein für allemal: »Mensch, man muß die Hand machen lassen, was in den Hoden brodelt.« Nach solch einer Bemerkung ist ein Schlußpunkt, glaube ich, nicht unangebracht.

ÜBER DIE ART UND WEISE, VON ATHEN ZUM KAP SUNION ZU FAHREN

... and the recollection of that absence of tree, that nothingness, is more vivid to me than any memory of the tree itself.
E.F. Bozman, *The White Road*

Die Erinnerung spielt mit ihrem eigenen Inhalt ein undurchsichtiges Spiel, für das jedes Lehrbuch der Psychologie exemplarische Beweise bringt. Arrhythmie des Menschen und seiner Erinnerung, die manchmal hinter dem Erlebten zurückbleibt und manchmal einen einwandfreien Spiegel vortäuscht, den die vergleichende Gegenüberstellung voller Empörung Lügen zu strafen scheint. Als Diaghilew erneut mit dem Russischen Ballett auftrat, warfen ihm einige Kritiker vor, daß die Bühnenbilder von *Petruschka* ihre ursprüngliche leuchtende Farbigkeit eingebüßt hätten: es waren dieselben, perfekt konserviert. Bakst sah sich genötigt, die Farbtöne zu verstärken, um sie mit einer verklärten Erinnerung in Übereinstimmung zu bringen. Sie, die Sie in die Cinematheken gehen, wie steht es mit Ihrer Erinnerung an die Filme von Pabst, Dreyer, Lupu Pick?

Ein seltsames Echo, das seine Schwingungen gemäß einer anderen Akustik als der des Bewußtseins oder der Erwartung speichert; der Saal römischer Büsten der Erinnerung ist für gewöhnlich reich an persischen Satrapen oder, subtiler, auf dem Gesicht von Commodus oder Gordianus erscheint ein Lächeln, das von einer Daguerreotypie Nadars oder einem karolingischen Elfenbein herrührt, wo nicht von einer Tante, die uns in Tandil Kekse reichte und dazu Portwein kredenzte. Das vermeintliche Archiv der Fotokopien zei-

tigte sonderbare Geschöpfe; das grüne Paradies der Amouren der Kindheit, dessen Baudelaire gedenkt, ist für viele eine verkehrte Zukunft, die Bildseite einer Hoffnung angesichts des grauen Purgatoriums der Amouren des Erwachsenen, und in dieser geheimen Umkehrung, die dem Glauben Vorschub leistet, daß man nicht allzu schlecht gelebt hat, da es ja immerhin ein fernes Eden und ein unschuldiges Glück gab, ähnelt die Erinnerung der schizophrenen Spinne der Laboratorien, wo Halluzinogene erprobt werden, dieser Spinne, die Netze webt, die voller Löcher, Flickereien und Stopfstellen sind. Die Erinnerung webt uns und fängt uns zugleich, gemäß einem Schema, an dem unser Bewußtsein keinen Anteil hat; nie sollten wir von *unserer* Erinnerung sprechen, denn wenn sie an etwas krankt, so daran, daß sie nicht unsere ist; sie arbeitet auf eigene Rechnung, sie hilft uns, uns zu täuschen, oder vielleicht täuscht sie uns, um uns zu helfen; in jedem Fall fährt man von Athen zum Kap Sunion mit einem klapprigen Autobus, das erklärte mir in Paris mein Freund Carlos Courau, ein unermüdliches Cronopium, falls es solche gibt. Er erklärte es mir gleichzeitig mit anderen griechischen Reiserouten, dem Vergnügen jedes Reisenden sich überlassend, der, indem er von seiner Reise erzählt, diese noch einmal macht (auf diese Penelope wird er ewig warten) und gleichzeitig eine Reise in Stellvertretung genießt, die nämlich, die dieser Freund machen wird, dem er gerade erklärt, wie man von Athen zum Kap Sunion kommt. Drei Reisen auf einmal, die wirkliche, aber schon vergangene, die imaginäre, doch im Wort gegenwärtige, und die, die der andere in Zukunft machen wird, auf den Spuren der vergangenen und aufgrund der heute gegebenen Ratschläge, nämlich, daß der Autobus um zehn Uhr morgens auf einem Athener Platz abfährt und es ratsam ist, frühzeitig zu erscheinen, da er sich schnell mit einheimischen Fahrgästen und Touristen füllt. Schon an jenem Abend, bei dieser

Aufzählung von Ereignissen und Monumenten, traf die Spinne eine sonderbare Wahl, denn verflixt, am Schluß war die Schilderung, die mir Carlos von seiner Ankunft in Delphi gab, oder von der Seereise zu den Zykladen, oder vom Strand von Mykene in der Abenddämmerung, jede der hundert Episoden, die Olympia und Mistra, das Bild des Kanals von Korinth und die Gastfreundschaft der Hirten mit einschlossen, interessanter und reizvoller als der schlichte Rat, frühzeitig auf einem staubigen Platz zu erscheinen, um einen Autobus zu nehmen, ohne zu riskieren, keinen Sitzplatz mehr zu bekommen und zwischen Körben voller Hühner und *marines* mit paläolithischen Kinnbacken eingekeilt stehen zu müssen. Die Spinne lauschte all dem, und aus dieser Folge von Bildern, Düften und Plinten fixierte sie für immer die Vorstellung, die ich mir von einem Platz, auf dem man sich frühzeitig einfinden müsse, und von einem unter Bäumen wartenden Autobus machte.

Einen Monat später fuhr ich nach Griechenland, und es kam der Tag, da ich den Platz suchte, der natürlich in nichts dem Platz meiner Vorstellung ähnelte. In dem Augenblick stellte ich keinen Vergleich an, die äußere Wirklichkeit erobert das Bewußtsein im Sturm, der Platz, den ein Baum einnimmt, läßt keinen Raum für anderes, der Autobus war klapprig, wie Carlos gesagt hatte, doch er ähnelte nicht dem, den ich so deutlich vor mir gesehen hatte, als er ihn erwähnte; zum Glück gab es noch Sitzplätze, ich sah Kap Sunion, suchte im Poseidon-Tempel nach Byrons Namenszug, und an einem einsamen Küstenstreifen hörte ich das schwabbelig-klitschige Geräusch eines Tintenfischs, den ein Fischer wieder und wieder gegen die Felsen schlug.

Dann, zurück in Paris, passierte folgendes: als ich von meiner Reise berichtete und auf den Ausflug zum Kap Sunion zu sprechen kam, war das, was ich vor mir sah, während ich davon erzählte, der Platz von Carlos und der

Autobus von Carlos. Zuerst amüsierte mich das, später war ich darüber verwundert; als ich dann allein war und das Experiment wiederholen konnte, versuchte ich angestrengt, die wahren Gegebenheiten dieses banalen Ausflugs zu sehen. Ich erinnerte mich an einige Einzelheiten, an ein Bauernpaar, das im Bus neben mir saß, aber der Bus blieb der andere, der von Carlos, und als ich rekonstruierte, wie ich auf den Platz kam und dort wartete (Carlos hatte von den Pistazienverkäufern und von der Hitze gesprochen), war das einzige, was ich mühelos sah, das einzig wirklich Wahre, jener andere Platz, den ich in meiner Pariser Wohnung vor mir gesehen hatte, als ich Carlos zuhörte; und der Autobus dieses Platzes wartete mitten vor der Häuserreihe unter den Bäumen, die ihm vor der sengenden Sonne Schutz boten, und nicht an einer Ecke, wo er doch an dem Morgen stand, als ich ihn nahm, um zum Kap Sunion zu fahren.
Seitdem sind zehn Jahre vergangen, und die Bilder eines rasch vergangenen Monats in Griechenland sind spärlicher geworden, beschränken sich immer mehr auf einige Augenblicke, die mein Herz und die Spinne auswählten. Da ist die Nacht in Delphi, in der ich das Numinose spürte und nicht zu sterben verstand, das heißt, geboren zu werden; da sind die späten Stunden in Mykene, die Freitreppe von Phaistos und die Kleinigkeiten, welche die Spinne zur Ausführung einer Figur aufspart, die sich unserer Einsicht entzieht, die Zeichnung eines mittelmäßigen Mosaikfragments im römischen Hafen von Delos, der Duft eines Eises in einer Gasse in Plaka. Und außerdem ist da die Fahrt von Athen zum Kap Sunion, und der Platz bleibt der von Carlos und der Autobus der von Carlos, erfunden eines Abends in Paris, als er mir riet, zeitig da zu sein, um noch einen Sitzplatz zu bekommen; es ist sein Platz und sein Autobus, und den Platz und den Autobus, die ich in Athen suchte und kennenlernte, gibt es für mich nicht, verdrängt, verleugnet von diesen Phantas-

men, die stärker sind als die Welt, weil sie sie im voraus erfinden, um sie, die falsche Zitadelle der Erinnerung, bis zu ihrem letzten Reduit um so besser zu zerstören.

DIALOG MIT MAORIS

Un auteur prophétisait la fin de l'Eternel. Nous nous contenterons de travailler à la fin de l'Immobile.
René Crevel, *Le clavecin de Diderot*

»Einen kleinen Schritt weiter nach vorn, und gehen Sie seitlich, dann ist Platz ...«
Ein Busschaffner in Buenos Aires

Crevel und der Schaffner haben recht; die Wirklichkeit ist flexibel und porös, und die scholastische Einteilung in Physik und Metaphysik verliert jeden Sinn, sobald wir uns weigern, das Unbewegliche zu akzeptieren, sobald wir einen Schritt weiter nach vorn gehen, und nach Möglichkeit seitlich. Ich spreche nicht von philosophischen Unternehmen, ich beziehe mich auf das Butterbrot am Morgen oder auf die Verabredung, die wir um halb neun im *Gaumont Rive Gauche* mit Esther haben, ich will nur zu verstehen geben, wieso Stehenbleiben die Physik und Gehen die Metaphysik ist, und außerdem, daß es genügt zu gehen, damit Stehenbleiben auf das Niveau der Bemerkungen abgleitet, die ein Nashorn über eine Skulptur von Brancusi machen könnte.
Polanco fragte Calac einmal, was er mit diesen Sätzen voller Butterbrot und Dickhäutern meine.
»Etwas ganz Einfaches, Mann«, sagte Calac. »Zuerst, laß das mit der Physik und der Metaphysik, die den beiden Kurbeln des Tischfußballs ähneln, beiseite. Wenn du in dem Augenblick, da du dir die Butter aufs Brot schmierst (ich empfehle dir die von Isigny, die ist die beste), fähig bist, dieses Gesamt, das dein Appetit, die erwähnten Zutaten und ein Messer

bilden, beispielsweise mit einer Phrase einer Sonate von Chopin zu verknüpfen oder mit einer dieser rekurrenten Erinnerungen, die nicht umsonst rekurrent sind, wirst du bemerken, daß sich am Rande der analogischen Verbindung eine zweite Möglichkeit auftut, nämlich die, das Ergebnis als angereicherte Wirklichkeit zu verstehen, in der Bedeutung, wie die Physiker von angereichertem Uran oder Plutonium sprechen. Unverzüglich, wenn du beharrlich bist, wenn alle deine Lebensregungen dieser Stunde oder dieses Tages sich in diesem Bestreben rüsten, aus dir herauszukommen, an andere physische oder psychische Manifestationen anzuknüpfen, wie das die visionärsten Romantiker schon verstanden, wird das Resultat sein, daß du in den letzten Etappen dieser Sequenz zu einer Art porösem Bienenkorb, riesigem Schlot im Wirklichen gelangst, kaum daß du sagst: ›Wie hübsch diese Blonde ist‹, oder dir die Schuhe zuschnürst. Eine Praxis, Mann, eine Praxis, im Ernst.«

»Aber das tut doch jeder Dichter«, sagte Polanco enttäuscht.

»Natürlich tut er das, aber dann drückt er es in seiner Poesie aus, und du weißt ja, daß die Leute Poesie fast immer als einen außerordentlichen Augenblick lesen, ein ausgezeichnetes Rezept, um darauf zur Prosa zurückzukehren und sich nicht zu sehr zu erregen. Deshalb sage ich dir, daß man den Rat des Busschaffners auf das Bananen-Leben, auf das Zahnputzmittel-Leben, auf das Guten-Tag-Mama-Leben anwenden muß, das, wenn du es genau betrachtest, achtundneunzig Prozent des Lebens, das wir führen, ausmacht. Letzten Endes ist es das, was der Compte sagte, die wahre Poesie wird von allen gemacht werden müssen und nicht von einem allein. Und die Geschmeidigkeit, das Rutschen und Schlittern zwischen dem Schinken und dem Brot sind die einzige Möglichkeit, die Poesie für uns brauchbar zu machen, abgesehen davon, daß mit den Centavos die Pesos gemacht werden, wie meine Lehrerin in der dritten Klasse mich lehrte.«

»Du packst das Brot in fast alle deine Beispiele«, sagte Polanco. »Wenn ich recht verstanden habe, ziehst du den Schwamm dem Bimsstein vor?«

»Du wirst errettet werden, Bruder, du wirst errettet werden«, sagte Calac begeistert. »Dir ist aufgegangen, daß wir durch die lebendigen Zwischenräume das Numen schauen werden. Nie hat Kant mich davon überzeugen können, daß wir definitiv begrenzt seien; während er das behauptete, tanzten ein gewisser Jean Paul (Richter, versteht sich) und ein gewisser Novalis bereits zu einem Rhythmus, den die Pedanterie mich nicht hindern wird, kosmisch zu nennen, und gehorchten dem Busschaffner in einem Maße, daß sie zum Schluß durch die Fenster ausstiegen, und das ist es, was wir alle tun sollten. Die angebliche Einheit und Endlichkeit der Tatsachen negieren, darauf kommt es an. Gestern starb der Doktor Noriega; das ist eine Tatsache, und als solche ist sie die aller. Aber dann höre ich den Menschenfresser, von dem Frazer in *The Golden Bough* berichtet, den Menschenfresser, der seinen Tod entscheidend beeinflußte und serialisierte: ›Mein Tod ist fern von hier im großen Ozean, und er ist schwer zu finden. In diesem Meer gibt es eine Insel, und auf der Insel wächst eine grüne Eiche, und unter der Eiche ist eine Truhe aus Eisen, und in der Truhe ist ein Körbchen, und in dem Körbchen ist ein Hase, und in dem Hasen ist eine Ente, und in der Ente ist ein Ei; und wer das Ei findet und es zerbricht, der wird mich zur gleichen Zeit töten.‹ Der Menschenfresser hätte Busschaffner gewesen sein können, findest du nicht auch?«

»Vor allem auf der Linie *La Palma*, die du als Junge vielleicht gekannt hast«, sagte Polanco wehmütig. »Ich nahm diesen Bus an einer Ecke der Avenida San Martin, um nach Floresta zu fahren, wo ich eine Donna, die ich damals hatte, besuchen wollte, doch ich kam immer so spät, daß meine kleine Freundin mich abblitzen ließ, weil sie mich anderer Neigungen verdächtigte, das dumme Huhn. Die Sache aber war die, und wir fünf oder sechs Idioten, die wir in einer entsetzlichen Hitze warteten, hatten Zeit, das an der Ecke zu diskutieren, daß La Palma für eine Strecke von über sieben Kilometern gerade nur über ein oder zwei Fahrzeuge verfügte. Sag du, ob die Stadtverwaltung nicht wirklich gemein war.«

»Und was hat der Menschenfresser damit zu tun?«

»Nichts, einmal warteten wir so lange, daß die Hitze anfing, mehreren dieser Kerle das Hirn zu verbrennen. Und weil ihnen nicht gefällt, wie du »La payanca« pfeifst, oder weil dieser Tag ihnen schwer zusetzt, wollen sie dich fertigmachen, und als schließlich der Bus kommt, raufen sie sich mit dem Fahrer und mit dem Schaffner, und da gab's an diesem Tag überhaupt keinen Bus, und eine Menge Verhaftete und Verletzte gab's.«

»Das war fast die Märtyrerkrone«, bemerkte Calac.

»Wahrlich, aber der Menschenfresser wäre gerade recht gekommen, um ein paar gut sitzende Fußtritte auf anderen Ebenen des Transportsektors zu serialisieren, wie du sagtest, denn bekanntlich zieht ein Fußtritt den anderen nach sich, aber wer sagt dir das. Ganz davon abgesehen, daß meine Verlobte mit Mate und Pasteten auf mich wartete.«

»Weißt du, wie Buddha das Nirwana erlangte?« wollte Calac wissen.

Polanco wußte es nicht, aber Calac ließ ihn in Unkenntnis darüber, dagegen bestand er auf der Elastizität, der zwei entgegengesetzte Begriffe oder Evidenzen fähig sein können, die ihm zufolge aus reiner Trägheit eine binäre Position einnahmen, um den Schaffner nicht zu beachten. Er zitierte ihm einen Satz von Lezama Lima: »Ein westlicher Arzt stellt nur zwei Herzrhythmen fest, wohingegen es einem chinesischen Arzt gelingt, vierhundert ganz verschiedene Töne zu unterscheiden.« Polanco fand vierhundert Töne übertrieben, doch Calac ließ seinen Einwand nicht gelten, da er es zu wörtlich nehme.

»Wenn du die Bedeutung dieser gelben Sentenz, die sich in einem kubanischen Spiegel spiegelt, nicht zu würdigen weißt«, bemerkte er mitleidig, »so höre wenigstens, wie die Maoris kosmogonisch vom Chaos zum Raum gelangen. Jawohl, die Maoris, diese Primitiven mit dem Gesicht voller Tätowierungen. Ob du es glaubst oder nicht, sie haben intuitiv erfaßt, daß es zwischen dem ursprünglichen Durcheinander und der Ordnung, die der Konzeption einer rationalen Zeit und eines rationalen Raums vorausgeht, nicht unser fulminantes *fiat lux* gibt, worauf man sich anschickt, die Schöpfung in Serie herzustellen. Sie vermuten, daß es bereits vom Chaos zur Materie einen höchst subtilen Prozeß gibt, und versuchen, ihn kosmogonisch darzustellen. Ich mache dich darauf aufmerksam, daß sie nicht einmal zur Materie gelangen, denn der Vorphasen sind so viele, daß man bereits bei den Vorbereitungen ermüdet. Ich will dir nur die Schritte vom Chaotischen zu einem ersten Zustand aufzählen, der die Schöpfung und die Spezialisierung der Materie ermöglichen wird, sagen wir, vom Chaos bis zu einem anthropologischen Raum. Zähl mit den Fingern mit und du wirst sehen, daß die vierhundert Töne des Chinesen im Vergleich dazu gar nichts sind.«

»Aber wo hast du bloß diese Daten her?« fragte Polanco höchst erstaunt.

»Aus einem Buch, das mir Bud Flakoll geliehen hat, und das ich ihm schon zurückgegeben habe. Die ersten Maori-Schritte auf die Schöpfung zu sind die folgenden: da ist die ursprüngliche Leere, und auf diese Leere folgen: die erste Leere, die zweite Leere, die weite Leere, die ausgedehnteste Leere, die trockene Leere, die großmütige Leere, die liebliche Leere, die gefesselte Leere, die Nacht, die schwebende

Nacht, die fließende Nacht, die seufzende Nacht, die Tochter des unruhigen Schlafs, der Tagesanbruch, der ständige Tag, der strahlende Tag, und zuletzt der Raum.«

»Du lieber Himmel«, sagte Polanco.

»Du wirst verstehen, daß die Übersetzung etwas frei ist«, erklärte Calac bescheiden, »wenn du in Betracht ziehst, daß diese Dinge heißen Po-teki, Te Powhawha und dergleichen Phoneme mehr.«

CLIFFORD

Wie schwer, sich daran zu gewöhnen, daß er tot ist. Wie Bird, wie Bud *he didn't stand the ghost of a chance,* doch bevor er starb, sagte er seinen dunkelsten Namen, spann des langen den Faden einer geheimen Rede, feucht von jener Schamhaftigkeit, die in den griechischen Stelen bebt, wo ein nachdenklicher Jüngling in die weiße Nacht des Marmors blickt. Dort schließt Cliffords Musik etwas ein, das sich dem Jazz fast immer entzieht, das sich fast immer dem entzieht, was wir schreiben oder malen oder lieben. Plötzlich, zur Mitte hin, spürt man, daß diese Trompete, die mit untrüglichem Gespür nach der einzigen Möglichkeit sucht, die Grenze zu überschreiten, weniger Selbstgespräch als Kontakt ist. Beschreibung eines ephemeren und schwierigen Glücks, eines widerruflichen Schutzes: vorher und nachher die Normalität. Wenn ich wissen will, was der Schamane ganz oben auf dem Baum des Übergangs erlebt, Auge in Auge mit der Nacht außerhalb der Zeit, höre ich einmal mehr Cliffords Testament wie einen Flügelschlag, der das Kontinuum zerreißt, der in der Unordnung eine Insel des Absoluten erfindet. Und dann muß man sich von neuem daran gewöhnen, daß er und so viele von uns tot sind.

Remember Clifford *(Clifford Brown,* 1930–1956), *Mercury MCL* 268. Ghost of a chance *(Young-Crosby)* ist das vorletzte Stück auf der zweiten Seite.

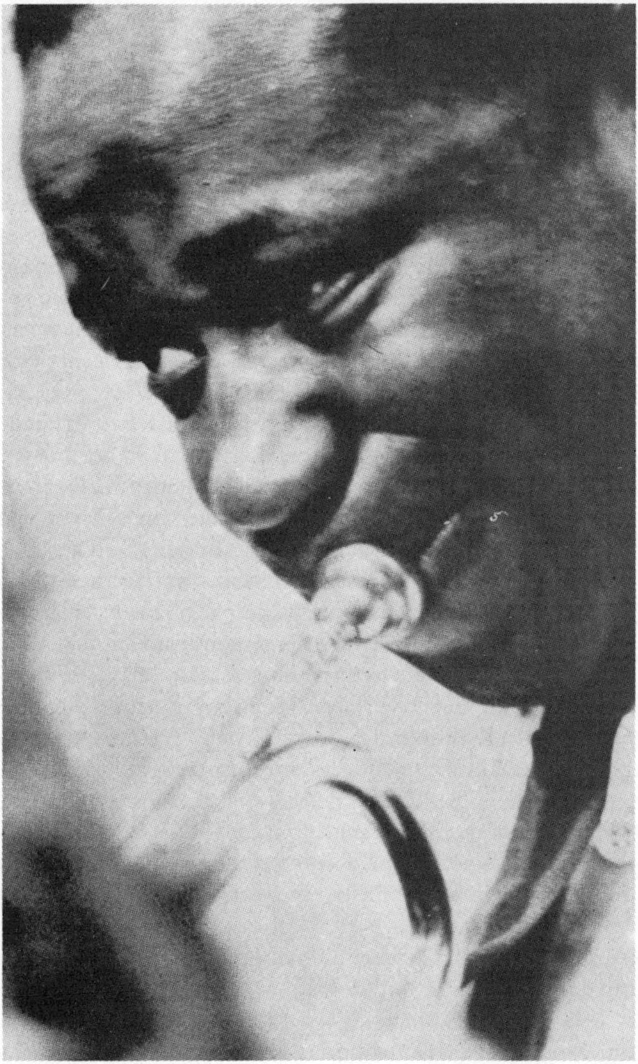

NÄCHTE IN DEN MINISTERIEN EUROPAS

Es lohnt sich, *free-lance*-Übersetzer zu sein, denn nach und nach lernt man des Nachts die Ministerien Europas kennen, und die sind sehr sonderbar und voller Statuen und Gänge, wo alles mögliche passieren könnte und manchmal auch passiert. Wenn man Ministerium sagt, ist ein Ministerium gemeint, aber auch ein Gerichtshof oder ein Parlamentsgebäude, für gewöhnlich riesige Klötze aus Marmor mit vielen vielen Teppichen und melancholischen Amtsdienern, die je nach Jahr und Ort finnisch, englisch, dänisch oder persisch sprechen. So habe ich ein Ministerium in Lissabon kennengelernt, danach das Dean's Yard in London, ein Ministerium in Helsinki, eine ominöse offizielle Dependance in Washington, D. C., das Senatsgebäude in Bern und, doch aus Bescheidenheit will ich's bei dieser Aufzählung belassen, nur muß ich hinzufügen, daß es immer nachts war, das heißt, daß ich sie auch am Morgen oder am Nachmittag kennenlernte, während ich auf den Konferenzen derjenigen arbeitete, deren Sitz sie gerade waren, aber die wahre, heimliche Bekanntschaft machte ich des Nachts mit ihnen, und damit brüste ich mich, denn ich weiß nicht, ob andere so viele Ministerien Europas bei Nacht kennengelernt haben, dann, wenn sie die Silbe, die sie maskiert, verlieren und zu dem werden, was sie vielleicht in Wirklichkeit sind, Schattenmünder, Höllenschlünde, Rendezvous mit einem Spiegel, in dem sich nicht mehr die Krawatten oder die Lügen des Mittags spiegeln.

Immer war es das gleiche: die Arbeitssitzungen zogen sich bis spät abends hin, und es war ein fast unbekanntes Land, wo man Sprachen sprach, die für das Gehör alle möglichen unnützen Gegenstände und Polyeder bezeichneten, das

heißt, daß es einem für gewöhnlich nichts nutzte, einige Worte zu verstehen, die dann etwas anderes bedeuteten und fast immer auf einen Gang verwiesen, der, anstatt auf die Straße zu führen, in den Archiven des Kellers endete oder bei einem Aufseher, der viel zu höflich war, um nicht beunruhigend zu wirken. In Kopenhagen, zum Beispiel, hatte das Ministerium, in dem ich eine Woche lang arbeitete, einen Aufzug, wie ich ihn nirgends sonst gesehen habe, einen *offenen* Aufzug, der dauernd fährt, ohne anzuhalten, so wie die Rolltreppen, aber anstatt der relativen Gelassenheit, die einem diese Mechanismen geben, da einem, wenn man eine Stufe falsch kalkuliert, schlimmstenfalls passieren kann, daß der Schuh mit einem unangenehmen Ruck auf die folgende abrutscht, präsentierte sich der Aufzug im Ministerium von Kopenhagen als ein großes finsteres Loch, in dem langsam die offenen Käfige auftauchten, die man im richtigen Augenblick betreten mußte, um sich nach oben oder unten fahren zu lassen, wobei man einen nach dem anderen die Stockwerke vorbeiziehen sah, die in unbekannte und stets finstere Regionen führten, oder schlimmer noch, wie mir das aus einer Selbstmordmanie heraus widerfuhr, die ich nie besonders bereuen werde, als ich an den Punkt kam, da die Käfige, den letzten Stock erreichend, in einen völlig dunklen und geschlossenen Kreisbogen eintraten, wo man sich am Rande einer scheußlichen Offenbarung wähnte, da es außer der Finsternis eine lange, knackende und schwankende Sekunde gab, während der Käfig den Bereich zwischen Aufstieg und Abstieg, das mysteriöse Zünglein der Waage passierte. Natürlich begriff man diesen Aufzug schließlich, und später war es sogar vergnüglich, in einen der Käfige zu steigen und eine Zigarette zu rauchen, während man hoch und runter fuhr und sich acht oder neunmal den Amtsdienern der verschiedenen Stockwerke zeigte, die sprachlos den ganz und gar nicht dänischen Aufzugfahrer anstarrten, der nicht

aussteigen und Vernunft annehmen wollte, doch nachts gab es keine Amtsdiener, es war da tatsächlich niemand außer einem Nachtwächter, der darauf wartete, daß wir vier oder fünf Übersetzer unsere Arbeit beendeten, und eben dann begann ich durch das Ministerium zu gehen, und so lernte ich sie alle kennen, und im Laufe von fünfzehn Jahren erweiterten sich meine Alpträume um Zimmer, Galerien und Aufzüge und Freitreppen mit schwarzen Statuen, wurden ausgeschmückt mit Fahnen und Prunksälen und merkwürdigen Begegnungen.

Die Einbildungskraft genügt vielleicht, um sich über das Vorrecht dieser Aufenthalte in den Ministerien klar zu werden, diese fast unglaubliche Tatsache, daß ein Ausländer mitten in der Nacht durch Räume streifen konnte, zu denen ein Einheimischer nimmer Zutritt erhalten hätte. Die Garderobe des Dean's Yard in London, zum Beispiel, ihre Reihen von Kleiderbügeln, jeder mit seinem Etikett, und manchmal eine Aktentasche oder ein Gabardine oder ein Hut, die dort aus wer weiß welch sonderbaren Gewohnheiten des ehrenwerten Cyril Romney oder des Doktor Humphrey, Ph. D., zurückgelassen worden waren. Dank welchem unglaublichen Spiel von Irrationalitäten durfte ein sardonischer Argentinier zu dieser Stunde zwischen den Kleiderbügeln umherschlendern, die Aktentasche öffnen oder das Futter der Hüte untersuchen. Doch den größten Reiz übte es auf mich aus, mitten in der Nacht ins Ministerium zurückzukehren (immer gab es Dokumente letzter Stunde zu übersetzen), indem ich einen Seiteneingang benutzte, eine echte Phantomtür mit einem Wächter, der mich einließ, ohne mich auch nur nach dem Passierschein zu fragen, und frei mich bewegen und mich fast allein ließ, manchmal völlig allein, in einem Ministerium voller Archive und Schubläden und verstockt schweigender Teppiche. Den ausgestorbenen Platz überqueren, mich dem Ministerium nähern und den kleinen

Seiteneingang suchen, bisweilen argwöhnisch von einheimischen Nachtschwärmern beobachtet, die auf diese Weise nie betreten könnten, was gewissermaßen ihr eigenes Haus ist, *ihr* Ministerium, dieses skandalöse Durchbrechen einer vernünftigen finnischen Wirklichkeit stürzte mich von Anfang an in einen Zustand, der dem, was mich drinnen erwartete, günstig war, das gemächliche, heimliche Umherstreichen über Korridore, auf Treppen und in leeren Büroräumen. Meine wenigen Kollegen zogen es vor, sich auf das vertraute Gebiet des Büros, in dem wir arbeiteten, zu beschränken, und vor Erledigung der letzten eiligen Dokumente einen Schluck Whisky oder Slibowitz zu nehmen; mich jedoch lockte etwas zu dieser Stunde, ich hatte ein wenig Angst, doch mit einer Zigarette zwischen den Lippen ging ich durch die Gänge, ließ den erleuchteten Arbeitsraum hinter mir, begann das Ministerium zu erkunden. Ich habe schon von schwarzen Statuen gesprochen, ich erinnere mich jetzt an die riesigen Trugbilder in den Galerien des Senatsgebäudes von Bern, in einer Dunkelheit, die sich von einer blauen Glühbirne hier und da kaum stören ließ, an die von Lanzen starrenden undeutlichen Gestalten, Bären und Fahnen, die mir ironisch vorangingen, bis die erste endlose Galerie begann; dort klangen die Schritte anders, akzentuierten immer stärker die Einsamkeit, die Distanz, die mich vom Bekannten trennte. Nie habe ich geschlossene Türen gemocht, Flure, in denen eine Doppelreihe eichener Türrahmen ein dumpfes Spiel von Wiederholungen verlängert. Bei jeder Tür stehe ich der aufreizenden Unmöglichkeit gegenüber, ein leeres Zimmer zu erleben, zu erfahren, was ein Zimmer ist, wenn es leer ist (ich spreche nicht davon, es sich vorzustellen oder es näher zu beschreiben; mit solchen Äußerlichkeiten mögen andere sich begnügen); der Korridor des Ministeriums, gleich welches dieser Ministerien um Mitternacht, in denen die Säle nicht nur leer, sondern mir auch unbekannt waren (würde es dort große Tische mit grünen Schreibunterlagen geben, Archive, Sekretariate oder Vorzimmer mit Bildern und Diplomen, von welcher Farbe mögen die Tapeten sein, welche Form mögen die Aschenbecher haben, steckt in einem Wandschrank vielleicht ein toter Sekretär, ist im Vorzimmer des Präsidenten des Obersten Gerichtshofes vielleicht eine Frau dabei, Papiere zu ordnen?), das langsame Gehen genau in der Mitte dieses Korridors, nicht zu nah an den geschlossenen Türen vorbei, diese Wanderung, die irgendwann wieder in die erleuchtete Zone führen würde, zurück zur vertrauten spanischen Sprache im Munde der Kollegen. In Helsinki stieß ich eines Nachts auf einen Flur, der in dem architektonischen Gleichmaß des Gerichtshofes eine unerwartete Biegung machte; eine Tür führte in ein geräumiges Zimmer, in dem der Mond bereits der Anfang eines Bildes von Paul Delvaux war; ich kam zu einem Balkon und entdeckte einen verschwiegenen Garten, den Garten des Ministers oder des Richters, ein kleiner Garten zwischen hohen Mauern. Am Rande des Balkons ging man auf einer schmalen eisernen Treppe in ihn hinunter, und alles war in kleinstem Maßstab, so als wäre der Minister ein finsterer Zwerg. Als ich einmal mehr die Ungehörigkeit empfand, mich in diesem Garten eines Gerichtshofes einer Stadt eines Landes zu befinden, das tausende Kilometer von diesem gewöhnlichen, alltäglichen Ich entfernt ist, erinnerte ich mich an das weiße Einhorn, das Gefangener des blauen Wandteppichs ist, der Gefangener des kleinen Raums ist, der Gefangener des Cloister's ist, das Gefangener New Yorks ist. Als ich noch einmal durch den großen Raum ging, sah ich auf einem Schreibtisch einen Karteikasten und öffnete ihn: alle Karteikarten waren unbeschrieben. Ich hatte einen blauen Filzstift, und bevor ich hinausging, zeichnete ich auf fünf oder sechs Karteikarten Labyrinthe und steckte sie zwischen die anderen Karteikar-

ten; ich stelle mir mit Vergnügen vor, daß eine verdutzte Finnin meine Zeichnungen einmal findet, und daß es womöglich einen Aktenvorgang geben wird, Beamte, die Fragen stellen, konsternierte Sekretäre.

Bevor ich einschlafe, muß ich manchmal an alle Ministerien Europas denken, die ich des Nachts kennengelernt habe, die Erinnerung bringt sie in einer Weise durcheinander, daß im Halbdunkel nur ein endloses Gebäude übrigbleibt; draußen mag London oder Lissabon oder New Delhi sein, doch das Ministerium ist jetzt ein einziges, und in irgendeinem Winkel dieses Ministeriums befindet sich das, was mich nächtens lockte und mich furchtsam über Treppen und durch Gänge wandern ließ. Vielleicht gibt es einige Ministerien, die ich noch nicht besucht habe; wieder werde ich mir eine Zigarette anzünden, damit sie mich begleite, während ich mich in Sälen und Aufzügen verliere, vage auf der Suche nach irgend etwas, dem ich nicht begegnen möchte.

VON EINER ANDEREN »MACHINE CÉLIBATAIRE«

Fabriquées à partir du langage, les machines sont cette fabrication en acte; elles sont leur propre naissance répétée en elles-mêmes; entre leurs tubes, leurs roues dentées, leurs systèmes de métal, l'écheveau de leur fils, elles emboîtent le procedé dans lequel elles sont emboîtés.

Michel Foucault, *Raymond Roussel*

N'est-ce pas des Indes que Raymond Roussel envoya un radiateur électrique à une amie qui lui demandait un souvenir rare *de là-bas?*

Roger Vitrac, *Raymond Roussel*

Ich habe keinerlei Beweise zur Hand, aber in dem Buch von Michel Sanouillet über Marcel Duchamp wird behauptet, daß der *marchand du sel* 1918 in Buenos Aires war.* So mysteriös es auch scheint, diese Reise mußte der Gesetzgebung des Willkürlichen entsprechen, dessen Kodes wir folgen, wenn wir einige Regelwidrigkeiten der Literatur untersuchen, ich jedenfalls bin sicher, daß ihre Zwangsläufigkeit durch die erste Seite der *Impressions d'Afrique* bewiesen wird: »Am 15. März 19.., in der Absicht, eine lange Reise durch die sehenswerten Gebiete Südamerikas zu unternehmen, ging ich in Marseille an Bord der *Lyncée*, eines schnellen Passagierschiffes von großer Tonnage, das die Linie Buenos Aires befährt.« Unter den Passagieren, die das unvergleichliche Buch von Raymond Roussel mit der Poesie des Außerordentlichen füllen sollten, konnte Duchamp nicht fehlen, der wohl incognito reiste, da nie von ihm die

* Michel Sanouillet, *Marchand du sel*, Le Terrain Vague, Paris 1958, p. 7.

Rede ist, doch der sicher mit Roussel Schach gespielt und sich mit der Tänzerin Olga Tcherwonenkoff unterhalten hat, deren Vetter, von Jugend auf in der Republik Argentinien ansässig, soeben gestorben war und ihr ein kleines Vermögen, das er sich mit Kaffeeplantagen (sic) erworben, vermacht hatte. Ebensowenig ist daran zu zweifeln, daß Duchamp sich mit Personen wie Balbet angefreundet hat, Meister im Pistolenschießen und Fechten, mit La Ballaindière-Maisonnial, Erfinder eines mechanischen Floretts, und mit Luxo, dem Feuerwerker, der nach Buenos Aires reiste, um auf der Hochzeit des jungen Barons Ballesteros ein Feuerwerk zu veranstalten, das das Bild des Bräutigams an den Nachthimmel zaubern sollte, eine Idee, die, Roussel zufolge, die Hochstapelei des argentinischen Millionärs verriet, dem es jedoch, wie er hinzufügt, nicht an Originalität gebrach. Für weniger wahrscheinlich halte ich, daß er zu den Mitgliedern der Operettentruppe oder der italienischen Tragödin Adinolfo Beziehungen anknüpfte, sicher jedoch ist, daß er sich des langen mit dem Bildhauer Fuxier unterhielt, Schöpfer von Bildern aus Rauch und flüssigen Basreliefs; kurz, man kann daraus leicht schließen, daß Duchamp ein großer Teil der Passagiere der *Lyncée* interessiert haben mußte, die wohl auch ihrerseits aus dem Kontakt mit jemandem, der sie gewissermaßen alle virtuell enthielt, Nutzen gezogen haben.

Natürlich weiß die seriöse Kritik, daß all das unmöglich ist, zum einen, weil die *Lyncée* ein imaginäres Schiff war, und zum andern, weil Duchamp und Roussel sich nie kennengelernt haben (Duchamp erzählt, daß er Roussel ein einziges Mal im Café *La Régence*, dem des Gedichts von César Vallejo, gesehen habe, wo der Autor von *Locus Solus* mit einem Freund Schach spielte. »Ich glaube, ich habe es versäumt, mich vorzustellen«, fügt Duchamp hinzu)*.

* Jean Schuster, *Marcel Duchamp, vite* in *Bizarre*, Nr. 34/5, 1964.

Doch es gibt andere, für die diese physischen Hindernisse zu einer glaubwürdigeren Wirklichkeit nicht im Widerspruch stehen. Nicht nur Duchamp und Roussel reisten nach Buenos Aires, es sollte in dieser Stadt später zu einer Wiederholung kommen, die mit jenen beiden eine Menge zu tun hat, und zwar aus Gründen, denen die seriöse Kritik auch nicht besonders Rechnung tragen würde. Juan Esteban Fassio bereitete dafür das Feld vor, indem er mitten in Buenos Aires eine Maschine erfand, um die *Nouvelles impressions d'Afrique* zu lesen, zur selben Zeit, als ich, ohne ihn zu kennen, die ersten Monologe Persio's in *Los premios* schrieb, ausgehend von einem System phonetischer Analogien, zu dem mich das Roussels angeregt hatte; Jahre später sollte Fassio sich daran machen, eine neue Maschine zu schaffen, dazu bestimmt, *Rayuela* zu lesen, in völliger Unkenntnis der Tatsache, daß die Werke, die mich in diesen Jahren in Paris am meisten beschäftigten, die außergewöhnlichen Texte von Duchamp und die Bücher von Roussel waren. Ein freigesetzter doppelter Trieb konvergierte allmählich zum südlichen Scheitelpunkt, wo Roussel und Duchamp sich in Buenos Aires erneut begegnen sollten, als ein Dichter und ein Schriftsteller, die sich vor Jahren vielleicht auch in irgendeinem Café im Zentrum von ferne gesehen und es versäumt hatten, sich vorzustellen, über eine Maschine sich trafen, die der erstere ersonnen hatte, um die Lektüre des letzteren zu erleichtern. Wenn die *Lyncée* vor der afrikanischen Küste auch Schiffbruch erlitt, so haben einige ihrer Wunderkinder jene Länder doch erreicht, und der Beweis dafür ist im Folgenden zu finden, das sich wie ein Scherz geriert, um jene irrezuführen, die mit feierlicher Miene den Zugang zu den Schatzkammern suchen.

Cronopien, Rotwein und kleine Schubladen

Durch Paco und Sara Porrúa, zwei Seiten des unbestimmbaren Vielecks, das mein Leben mit anderen Seiten verbindet, die Fredi Guthmann, Jean Thiercelin, Claude Tarnaud und Sergio de Castro heißen (es mag weitere geben, die ich nicht kenne, Teile der Figur, die eines Tages oder nie erscheinen werden), lernte ich auf einer Reise nach Argentinien, ich glaube gegen 1962, Juan Esteban Fassio kennen. Alles fing an wie es anfangen mußte, nämlich im Bahnhofscafé der Plaza Once, denn jeder, der einen ausgeprägten Sinn hat für das, was ein Bahnhofscafé ist, wird verstehen, daß dort die Begegnungen und das Einanderverfehlen etwas vom Betreten eines Rand- und Durchgangsgebiets haben mußten, was immer recht heikel ist. An diesem Nachmittag gab es so etwas wie einen dunklen Willen, stofflich und dicht. Teer, der Sara, Paco, meiner Frau und mir an den Füßen klebte, die wir uns zu dieser Stunde treffen sollten und uns verfehlten, einander anriefen, an den Tischen und auf den Bahnsteigen suchten und uns nach zwei Stunden endloser Verwicklungen und mit dem Gefühl, daß die einen sich zu den anderen durchschlagen wie in den schlimmsten Alpträumen, in denen alles ewig sich hinzieht und gummiartig wird, am Ende doch noch trafen. Wir hatten den Plan, von dort zu Fassio zu gehen, und wenn ich in dem Augenblick auch nicht die Bedeutung des Widerstands der Dinge gegen diese Verabredung und dieses Treffen ahnte, kam er mir später fast zwangsläufig vor, so wie jede feste Ordnung beim Verdacht ihres Zusammenbrechens dickschädelig ihre schlimmsten Kräfte in den Dienst der Fortdauer stellt. Daß alles so weitergehe wie gehabt, ist das Ideal einer Wirklichkeit in bürgerlichem Maßstab und selbst bürgerlich (da es nach Maß ist); Buenos Aires und insbesondere das Café an der Once verbündeten sich stumm, um eine

Begegnung zu verhindern, aus der der Republik nichts Gutes erwachsen konnte. Trotzdem erreichten wir die Calle Misiones (es gibt Namen, die...) und vor acht Uhr abends tranken wir mit dem Lieferanten und Propagandisten in der amerikanischen Mesembrinesia, dem antarktischen Verwalter und großen OGG-Sachverständigen, außerdem Lehrstuhlinhaber für Rousselsche Seminarübungen, das erste Glas Rotwein. In meinen Händen hielt ich die zur Lektüre von *Nouvelles impressions d'Afrique* gebaute Maschine, und auch den Handkoffer von Marcel Duchamp; Fassio sagte wenig, dafür servierte er Sandwiches von gewöhnlicher Größe und viel Rotwein und holte schließlich eine Kodak aus der Zeit der Pterodactylen hervor, mit der er uns alle unter einem Regenschirm und in anderen der Situation angemessenen Posen fotografierte. Kurz darauf kehrte ich nach Frankreich zurück, und zwei Jahre später erreichten mich die *Dokumente,* die mir heimlich schon von Paco Porrúa angekündigt worden waren, der zusammen mit Sara die experimentelle Phase der mechanischen Lektüre von *Rayuela* miterlebt hatte. Ich halte es für angebracht, hier vor allem den Kopf des bedeutenden Schriftstücks wiederzugeben:

PATAPHYSISCHES FORSCHUNGSINSTITUT
VON BUENOS AIRES
LEHRSTUHL FÜR ROUSSELSCHE
SEMINARÜBUNGEN
Rayuela-Ausschuß
Unterausschüsse: Elektronik und
Patabrownianische Beziehungen

Es folgten verschiedene Diagramme, Pläne und Zeichnungen und ein kleines Blatt mit allgemeinen Erklärungen der Arbeitsweise der Maschine sowie Fotos von den Wissenschaftlern des Unterausschusses für Elektronik und Pata-

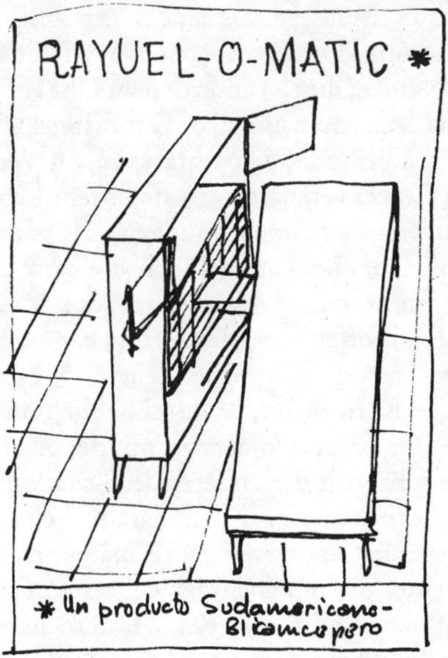
RAYUEL-O-MATIC *
* Un producto Sudamericano-

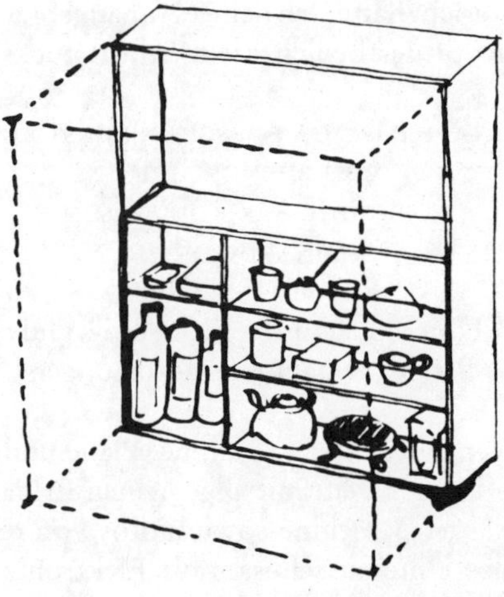

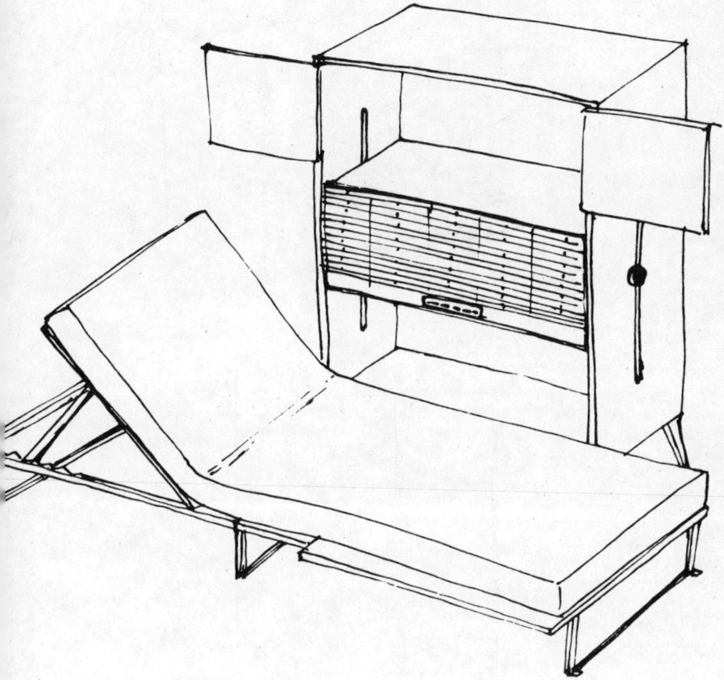

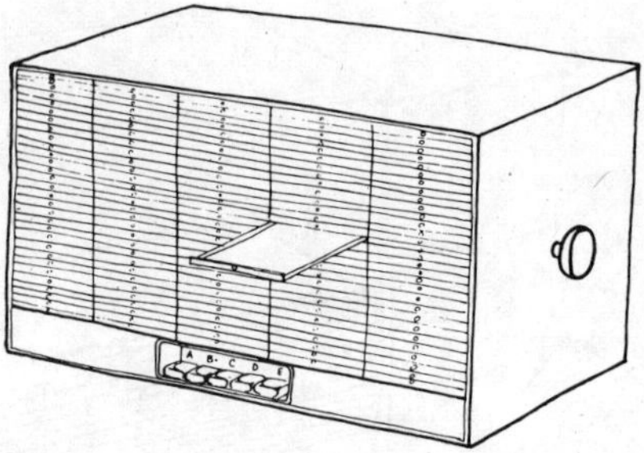
A B C D E

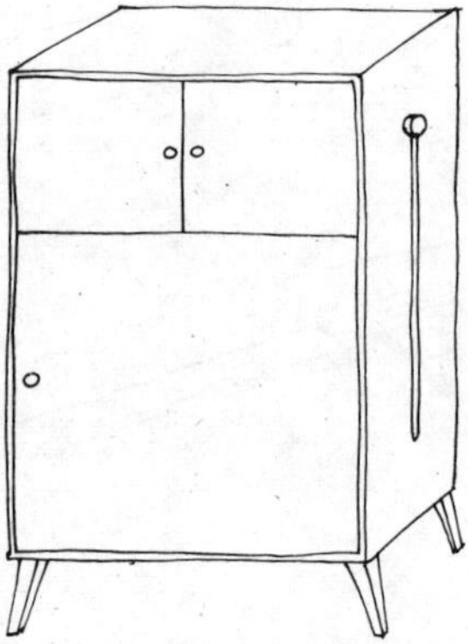

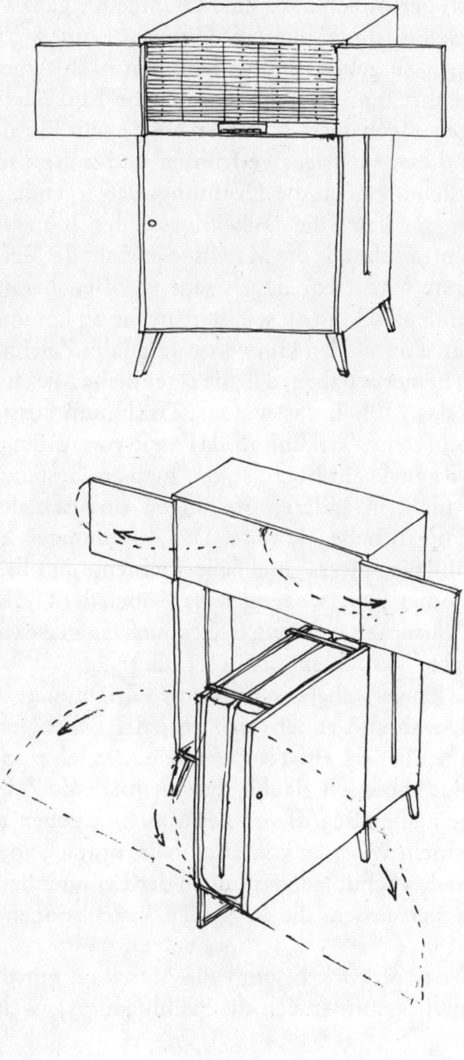

brownianische Beziehungen, die diese mitten in der Arbeit zeigen. Ich persönlich habe die Maschine nie ganz verstanden, weil sein Erfinder nicht die Güte hatte, mir zusätzliche Erklärungen zu geben, und da ich nicht nach Argentinien zurückgekehrt bin, verstehe ich manche Einzelheiten des schwierigen Mechanismus immer noch nicht. So hege ich denn mit dieser vielleicht verfrühten und unbescheidenen Veröffentlichung auch die Hoffnung, daß irgendein Ingenieur, der sie liest, die Geheimnisse der RAYUEL-O-MATIC enträtselt, wie die Maschine in einer der Zeichnungen genannt wird, woran, ich sage es offen heraus, eine frivole Tendenz schuld zu sein scheint, sie zu kommerzialisieren, zumal durch den Hinweis am Fuß der Zeichnung:

Man wird bemerkt haben, daß die eigentliche Maschine jene linke ist; das Möbel, das wie ein Triklinium aussieht, ist natürlich ein echtes Triklinium, da Fassio von Anfang an klar war, daß Rayuela ein Buch ist, das man am besten im Bett liest, um nicht in anderen Stellungen einzuschlafen, was traurige Folgen haben könnte. Die Zeichnungen 4 und 5 veranschaulichen dieses glückliche Ambiente aufs beste, vor allem Nummer 5, wo weder der Mate noch der Gin-Porron fehlen (ich könnte schwören, daß es auch einen elektrischen Toaster gibt, was ich snobistisch finde):

Nie werde ich verstehen, warum einige Zeichnungen numeriert sind, während andere sich an jeder beliebigen Stelle unterbringen ließen, ein Temperament, das ich respektvoll nachgeahmt habe. Ich glaube, daß die folgende Zeichnung einen allgemeinen Begriff von der Maschine geben wird:

Man muß nicht Wernher von Braun sein, um sich vorzustellen, was in den Schubladen ist, doch der Erfinder hat es sich angelegen sein lassen, die folgenden Instruktionen beizufügen:

A.- Auf Knopfdruck beginnt die Maschine mit dem 73. Kapitel (es öffnet sich die Schublade 73); wenn man diese schließt, öffnet sich Nr. 1, und so fort. Will man die Lektüre unterbrechen, zum Beispiel mitten im 16. Kapitel, muß man, bevor man diese Schublade schließt, den Knopf drücken.

B.- Will man die Lektüre dort wieder aufnehmen, wo man sie unterbrochen hat, genügt es, diesen Knopf zu drücken, damit sich die Schublade Nr. 16 erneut öffnet.

C.- Löst alle Spannfedern, so daß man gleich welche Schublade wählen kann, indem man sie einfach herauszieht. Das elektrische System ist außer Betrieb gesetzt.

D.- Knopf, der zur Lektüre des Ersten Buches bestimmt ist, das heißt fortlaufend vom 1. bis zum 56. Kapitel. Schließt man die Schublade Nr. 1, öffnet sich die Schublade Nr. 2, und so fort.

E.- Knopf, um die Maschine abzuschalten, sobald man den Endzyklus erreicht hat: 58 – 131 – 58 – 131 – 58 usw.

F.- Bei dem Modell mit Bett öffnet dieser Knopf den unteren Teil und das Bett steht bereit.

Auf den Zeichnungen 1, 2 und 3 wird man das Modell mit Bett zu schätzen wissen, ebenso wie dieses letztere zum Vorschein kommt und selbsttätig sich aufschlägt, wenn man den Knopf E drückt.

Mit Rücksicht auf die zu erwartenden ästhetischen Ansprüche der Konsumenten unserer Werke hat Fassio Sonderausführungen der Maschine im Stil Louis XV. und Louis XVI. vorgesehen.

In einer zusätzlichen Anleitung wird ein Knopf G erwähnt, den der Leser im äußersten Fall drücken soll, und der dazu dient, den ganzen Apparat in die Luft zu sprengen.

Da es nicht möglich ist, mir die Maschine zu schicken, aus logistischen, zolltechnischen und auch strategischen Gründen, die das Institut für Pataphysik zu untersuchen nicht in der Lage, noch willens ist, gab Fassio den Zeichnungen eine graphische Darstellung der Lektüre von *Rayuela* bei (auf dem Bett liegend oder sitzend).

Die Interpretation ist nicht schwer: die wesentlichsten Punkte sind klar zu erkennen, angefangen mit dem Ausgangspunkt (73), dem eingeschobenen Kapitel (55) und den zwei Kapiteln des Endzyklus (58 und 131). Aus der Lektüre entsteht eine graphische Projektion, die einem Sgraffito ziemlich ähnlich sieht, mögen aber die Techniker mir doch einmal erklären, warum sich die Linien gegen die Kapitel 54 und 64 zu derart häufen. Die Strukturanalyse wird sich diese verstört aussehenden Projektionen zunutze machen; ich wünsche ihr viel Glück.

MAN MUSS WIRKLICH EIN IDIOT SEIN, UM

Seit Jahren schon bin ich mir dessen bewußt und es macht mir nichts aus, nie jedoch bin ich auf die Idee gekommen, darüber zu schreiben, denn ich halte die Idiotie für ein sehr unangenehmes Thema, zumal wenn es der Idiot ist, der sich darüber verbreitet. Mag sein, daß das Wort Idiot zu kategorisch ist, aber ich will es lieber als Vorspeise und ganz warm auftischen, auch wenn die Freunde es für übertrieben halten, anstatt irgendein anderes Wort zu benutzen wie dumm, albern oder geistig zurückgeblieben, und dieselben Freunde dann finden werden, daß man denn doch zu kurz geschlossen hat. In Wirklichkeit passiert nichts Schlimmes, aber ein Idiot zu sein, bringt einen völlig ins Abseits, und obgleich das auch sein Gutes hat, ist es einleuchtend, daß man zuweilen so etwas wie Heimweh verspürt, das Verlangen, auf die andere Straßenseite zu gehen, wo Freunde und Verwandte in ein und derselben Klugheit und Verständigkeit versammelt sind, und sich ein wenig an ihnen zu reiben, um zu spüren, daß es keinen nennenswerten Unterschied gibt und daß alles zum besten steht. Das Traurige aber ist, daß alles hundsmiserabel ist, wenn man ein Idiot ist, zum Beispiel im Theater, ich gehe mit meiner Frau und einem Freund ins Theater, es wird ein Stück mit tschechischen Schauspielern oder ein Ballett mit thailändischen Tänzern gegeben und es ist sicher, daß ich, kaum hat die Vorstellung begonnen, alles wundervoll finden werde. Ich amüsiere mich ungeheuer oder bin zutiefst ergriffen, die Dialoge oder die Gestik oder die Tänze sind für mich übernatürliche Visionen, ich klatsche Beifall, bis mir die Handflächen brennen, und manchmal tränen mir die Augen oder ich muß so lachen, daß ich mir fast in die Hose pinkle, auf jeden Fall freue ich mich, daß ich lebe und daß ich den glücklichen Einfall gehabt habe, an diesem Abend ins Theater oder ins Kino oder in eine Ausstellung zu gehen, irgendwohin, wo außergewöhnliche Menschen gerade etwas tun oder zeigen, das man sich vorher nicht hatte träumen lassen, indem sie einen Ort der Offenbarung und der Begegnung erfinden, etwas, das von den Augenblicken reinwäscht, in denen nicht mehr passiert als das, was die ganze Zeit über passiert.

Und deshalb bin ich entzückt und so glücklich, daß ich, wenn die Pause kommt, begeistert aufspringe, nicht aufhöre, den Darstellern zu applaudieren, und zu meiner Frau sage, daß diese tschechischen Schauspieler ganz großartig sind, und daß die Szene, in der der Fischer die Angel auswirft und man sieht, wie in halber Höhe ein phosphoreszierender Fisch angeschwommen kommt, wirklich toll ist. Auch meine Frau hat sich gut unterhalten und hat applaudiert, aber plötzlich merke ich (dieser Augenblick hat etwas von einer Wunde, von einem dumpfen, feuchten Loch), daß ihr Vergnügen nicht so gewesen war wie das meine, und ihr Beifall auch nicht, und dann ist fast immer ein Freund dabei, der sich ebenfalls gut unterhalten und ebenfalls applaudiert hat, doch nie so wie ich, und ich bemerke auch, daß er mit größter Klugheit und Verständigkeit sagt, daß die Vorführung ja ganz hübsch sei und die Schauspieler gar nicht übel, doch die Idee sei natürlich nicht besonders originell, ganz davon abgesehen, daß die Kostüme farblich mittelprächtig und die Inszenierung ziemlich fade seien, und dergleichen mehr. Wenn meine Frau oder mein Freund das sagen – sie sagen es freundlich und gar nicht aggressiv –, wird mir klar, daß ich ein Idiot bin, aber das Schlimme ist, daß man es jedes Mal, wenn einen etwas in Bewunderung versetzt, vergessen hat, so daß es einem bei dem plötzlichen Abgleiten in die Idiotie geht wie dem Korken, der im Keller jahrelang zusammen mit dem Wein in der Flasche gewesen ist, und plötzlich ein Zug und plop und er ist nur noch ein Kork. Ich möchte die tschechischen Schauspieler oder die thailändischen Tänzer gerne in Schutz nehmen, denn ich fand sie großartig und ich war bei ihnen so glücklich, daß die klugen und verständigen Worte meiner Freunde oder meiner Frau mich wie unter den Fingernägeln schmerzen, obgleich mir völlig klar ist, wie recht sie haben und daß die Aufführung nicht so gut gewesen sein muß, wie ich sie fand (aber in Wirklichkeit fand ich sie weder gut noch schlecht noch sonst was, ich war als Idiot, der ich bin, einfach nur hingerissen von dem, was sich abspielte, und das genügte, um aus mir herauszukommen und dort umherzustreunen, wo ich, wann immer ich kann, und ich kann so selten, gern umherstreune). Aber nie würde es mir einfallen, mich mit meiner Frau oder mit meinen Freunden auf eine Diskussion einzulassen, denn ich weiß, daß sie recht haben und daß sie wirklich sehr gut daran getan haben, sich nicht von der Begeisterung hinreißen zu lassen, da die Freuden der Intelligenz und der Sensibilität aus einem abgewogenen Urteil entstehen müssen und vor allem aus einer vergleichenden Betrachtungsweise, daß sie sich, wie Epiktet sagte, auf das gründen müssen, was man schon kennt, um das zu beurteilen, was man gerade erst kennengelernt hat, denn das und nichts anderes ist Kultur und Sophrosyne. Auf keinen Fall will ich mich mit ihnen auf eine Diskussion einlassen, ich entferne mich höchstens ein paar Schritte von ihnen, um nicht die übrigen Vergleiche und Urteile mit anhören zu müssen, und versuche, mir die letzten Bilder des mitten in der Szenerie schwimmenden phosphoreszierenden Fisches ins Gedächtnis zurückzurufen, obgleich meine Erinnerung jetzt durch die überaus klugen Kritiken, die ich gerade gehört habe, zwangsläufig beeinträchtigt ist und mir nichts anderes übrigbleibt, als zuzugeben, daß das, was ich gesehen habe, mittelmäßig war, und daß es mich nur begeistert hat, weil ich mich für alles einnehmen lasse, was etwas ungewöhnliche Farben und Formen hat. Erneut wird mir bewußt, daß ich ein Idiot bin, daß es wenig bedarf, um mich des karierten Lebens zu freuen, und dann wird die Erinnerung an das, was ich an diesem Abend geliebt und woran ich mich erfreut habe, getrübt, wird zum Komplizen, wird das Werk von anderen Idioten, die schlecht geangelt oder getanzt haben, in mittelprächtigen Kostümen und Choreographien, und das ist fast tröstlich, doch was für ein linkischer Trost, daß wir so viele sind, wir Idioten, die wir uns an diesem Abend in diesem Saal verabredet haben, um zu tanzen und zu angeln und zu applaudieren. Das Schlimmste ist, daß ich zwei Tage später die Zeitung aufschlage und die Kritik der Aufführung lese, und die Kritik stimmt fast immer und oft sogar wortwörtlich mit dem überein, was meine Frau oder meine Freunde so klug gesagt haben. Dann bin ich sicher, daß es im Leben eines Menschen vor allem darauf ankommt, kein Idiot zu sein, bis ich es langsam vergesse, denn das Schlimmste ist, daß ich es schließlich vergesse, zum Beispiel habe ich gerade eine Ente gesehen, die auf einem Teich im Bois de Boulogne schwamm, und sie war von so wunderbarer Schönheit, daß ich nicht anders konnte, als am Rande des Teiches niederzukauern und mir, ich weiß nicht wie lange, ihre Schönheit zu betrachten, die kecke Fröhlichkeit ihrer Augen, diese feine doppelte Linie, die ihre Brust ins Wasser des Teichs schneidet und die keilförmig sich öffnet, bis sie sich in der Ferne verläuft. Meine Begeisterung kommt nicht allein von der Ente, sie kommt von etwas, das die Ente plötzlich verkörpert, denn manchmal kann es ein welkes Blatt sein, das auf der Lehne einer Bank schaukelt, oder ein orangefarbiger Kran, der sich riesig und zierlich vor dem blauen Himmel des Nachmittags abzeichnet, oder der Geruch eines Eisenbahnwagens, wenn man einsteigt und eine Fahrkarte für eine Fahrt von vielen Stunden hat und alles wunderbar ist, die

Stationen, das Schinkenbrötchen, die Schalter, um das Licht an- oder auszuknipsen (das eine weiß, das andere violett), die regulierbare Lüftung, all das finde ich so schön und fast ganz unwahrscheinlich, daß die Tatsache, all dies um mich zu haben, mich innerlich wie mit einem Weidenbaum erfüllt, mit einem grünen Regen der Wonne, der nimmer aufhören müßte. Doch viele haben mir gesagt, daß meine Begeisterung ein Beweis für meine Unreife ist (sie wollen sagen, daß ich ein Idiot bin, doch sie wissen ihre Worte zu wählen) und daß es nicht angeht, sich derart an einem in der Sonne glänzenden Spinnennetz zu begeistern, denn wenn einer wegen eines Spinnennetzes voller Tau so in Ekstase gerät, was soll da für den Abend übrigbleiben, an dem *King Lear* gegeben wird? Mich verwundert das etwas, denn die Begeisterung ist ja nichts, das sich abnutzt, wenn man wirklich ein Idiot ist, sie nutzt sich ab, wenn man intelligent ist und einen Sinn für die Werte und die Geschichtlichkeit der Dinge hat, und auch wenn ich im Bois de Boulogne von einer Seite des Sees zur anderen laufe, um eine Ente besser sehen zu können, wird mich das nicht daran hindern, am selben Abend vor Begeisterung in die Luft zu springen, wenn mir gefällt, wie Fischer-Dieskau singt. Jetzt, wo ich darüber nachdenke, muß die Idiotie in Folgendem bestehen: sich allzeit für irgend etwas, das einem gefällt, begeistern zu können, ohne daß sich eine kleine Zeichnung an einer Wand durch die Erinnerung an die Fresken von Giotto in Padua gleich geschmälert sieht. Die Idiotie muß so etwas wie ständige Gegenwärtigkeit und ständiger Neubeginn sein: eben jetzt gefällt mir dieser kleine gelbe Stein, eben jetzt gefällt mir *Das letzte Jahr in Marienbad*, eben jetzt gefällst du mir, Mäuschen, eben jetzt gefällt mir diese unglaublich schnaubende Lokomotive in der Gare de Lyon, eben jetzt gefällt mir dieses abgerissene, schmutzige Plakat. Eben jetzt gefällt es mir, eben jetzt gefällt es mir ungeheuer, jetzt bin ich ich, rückfälligerweise, bin der vollkommene Idiot in seiner Idiotie, der nicht weiß, daß er ein Idiot ist, und der in Wonne badet, bis der erste intelligente Satz ihm wieder seine Idiotie bewußt macht und er hastig mit tölpischen Händen nach einer Zigarette sucht, auf den Boden starrt, begreift und sich manchmal darein schickt, denn auch ein Idiot muß leben, bis zur nächsten Ente oder bis zum nächsten Plakat, und so immer weiter.

LOUIS, EIN GANZ ENORMES CRONOPIUM

Konzert von Louis Armstrong am 9. November 1952 in Paris.

Chronologisch gesehen, war das erste Cronopium Louis; ich schrieb die folgenden Seiten 1952, und dank meiner Freundschaft mit Daniel Devoto und Alberto Salas wurden sie in der Zeitschrift *Buenos Aires literaria* veröffentlicht. Jahre später hatten die Cronopien ihren Massenauftritt auf dem Wege des Buches, und sie wurden in den Cafés, auf internationalen Dichtertreffen, bei sozialistischen Revolutionen und an anderen Stätten des Verderbens ziemlich bekannt. Ich halte es für angebracht, diesen Text erneut zu veröffentlichen, da er, im Unterschied zu den anderen, Geschichte ist und seine Cronopien wirkliche sind, ganz davon abgesehen, daß er mich sehr rührt, und von wegen Narziß, usw.

Der herrschsüchtige Piepmatz, bekannter unter dem Namen Gott, scheint dem ersten Menschen in die Lenden geblasen zu haben, um ihn zu beseelen und ihm Geist einzuhauchen. Wenn anstatt des Piepmatzes Louis dagewesen wäre, um zu blasen, wäre der Mensch viel besser geraten. Die Chronologie, die Geschichte und andere Verkettungen sind ein ungeheures Unglück. Eine Welt, die mit Picasso begonnen hätte, anstatt mit ihm zu enden, wäre eine Welt ausschließlich für Cronopien, und an allen Ecken würden die Cronopien Tregua tanzen und Catala tanzen, und auf die Laterne kletternd, würde Louis stundenlang blasen und vom Himmel dicke Sternklumpen aus Sirup und Himbeeren herabfallen lassen, damit die Kinder und die Hunde zu essen hätten.

So was stellt man sich vor, wenn man eingezwängt im Parkett des Theaters der Champs-Elysées sitzt und jeden Augenblick Louis auftreten wird, denn an diesem Nachmittag erschien er in Paris wie ein Engel, das heißt, er kam mit der Air France, und man stellt sich das riesige Durcheinander in der Kabine des Flugzeugs vor, die vielen Famen mit Aktentaschen voller Dokumente und Voranschläge, und mitten unter ihnen Louis, der sich totlacht und mit dem Finger auf die Landschaften zeigt, die sich die Famen lieber nicht anschauen, weil ihnen übel wird, den Armen. Und wie Louis einen *hot-dog* ißt, den die Stewardeß ihm gebracht hat, um ihm eine Freude zu machen, aber auch deshalb, weil, wenn sie ihn ihm nicht gebracht hätte, Louis durch das ganze Flugzeug gelaufen wäre, bis er das Mädchen dazu gekriegt hätte, ihm einen *hot-dog* zu machen. Darüber erreichen sie Paris, und unten warten die Journalisten, weshalb ich jetzt das Foto in *France Soir* habe, wo Louis von lauter weißen Gesichtern umgeben ist, und ohne das geringste Vorurteil zu haben, finde ich wirklich, daß auf diesem Foto sein Gesicht das einzige menschliche Gesicht unter so vielen Reportergesichtern ist.

Nun wollen wir sehen, wie die Dinge in diesem Theater stehen. In diesem Theater, wo das ganz große Cronopium Nijinski einst entdeckte, daß es in der Luft heimliche Schaukeln und Treppen gibt, die zur Freude führen, wird in einer Minute Louis auftreten und es wird das Ende der Welt beginnen. Freilich hat Louis nicht die geringste Ahnung, daß an eben der Stelle, wo er seine großen gelben Schuhe hinpflanzt, einst ganz leicht die Ballettschuhe von Nijinski aufsetzten, aber das Gute an den Cronopien ist ja gerade, daß sie sich nie darum scheren, was einmal geschehen ist, oder ob jener Mann dort in der Loge der Prince of Wales ist. Auch Nijinski wäre es völlig egal gewesen, daß Louis in seinem Theater einmal Trompete spielen werde. So was bleibt den

Famen und Esperanzen überlassen, die sich damit befassen, Zeitungsberichte zu sammeln, Daten aufzulisten und all das in Saffianleder mit Leinenrücken zu binden. Heute abend ist das Theater voll von Cronopien, die nicht nur den Saal überfluten und sogar die Lampen hochklettern, sondern auch noch die Bühne in Beschlag nehmen oder sich auf den Boden hocken, jeden zur Verfügung stehenden und nicht zur Verfügung stehenden Platz besetzen, zur höchsten Indignation der Platzanweiser, die doch gestern, in dem Konzert für Flöte und Harfe, ein so wohlerzogenes Publikum hatten, daß es ein Vergnügen war, abgesehen davon, daß diese Cronopien nicht viel Trinkgeld geben und sich, wann immer sie können, auf eigene Faust einen Platz suchen und den Platzanweiser überhaupt nicht beachten. Da die Platzanweiser im allgemeinen Esperanzen sind, werden sie angesichts dieses Benehmens der Cronopien sichtlich deprimiert, und mit tiefen Seufzern knipsen sie ihre Taschenlampen an und aus, was bei Esperanzen ein Zeichen von großer Melancholie ist. Außerdem beginnen die Cronopien sofort hervorragend zu pfeifen und zu schreien, nach Louis verlangend, der sich totlacht und sie eine Weile warten läßt, einfach nur, weil es ihm Spaß macht, so daß der Saal des Theaters der Champs-Elysées kocht, während die begeisterten Cronopien nach Louis rufen und überall eine Menge Papierflugzeuge herumsegeln und in Augen und Nacken von Famen und Esperanzen fliegen, die sich entrüstet drehen und wenden, und auch die Cronopien anfliegen, die wütend aufspringen, sich das Flugzeug schnappen und es mit ungeheurer Wucht zurückwerfen, wodurch im Theater der Champs-Elysées alles nur noch schlimmer wird.

Jetzt betritt ein Mann die Bühne, der ein paar Worte ins Mikrofon sprechen will, doch da das Publikum Louis erwartet und dieser Mann ihm im Wege steht, sind die Cronopien stinkwütend und machen ihn fertig, indem sie die

Rede des Mannes völlig übertönen, und nur zu sehen ist, wie der den Mund auf- und zumacht, wodurch er ganz erstaunlich einem Fisch in einem Goldfischglas ähnelt.
Da Louis ein ganz enormes Cronopium ist, tut ihm die untergegangene Rede leid, und plötzlich erscheint er durch eine kleine Seitentür, und das erste, was man von ihm sieht, ist sein großes weißes Taschentuch, ein Taschentuch, das in der Luft flattert, und dahinter einen Goldstrahl, der auch in der Luft flackert, und der Louis' Trompete ist, und dahinter, aus der Dunkelheit der Tür auftauchend, das andere Dunkel voller Licht, Louis, der die Bühne betritt, und die Welt hat geendet, denn was jetzt kommt, ist der völlige und endgültige Einsturz der Etagere und das Endes des cariyú.
Hinter Louis kommen die Jungs vom Orchester, und da ist Trummy Young, der die Posaune bläst, als hielte er eine nackte, honigfarbene Frau in den Armen, und Arvel Shaw, der den Kontrabaß spielt, als hielte er eine nackte, dunkelhäutige Frau in den Armen, und Cozy Cole, der sich über dem Schlagzeug wiegt wie der Marquis de Sade über den Hintern acht nackter, ausgepeitschter Frauen, und dann kommen noch zwei Musiker, an deren Namen ich mich nicht erinnern will, und die, ich glaube, durch ein Versehen des Impresarios hier sind oder weil Louis ihnen unter dem Pont Neuf begegnet ist und ihr ausgehungertes Gesicht gesehen hat und einer von ihnen auch noch Napoleon heißt, was für ein so ungeheures Cronopium wie Louis ein unwiderstehliches Argument ist.
Unterdes ist die Apokalypse hereingebrochen, denn Louis zückt einfach nur sein goldenes Schwert und die erste Phrase von *When it's sleepy time down South* überfällt die Leute wie die Liebkosung eines Leoparden. Aus Louis' Trompete kommt die Musik wie die Spruchbänder aus den Mündern der alten Heiligen, in der Luft zeichnet sich ihre warme gelbe Schrift ab, und nach diesem ersten Signal bricht *Muskat*

Ramble los, und wir im Parkett klammern uns an allem fest, was wir zu fassen kriegen, und noch dazu an den Sitznachbarn, womit der Saal einer großen Gesellschaft verrückt gewordener Kraken ähnelt, und in deren Mitte Louis mit verdrehten Augen hinter seiner Trompete, mit seinem wehenden Taschentuch, das ständig etwas verabschiedet, von dem man nicht weiß, was es ist, als müßte Louis die ganze Zeit adieu zu dieser Musik sagen, die er hervorbringt und die sich augenblicklich auflöst, so als wüßte er um den ungeheuren Preis dieser seiner wunderbaren Freiheit. Natürlich machen bei jedem Chorus, wenn Louis den Looping seiner letzten Phrase fliegt und das goldene Band wie mit einer aufblitzenden Schere jäh abgeschnitten wird, die Cronopien auf der Bühne Luftsprünge in alle Richtungen, während die Cronopien im Saal sich begeistert auf ihren Plätzen wiegen, und die Famen, die aus Versehen in dieses Konzert gekommen sind, oder weil man eben hingehen mußte oder weil es teuer ist, sich gegenseitig mit gekünstelt liebenswürdiger Miene anblicken, doch sie haben natürlich nichts verstanden, der Schädel brummt ihnen ganz entsetzlich, und überhaupt möchten sie lieber zuhause sein und die gute, von guten Ansagern empfohlene und erläuterte Musik hören, oder irgendwo sonst, mehrere Kilometer vom Theater der Champs-Elysées entfernt.

Abgesehen von dem ungeheuren Beifall, der über Louis hereinbricht, kaum daß er seinen Chorus beendet hat, ist beachtenswert, daß er selbst sich sofort sichtlich begeistert von sich selbst zeigt, mit seinem großen Gebiß lacht, das Taschentuch schwenkt und auf der Bühne auf und ab geht, wobei er mit seinen Musikern Worte der Zufriedenheit wechselt, völlig zufrieden mit dem, was sich gerade abspielt. Dann, als Trummy Young seine Posaune ansetzt und eine phänomenale Salve kartätschender und schlitternder Töne hervorstößt, nutzt er die Gelegenheit, um sich mit seinem

Taschentuch sorgfältig das Gesicht abzutrocknen, und zugleich mit dem Gesicht den Nacken und, ich glaube, sogar die Augen, nach der Art zu schließen, wie er sie sich reibt. Jetzt werden wir die Requisiten entdecken, die Louis dabei hat, um sich auf der Bühne wie zuhause zu fühlen und zu tun, wonach ihm der Sinn steht. Er benutzt zum Beispiel die Plattform, wo Cozy Cole, Zeus gleich, in übernatürlichen Mengen Funken und Blitze erzeugt, um den Stapel eines Dutzend weißer Taschentücher zu deponieren, die er sich eins nach dem anderen nehmen wird, sobald das vorherige suppig geworden ist. Natürlich kommt all dieser Schweiß irgendwoher, und nach wenigen Minuten spürt Louis, daß er anfängt, innerlich auszutrocknen, weshalb er sich einen ungeheuren Liebeskampf von Arvel Shaw mit seiner dunkelhäutigen Dame zunutze macht, um sich von der Plattform des Zeus ein außergewöhnliches, mysteriöses rotes Glas zu holen, schlank und sehr hoch, das einem Würfelbecher oder dem Gefäß des heiligen Grals ähnelt, und daraus eine Flüssigkeit trinkt, die seitens der anwesenden Cronopien zu den allerverschiedensten Zweifeln und Hypothesen Anlaß gibt, da jene nicht fehlen, die behaupten, daß Louis Milch trinke, während andere sich über diese Theorie entrüsten und erklären, daß in solch einem Glas nichts anderes sein könne als Stierblut oder kretischer Wein, was auf dasselbe hinausläuft, nur verschiedene Namen sind. Unterdes hat Louis das Glas versteckt und hält ein frisches Taschentuch in der Hand, und dann bekommt er Lust zu singen und singt, doch wenn Louis singt, ist die bestehende Ordnung der Dinge aufgehoben, nicht aus einem erklärlichen Grund, sondern einfach nur, weil sie eben aufgehoben ist, wenn Louis singt, und aus diesem Mund, der vorher die goldenen Banderolen beschriftete, kommt jetzt das Röhren eines brünftigen Hirsches, der den Sternen geltende Lockruf einer Antilope, das Summen der Hummeln während der Siesta auf den Plantagen. Verloren in dem riesigen Gewölbe seines Gesangs, schließe ich die Augen, und bei der Stimme dieses Louis von heute höre ich alle seine früheren Stimmen, seine Stimme von alten, für immer verschollenen Schallplatten, seine Stimme, die *When your lover has gone* singt, die *Confessin'* singt, die *Thankful* singt, die *Dusky Stevedore* singt. Und obgleich ich nurmehr eine dunkle Regung bin in dem vollkommensten Pandämonium des Saals, der wie ein gläserner Ballon an Louis' Stimme hängt, komme ich für eine Sekunde zu mir und denke an 1930, als ich meine erste Platte von Louis kaufte, die *Mahogany Hall Stomp* von *Polydor*. Und ich öffne die Augen wieder und da steht er auf einer Bühne in Paris, ich öffne die Augen und da ist er, nach zweiundzwanzig Jahren südamerikanischer Liebe ist er da, nach zweiundzwanzig Jahren steht er dort und singt und lacht mit seinem ganzen Kindergesicht, das Cronopium Louis, das ungeheure Cronopium Louis, Louis, die Freude der Menschen, die deiner würdig sind.

Da hat Louis entdeckt, daß sein Freund Hugues Panassié im Parkett sitzt, und natürlich freut ihn das ungeheuer, weshalb er ans Mikrofon läuft und seine Musik kurzerhand Hugues widmet, und zwischen Louis und Trummy Young entwikkelt sich ein Kontrapunkt von Posaune und Trompete, daß man sich das Hemd in Fetzen reißen möchte und sie einen nach dem anderen oder alle auf einmal in die Luft werfen möchte. Trummy Young greift an wie ein Bison, mit Rückstößen und Sturzattacken, die einem die Ohren verbiegen, doch nun schleicht sich Louis durch die Lücken ein und man hört von jetzt an nichts weiter als seine Trompete, einmal mehr wird einem klar, daß, wenn Louis bläst, keiner etwas zu vermelden hat. Danach die Aussöhnung, Trummy und Louis wachsen zusammen wie zwei Pappeln und schlitzen von oben bis unten die Luft mit einem finalen Hieb, daß wir alle leicht blöde dasitzen. Das Konzert ist zu Ende, gleich wird Louis sein Hemd wechseln und an den *hamburger* denken, den man ihm im Hotel machen, und an die Dusche, die er nehmen wird, doch der Saal ist immer noch voller Cronopien, die ihren Träumen nachhängen, Haufen von Cronopien, die langsam und widerwillig den Ausgang suchen, jedes mit seinem Traum, der weitergeht, und im Mittelpunkt des Traums eines jeden ein Trompete blasender und singender ganz kleiner Louis.

THELONIOUS MONKS REISE UMS KLAVIER

Konzert des Quartetts von Thelonious Monk in Genf, März 1966.

In Genf ist da tagsüber das Büro der Vereinten Nationen, doch abends muß man leben, und da auf einmal überall ein Plakat mit der Ankündigung von Thelonious Monk und Charles Rouse, leicht verständlich daher das Laufen zur Victoria Hall wegen der Reihe fünf Mitte, die einstimmenden Schlucke im Café an der Ecke, das Ameisenkribbeln der Freude, die einundzwanzig, die endlos die neunzehn und dreißig sind, die zwanzig, die zwanzig und vier sind, der dritte Whisky, Claude Tarnaud, der eine Fondue vorschlägt, seine und meine Frau, die einander verblüfft ansehen, aber dann das meiste verputzen, sich insbesondere an die letzten Stücke halten, die bei einer Fondue immer die besten sind, der Weißwein, der in den Gläsern tänzelt, die Welt im Rücken und Thelonious gleich dem Kometen, der wie in *Héctor Servadac* in genau fünf Minuten ein Stück von der Erde wegreißen wird, auf jeden Fall ein Stück von Genf mit der Calvin-Statue und den Chronometern Vacheron & Constantin.
Jetzt gehen die Lichter aus, wir sehen uns noch mit diesem leichten Abschiedszittern an, das uns immer überkommt, wenn ein Konzert beginnt (wir werden einen Fluß überqueren, die Zeit wird eine andere sein, der Obolus liegt bereit), und schon hebt der Kontrabassist sein Instrument und forscht es aus, kurz durchläuft die Bürste der Kesselpauke die Luft wie ein Schauder, und von hinten, eine ganz unnötige Runde beschreibend, macht sich ein Bär mit einer Mütze, halb Fez, halb Scheitelkäppchen, auf den Weg zum

Flügel, wobei er einen Fuß vor den anderen setzt, mit einer Vorsicht, daß man an verlassene Bergwerke oder an diese Blumenkulturen der sassanidischen Despoten denken muß, wo jede niedergetretene Blume den langsamen Tod des Gärtners bedeutete. Als Thelonious sich an den Flügel setzt, setzt sich der ganze Saal mit ihm und gibt ein allgemeines Gemurmel von sich, das der großen Erleichterung entspricht, denn die von Thelonious auf der Bühne zurückgelegte Strecke hat etwas von einer gefährlichen phönizischen Küstenfahrt mit fast unvermeidbaren Strandungen auf Sandbänken, und als das Schiff von dunklem Honig und bärtigem Kapitän in den Hafen einläuft, empfängt es die Freimaurermole der Victoria Hall mit einem Seufzer wie von besänftigten Schwingen, von befriedigten Wellenbrechern. Dann ist es *Pannonica* oder *Blue Monk*, drei Schatten wie Ähren umgeben den Bär, der die Bienenkörbe der Tasten untersucht, wobei die gutmütigen, plumpen Tatzen zwischen aufgestörten Bienen und Klangwaben herumtappen, es ist kaum eine Minute vergangen, und schon sind wir in der Nacht außerhalb der Zeit, in der ursprünglichen, köstlichen Nacht von Thelonious Monk.

Aber das kann man nicht erklären: *A rose is a rose is a rose.* Man befindet sich in einem Intervall der Ruhe, es gibt einen Fürsprecher, in irgendeiner Sphäre erlösen sie uns vielleicht. Und dann, als Charles Rouse einen Schritt auf das Mikrofon zu geht und sein Saxo imperatorisch die Gründe schildert, weshalb es da ist, läßt Thelonious die Hände sinken, hört einen Augenblick zu, schlägt mit der Linken noch einen leichten Akkord an, und der Bär erhebt sich wiegend, satt von Honig oder auf der Suche nach einem moosigen Plätzchen für seine große Schläfrigkeit, den Schemel verlassend, stützt er sich auf den Rand des Flügels, mit einem Fuß und der Mütze den Takt schlagend, während die Finger über das Instrument gleiten, zuerst am Rand der Tasten entlang, wo ein Aschenbecher und ein Bier stehen könnte, doch wo es nichts weiter gibt als Steinway & Sons, und dann beginnen sie unmerklich auf der Kante des Klavierkastens eine Fingersafari, während der Bär rhythmisch sich wiegt, denn Rouse und der Kontrabassist und der Schlagzeuger sind im Mysterium ihrer Trinität verstrickt, und Thelonious ist auf einer schwindelerregenden Reise, ohne sich zu bewegen, Zentimeter um Zentimeter in Richtung auf den Resonanzkasten des Flügels, wo er nicht ankommen wird, man weiß, daß er nicht ankommen wird, denn um dort anzukommen, würde er mehr Zeit brauchen als Phileas Fogg, mehr Segelschlitten, tannenhonigfarbige Schnellzüge, durch die Geschwindigkeit abgehärtete Elefanten und Eisenbahnen, um den Abgrund einer schwankenden Brücke zu überwinden, weshalb Thelonious auf seine Weise reist, indem er sich erst auf den einen, dann auf den anderen Fuß stützt, ohne seinen Platz zu verlassen, auf der Brücke seiner in einem Theater gestrandeten *Pequod* mit dem Kopf nickt und immer wieder die Finger bewegt, um einen Zentimeter oder tausend Meilen zurückzulegen, sich erneut ruhig verhält und gleichsam vorsichtig, die Höhe mit einem Sextanten aus Rauch nimmt und darauf verzichtet, weiterzugehen und ans äußere Ende des Flügelkastens zu gelangen, ja die Hand verläßt die Kante sogar, der Bär dreht sich langsam und alles könnte passieren in diesem Augenblick, da ihm die Stütze fehlt, da er wie ein Eisvogel über dem Rhythmus schwebt, während Charles Rouse die letzten vehementen, langen, wunderbaren Pinselstriche aus Violett und Rot hinwirft, wir fühlen die Leere von Thelonious, der sich vom Rand des Flügels entfernt hat, die endlose Diastole eines einzigen riesigen Herzens, in dem unser aller Blut pulst, und eben da tastet seine andere Hand nach dem Flügel, der Bär schwankt wohlig und kehrt Wolke um Wolke zu den Tasten zurück, betrachtet sie wie zum ersten Mal, läßt die unentschlossenen Finger durch die Luft

spazieren, läßt sie fallen, und wir sind gerettet, da ist Thelonious als Kapitän, es gibt für eine Weile einen festen Kurs, und Rouses Gebärde beim Zurückweichen, während er das Saxo vom Ständer nimmt, hat etwas von Machtübergabe, vom päpstlichen Legaten, der dem Dogen die Schlüssel der Serenissima zurückgibt.

MIT BERECHTIGTEM STOLZ

In memoriam K.

Keiner von uns erinnert sich an den Wortlaut des Gesetzes, das es uns zur Pflicht macht, das dürre Laub einzusammeln, doch wir sind überzeugt, daß es niemandem einfallen würde, es nicht mehr einzusammeln; es gehört zu den Dingen, die uns von jeher vertraut sind, die wir mit den ersten Lektionen der Kindheit gelernt haben, und es gibt keinen allzu großen Unterschied mehr zwischen den elementaren Gesten, sich die Schuhe zuzuschnüren oder den Regenschirm aufzuspannen, und denen, die wir machen, wenn wir vom 2. November neun Uhr morgens an das Laub einsammeln.
Auch würde es niemandem einfallen, die Opportunität dieses Datums anzuzweifeln, es ist etwas, das zu den Bräuchen des Landes gehört und seine Berechtigung hat. Den Vortag widmen wir dem Besuch des Friedhofs, man tut weiter nichts, als die Familiengräber aufzusuchen und das Laub, das sie bedeckt und unkenntlich macht, wegzukehren, obgleich dem Laub an diesem Tag sozusagen keine offizielle Bedeutung zukommt, allenfalls ist es eine leidige Plage, von der man sich befreien muß, um dann das Wasser in den Blumenvasen zu wechseln und die Grabsteine von den Schneckenspuren zu säubern. Bisweilen hat uns der Gedanke beschleichen können, die Kampagne könnte zwei oder drei Tage vorverlegt werden, so daß der Friedhof schon am 1. November sauber wäre und die Familien sich vor den Gräbern innerlich sammeln könnten, ohne das vorherige lästige Kehren, das oft zu peinlichen Szenen führt und uns von unseren Pflichten an diesem Gedenktag ablenkt. Doch nie haben wir diesen inneren Stimmen Gehör geschenkt, wie

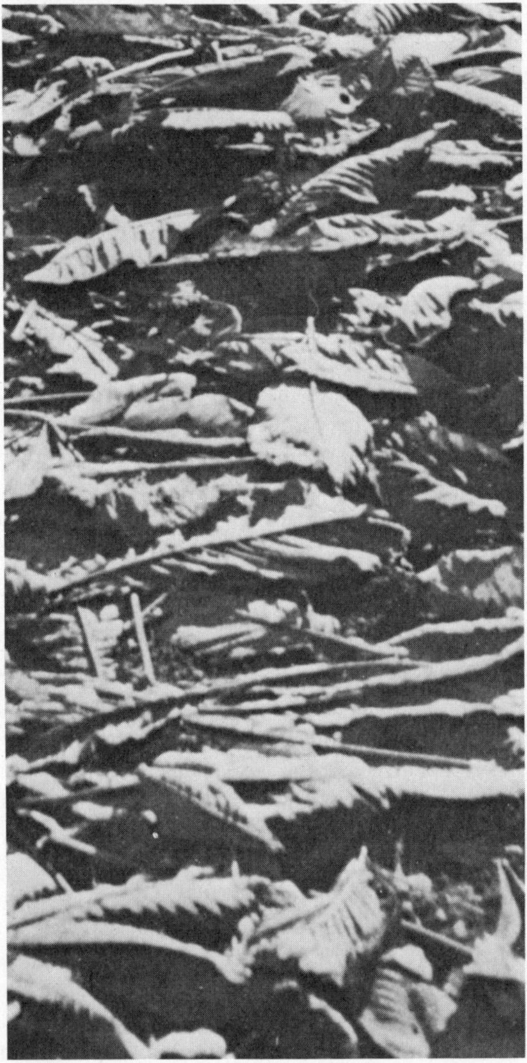

wir auch nie geglaubt haben, daß man die Expeditionen in die Wälder des Nordens vermeiden könnte, so teuer sie uns auch zu stehen kommen. Es sind alte Bräuche, die ihre Berechtigung haben, und des öfteren haben wir gehört, wie unsere Großeltern mit Strenge auf diese anarchischen Stimmen antworteten, indem sie darauf hinwiesen, daß die Anhäufung des Laubs auf den Gräbern gerade dazu diene, der Allgemeinheit die Plage vor Augen zu führen, die es im späten Herbst darstellt, und sie so dazu anhalte, an der Arbeit, die am folgenden Tag begonnen werden muß, mit größerer Begeisterung sich zu beteiligen.

Die ganze Bevölkerung ist aufgerufen, in der Kampagne eine Aufgabe zu übernehmen. Am Vorabend, wenn wir vom Friedhof zurückkommen, hat die Stadtverwaltung bereits ihren weißgestrichenen Kiosk mitten auf dem Platz aufgestellt, und sowie wir dort eintreffen, stellen wir uns ordnungsgemäß an und warten, bis wir an der Reihe sind. Da die Schlange der Wartenden endlos ist, können die meisten erst sehr spät nach Hause gehen, doch wir haben die Genugtuung, aus der Hand eines städtischen Beamten unsere Karte erhalten zu haben. Auf diese Weise wird unsere Teilnahme vom folgenden Morgen an Tag für Tag in den Kästchen auf der Karte vermerkt werden, da eine Spezialmaschine sie immer dann locht, wenn wir die Säcke mit dem Laub oder die Käfige mit den Mangusten abliefern, je nachdem, welche Aufgabe uns zugefallen ist. Die Kinder sind diejenigen, die den größten Spaß an der Sache haben, weil man ihnen besonders große Karten gibt, die sie entzückt ihren Müttern zeigen, und man weist ihnen verschiedene leichte Aufgaben zu, insbesondere die, das Verhalten der Mangusten zu überwachen. Uns Erwachsenen fällt die schwerere Arbeit zu, da wir außer der Beaufsichtigung der Mangusten die Säcke mit dem Laub, das diese gesammelt haben, füllen und auf den Schultern zu den städtischen Lastwagen tragen müssen. Den Alten vertraut man die Luftdruckpistolen an, mit denen die Schlangenessenz auf das Laub gesprüht wird. Doch die Arbeit der Erwachsenen ist jene, die die größte Verantwortung verlangt, denn die Mangusten sind oft nicht bei der Sache und leisten nicht, was man von ihnen erwartet; in diesem Fall werden unsere Karten nach ein paar Tagen die Unzulänglichkeit der geleisteten Arbeit zeigen, und die Wahrscheinlichkeit wird größer, daß man uns in die Wälder des Nordens schickt. Wie man sich vorstellen kann, tun wir unser möglichstes, um das zu vermeiden, obgleich wir, wenn der Fall eintritt, einsehen, daß es sich um einen Brauch handelt, der geradeso natürlich ist wie die Kampagne selbst, und es fiele uns nicht ein, dagegen zu protestieren; doch es ist nur menschlich, daß wir uns nach Kräften bemühen, die Mangusten zur Arbeit anzuhalten, um ein Maximum an Punkten auf unseren Karten zu bekommen, und daß wir deshalb mit den Mangusten, den Alten und den Kindern, Faktoren, die für einen Erfolg der Kampagne unerläßlich sind, mit Strenge verfahren.

Wir haben uns bisweilen gefragt, wie die Idee geboren werden konnte, das dürre Laub mit Schlangenessenz zu besprühen, doch nach einigen lustlos angestellten Vermutungen einigen wir uns darauf, daß der Ursprung der Bräuche, zumal wenn sie nützlich und sinnvoll sind, sich in der Tiefe des Volkes verliert. Einmal hatte die Stadtverwaltung eben einsehen müssen, daß die Bevölkerung mit dem Einsammeln der Blätter, die im Herbst fallen, nicht nachkam und daß nur die kluge Benutzung der Mangusten, an denen das Land so reich ist, den Mangel auszugleichen vermöchte. Irgendein Beamter, der aus den an den Wald grenzenden Städten stammte, hatte bemerkt, daß die Mangusten, den dürren Blättern gegenüber völlig gleichgültig, sich in sie verbeißen, wenn sie nach Schlange riechen. Es wird lange gedauert haben, bis man diese Entdeckungen machte, bis man das Verhalten der Mangusten gegenüber den dürren Blättern studiert hatte und die Blätter mit Schlangenessenz zu besprühen begann, damit die Mangusten sie voller Rachsucht einsammeln. Wir sind in einer Zeit aufgewachsen, als bereits alles organisiert und kodifiziert war, die Mangustenzüchter hatten genug Personal, um die Tiere abzurichten, und die Expeditionen in die Wälder kehrten jeden Sommer mit einer ausreichenden Anzahl Schlangen zurück. Diese Dinge sind für uns so selbstverständlich, daß wir uns nur selten und höchst widerwillig erneut die Fragen stellen, die unsere Eltern in unserer Kindheit mit Strenge beantwortet hatten, womit sie uns lehrten, eines Tages auf die Fragen, die uns unsere Kinder stellen würden, zu antworten. Es ist sonderbar, daß wir diesen Drang, uns zu fragen, nur, und auch dann höchst selten, vor oder nach der Kampagne verspüren. Am 2. November, kaum haben wir unsere Karten erhalten und widmen uns den uns zugewiesenen Aufgaben, erscheint uns die Berechtigung all unseres Tuns so evident, daß nur ein Verrückter es wagen würde, die Nützlichkeit der Kampagne und die Art und Weise, wie sie durchgeführt wird, in Zweifel zu ziehen. Indes hat unsere Obrigkeit diese Möglichkeit vorhersehen müssen, denn in dem auf der Rückseite der Karten abgedruckten Gesetzestext wird auf die Strafen hingewiesen, die in solchen Fällen verhängt werden; doch niemand erinnert sich, daß man sie je hat anwenden müssen.

Schon immer hat es uns mit Bewunderung erfüllt, in welcher Weise die Verwaltung unsere Arbeiten einteilt, so daß das Leben des Staates und des Landes durch die Durchführung der Kampagne nicht gestört wird. Wir Erwachsenen widmen uns dem Einsammeln des Laubs täglich fünf Stunden, vor oder nach unserer Arbeit in der Verwaltung oder in der Wirtschaft. Die Kinder nehmen am Turnen und an den zivilen und militärischen Übungen nicht länger teil, und die

Alten nutzen die sonnigen Stunden, um ihre Heime zu verlassen und ihre jeweiligen Posten einzunehmen. Nach zwei oder drei Tagen hat die Kampagne ihren ersten Zweck erfüllt, und die Straßen und Plätze im Zentrum sind von Laub frei. Wir, die wir die Mangusten zu beaufsichtigen haben, müssen dann um vieles vorsichtiger sein, denn in dem Maße, wie die Kampagne fortschreitet, zeigen die Mangusten weniger Verbissenheit in ihrer Arbeit, und uns obliegt die schwere Verantwortung, diese Tatsache dem Stadtinspektor unseres Bezirks zu melden, damit er eine Verstärkung der Besprühungen anordne. Diese Anordnung gibt der Inspektor erst, nachdem er sich davon überzeugt hat, daß wir unser möglichstes getan haben, damit die Mangusten weitersammeln, und sollte er feststellen, daß wir vorschnell darum gebeten haben, die Besprühung zu verstärken, würden wir Gefahr laufen, sofort mobilisiert und in die Wälder geschickt zu werden. Doch wenn wir von Gefahr sprechen, ist ganz klar, daß wir übertreiben, denn die Expeditionen in die Wälder gehören geradesogut zu den Bräuchen des Staates wie die eigentliche Kampagne, und niemandem würde es einfallen, wegen etwas zu protestieren, das eine Pflicht ist wie anderes auch.

Bisweilen munkelte man, daß es ein Fehler sei, den Alten die Sprühpistolen anzuvertrauen. Da es sich um einen alten Brauch handelt, kann es kein Fehler sein, doch manchmal kommt es vor, daß die Alten nicht achtgeben und einen Großteil der Schlangenessenz für einen kleinen Sektor der Straße oder eines Platzes verbrauchen, wobei sie vergessen, daß sie sie auf eine größtmögliche Fläche verteilen sollen. So geschieht es, daß sich die Mangusten wie wild auf einen Haufen dürrer Blätter stürzen, diese in wenigen Minuten einsammeln und dorthin bringen, wo wir mit den Säcken auf sie warten; doch danach, wenn wir vertrauensvoll glauben, daß sie mit derselben Beharrlichkeit weitermachen werden, sehen wir, wie sie innehalten, sich verwirrt gegenseitig beschnuppern und mit sichtbaren Zeichen der Ermüdung, ja sogar des Widerwillens von ihrer Arbeit ablassen. In diesen Fällen greift der Dompteur zu seiner Pfeife, und für einen Augenblick erreicht er, daß die Mangusten einige Blätter zusammentragen, doch schon bald wird uns klar, daß die Besprühung ungleich gewesen ist und daß die Mangusten sich zu Recht gegen eine Arbeit sträuben, die plötzlich allen Reiz für sie verloren hat. Wenn man über genügend Schlangenessenz verfügte, würde es nie zu diesen gespannten Situationen kommen, in denen die Alten, wir und der Stadtinspektor auf unsere jeweilige Verantwortung gestoßen werden und ungeheuer leiden; doch es ist von jeher bekannt, daß der Vorrat an Essenz kaum ausreicht, um den Bedarf der Kampagne zu decken, und daß in einigen Fällen die Expeditionen in die Wälder ihr Ziel nicht erreicht haben, was die Obrigkeit zwingt, ihre knappen Reserven anzugreifen, um eine neue Kampagne durchführen zu können. Diese Situation verstärkt die Befürchtung, daß die nächste Mobilisierung eine größere Anzahl Rekruten umfassen wird, obgleich, wenn wir von Befürchtung sprechen, ganz klar ist, daß wir übertreiben, denn die Erhöhung der Zahl der Rekruten gehört genauso zu den Gepflogenheiten des Staates wie die eigentliche Kampagne, und niemandem würde es einfallen, wegen etwas zu protestieren, das eine Pflicht ist wie anderes auch. Von den Expeditionen in die Wälder spricht man wenig unter uns, und diejenigen, die zurückkehren, sind durch einen Eid, von dem wir kaum etwas wissen, zum Schweigen verpflichtet. Wir sind überzeugt, daß unsere Obrigkeit darauf bedacht ist, uns jede Besorgnis bezüglich der Expeditionen in die Wälder zu ersparen, doch leider kann niemand den Gefallenen die Augen zudrücken. Ohne im geringsten Schlüsse ziehen zu wollen, zwingt uns der Tod so vieler Verwandter oder

Bekannter im Laufe jeder Expedition zu der Annahme, daß die Suche nach den Schlangen in den Wäldern jedes Jahr auf den erbarmungslosen Widerstand der Bewohner des angrenzenden Landes stößt und daß unsere Landsleute, manchmal unter großen Verlusten, sich deren legendärer Grausamkeit und Bösartigkeit widersetzen müssen. Obgleich wir es nicht öffentlich sagen, empört es uns alle, daß eine Nation, die kein Laub sammelt, dagegen ist, daß wir in ihren Wäldern Schlangen jagen. Nie haben wir daran gezweifelt, daß unsere Obrigkeit bereit ist, dafür zu bürgen, daß dem Einmarsch der Expeditionen in jenes Territorium keine andere Absicht zugrunde liegt und daß der Widerstand, auf den sie stoßen, einzig einem dummen, durch nichts gerechtfertigten Fremdenstolz zuzuschreiben ist.

Die Großmut unserer Obrigkeit kennt keine Grenzen, selbst in jenen Angelegenheiten, die die öffentliche Ruhe stören könnten. Deshalb werden wir nie erfahren – noch wollen wir erfahren, man muß das betonen –, was mit unseren ruhmreichen Verwandten geschieht. Als wollte man uns unnötige Besorgnis ersparen, veröffentlicht man nur die Liste der unverletzten Expeditionsteilnehmer und die der Toten, deren Särge mit demselben Militärzug kommen, der die Expeditionsteilnehmer und die Schlangen bringt. Zwei Tage später finden sich die Obrigkeit und die Bevölkerung auf dem Friedhof ein, um der Beerdigung der Gefallenen beizuwohnen. Den üblichen Notbehelf des Massengrabs ablehnend, hat unsere Obrigkeit gewollt, daß jeder Expeditionsteilnehmer sein eigenes Grab bekomme, leicht erkennbar an dem Grabstein und den Inschriften, die die Familie ohne jede Einschränkung einmeißeln lassen kann; doch da die Zahl der Verluste in den letzten Jahren immer größer wurde, hat die Behörde die angrenzenden Ländereien enteignet, um den Friedhof zu erweitern. Man kann sich daher vorstellen, wie viele wir sind, die wir uns am 1. November

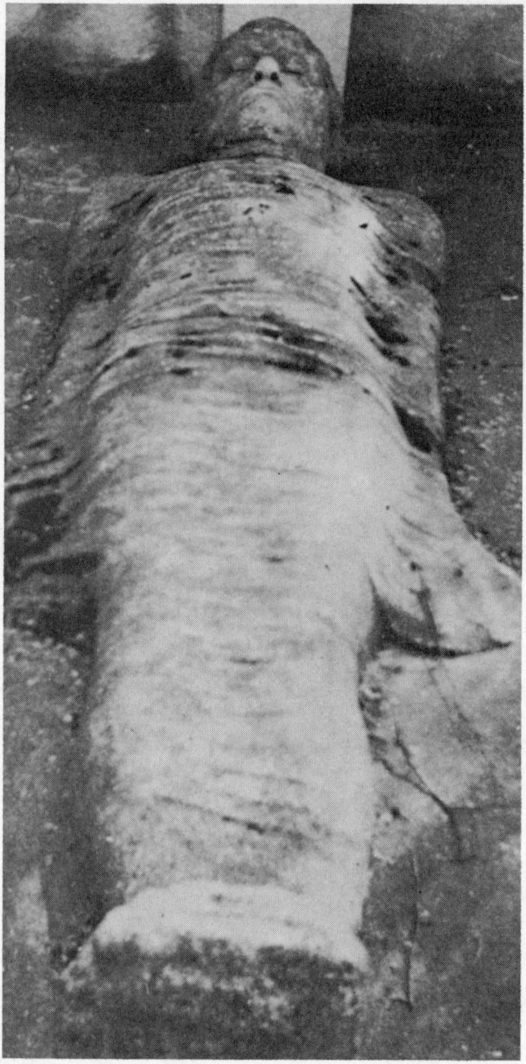

von morgens an auf dem Friedhof einfinden, um die Gräber unserer Toten zu ehren. Leider ist es schon spät im Herbst, und das dürre Laub bedeckt die Wege und die Grabstätten in einer Weise, daß man sich nur schwer zurechtfindet; oft verirren wir uns völlig und gehen stundenlang im Kreis und fragen uns durch, bis wir das Grab, das wir suchen, ausfindig machen. Fast alle haben wir unseren Besen dabei, und oft passiert es uns, daß wir das Laub von einem Grab wegkehren, im Glauben, daß es das unseres Toten sei, und entdekken, daß wir uns irren. Doch mit der Zeit finden wir die Gräber, und wenn der Nachmittag schon halb vergangen ist, können wir uns ausruhen und innerlich sammeln. Irgendwie freut es uns, auf so viele Schwierigkeiten gestoßen zu sein, um die Gräber zu finden, denn das beweist die Nützlichkeit der Kampagne, die am folgenden Morgen beginnen wird, und es kommt uns vor, als ob unsere Toten uns ermunterten, das Laub einzusammeln, obgleich wir nicht mit der Hilfe der Mangusten rechnen können, die erst am folgenden Tag mitarbeiten werden, wenn die Obrigkeit die neue Ration Schlangenessenz austeilt, die von den Expeditionsteilnehmern zusammen mit den Särgen der Toten gebracht wurde und die die Alten auf die dürren Blätter sprühen werden, damit die Mangusten sie einsammeln.

UM ZU LEZAMA LIMA ZUGANG ZU FINDEN

Nachdem auf den Sänden, seidige Pausen
zwischen dem Irrealen unter Wasser und dem Dichten,
unwiderleglich aufgetaucht,
das metrische Aquarium entstand, und der irdische Nabel
den üppigen Horizont überwand, der den Menschen
mit der Fortpflanzung der Bäume verwechselte
José Lezama Lima, *Para llegar a la Montego Bay*

»Est-ce que ce monsieur est fou?«, me dit-elle.
Je fis un signe affirmatif.
»Et il vous emmène avec lui?«
Même affirmation.
»Où cela?«, dit-elle.
J'indiquai du doigt le centre de la terre.
Jules Verne, *Voyage au centre de la terre*

Diese Seiten über *Paradiso*, den Roman von José Lezama Lima, sind keine Studie über Lezamas Novellistik, die eine strenge Analyse seines ganzen dichterischen und essayistischen Werks im Licht der fruchtbarsten Fortschritte auf dem anthropologischen Gebiet (Bachelard, Eliade, Gilbert Durand...) erfordern würde, sondern eine Annäherung auf dem Wege der Sympathie, den jedes Cronopium wählt, um mit einem anderen Beziehungen anzuknüpfen. Warum Lezama Lima? Aus dem Grunde, den er selbst nennt, als er eine seiner Personen schildert: »Was mir an ihm gefällt«, erwiderte Cemí, »ist die Art, wie er sich in die Nabelmitte der

Fragen versetzt. Ich habe den Eindruck, daß er in jedem Augenblick seiner Entwicklung in der Gnade stand. Er hat das, was die Chinesen *li* nennen, das heißt, ein am Kosmos orientiertes Verhalten, die Gestaltung, die vollkommene Form, die man angesichts einer Tatsache einnimmt, vielleicht das, was man in unserer klassischen Tradition stilgerechte Schönheit nennt. Er ist wie ein Stratege, welcher der Offensive eine stets gutgedeckte Flanke bietet. Er läßt sich nicht überraschen. Noch beim Vorrücken scheint er die Wachposten der Nachhut zu inspizieren. Er weiß, was ihm fehlt, und sucht es mit Eifer. Er besitzt eine Reife, die sich nicht dem Wachstum versklavt, und eine Weisheit, die doch nicht auf das unmittelbare Erlebnis verzichtet, diesem aber auch keinen kniefälligen Götzenkult erweist. Seine Weisheit ist von einer besonderen Glückssträhne begleitet. Er ist ein Student, der stets die Frage kennt, die an ihn gestellt wird; doch natürlich wird der Zufall nur innerhalb eines Zusammenhangs wirksam, aus dem die Antwort wie ein Funken sprüht. Er studiert zuerst die hundert möglichen Verhöre derart, daß er nicht verlieren kann, doch die Frage, die der Zufallsvogel im Schnabel bringt, ist gerade die Frucht, die ihm schmeckt, die beste und die, welche zu durchdenken und zu polieren am meisten lohnt.« (S. 391/92; die Seitenangaben beziehen sich auf die deutsche Ausgabe, die im Suhrkamp Verlag erschien.)

Sind wir also beide verrückt? Wo tauche ich, frenetisch vor Atemnot, wieder auf, um nach diesem tiefen Tauchgang durch sechshundertsiebzehn Seiten *Paradiso* Atem zu holen? Und warum plötzlich Jules Verne in einem Buch, wo nichts an ihn zu gemahnen scheint? Aber ja doch, gewiß gemahnt es an ihn; fürs erste, spricht nicht Lezama selbst von indirekten obliquen Erlebnissen, hat er nicht irgendwo gesagt, daß es so ist »wie wenn ein Mensch in seinem Zimmer das Licht anknipst und damit, natürlich ohne es zu wissen, einen

Wasserfall im Ontario auslöst«, eine vernianische Metapher, falls es solche gibt? Macht er uns nicht mit dieser tangentialen Kausalität vertraut, wenn er daran erinnert, daß in dem Augenblick, da der Heilige Georg dem Drachen die Lanze in den Leib stößt, der erste, der tot zusammenbricht, sein Pferd ist, so wie manchmal der Blitz den Stamm einer Steineiche hinunterfährt und, ohne ihnen Schaden zu tun, durch dreizehn Seminaristen hindurchgeht, die dem Gruyère zusprechen und das Lob des Kleeblatts singen, bevor er einen Kanarienvogel verkohlt, der in fünfzig Meter Entfernung in einem Käfig tirilierte? Also doch Jules Verne, und so muß man wohl, um zur Montego Bay zu kommen, durch den Mittelpunkt der Erde hindurch. Das ist nicht nur sicher, es ist wörtlich zu verstehen, und hier ist der Beweis: Höchst seltener Leser von *Paradiso* (ich bin so dünkelhaft, mir einen *very exclusive* Club vorzustellen, den der Wenigen, die wie Sie *Der Mann ohne Eigenschaften, Der Tod des Vergil* und *Paradiso* gelesen haben; nur darin – was den Club betrifft – ähnele ich Phileas Fogg), ist Ihnen aufgefallen, daß der konkrete Bezug zu Verne sich auf Seite 340 befindet, auf teuflische Weise hergestellt durch eine erotische Episode ähnlich jener Art, die einige Forscher behutsam beim Vater des *Nautilus* aufzudecken beginnen? Der Ruderer Leregas, mit priapischen Vorzügen, wird Besuch erhalten von dem bis dahin unverdächtigten Athleten Baena Albornoz, der in die Unterwelt einer Turnhalle in Havanna hinabsteigt, um mit Adonis' Erlaubnis den Hauer des Keilers zu empfangen, der so tief in ihn eindringt, daß er vor lauter Wonne in die Bettkante beißt. Leregas erwartet den demütigen Besuch des Herkules, der nach all den Mühen des Tages nächtens an dem weibischen Spinnrocken seiner wahren Natur spinnt. Und da, in dieser gespannten Erwartung, [suchte] »die Erinnerung an den Krater des Joculus das Untergeschoß heim, auch die Schatten des Scartaris gelangten dorthin. Der geringelte

Schatten des Scartaris auf dem Krater von Sneffels.« (S. 340)

Diabolischerweise schlägt die Resonanz der unschuldigen inländischen Orographie in eine laszive erotische Situation um, und die Botschaft von Arne Saknussemm, ein Wunder unserer Kindheit *(Descends dans le cratère du Yocul de Sneffels que l'ombre du Scartaris vient caresser avant les calendes de Juillet, voyageur audacieux, et tu parviendras au centre de la Terre...),* suggeriert durch den Ton und die Bilder eine schlüpfrige Entdeckung. Ioculus, der geringelte Schatten (»il a perdu ses trente deux plis«, sagt eine Person von Jean Genet, auf einen anderen Baene Albornoz sich beziehend), Sneffels, bei dem man an *to sniff* denkt, Scartaris, der in diesem Zusammenhang an das Skrotum gemahnt, und die Bilder vom Abstieg in den Krater, der Zärtlichkeit, der dunklen Region... Oh, Phileas Fogg, oh Professor Lidenbrock, was machen wir da aus eurem Vater?

Friede dem Einsiedler von Nantes und seinen Speläologen, doch vorher übernehme ich die Verantwortung für eine andere Passage, die so bezeichnend ist, als hätte sie Lezama selbst exzerpiert, und ich stelle sie, damit sie uns als *Laser* diene, allem folgenden voran:

> *Enfin, mon oncle me tirant par le collet,*
> *j'arrivai près de la boule.*
> *»Regarde, me dit-il, et regarde bien! il*
> *faut prendre des leçons d'abîme!«*
>
> Jules Verne, *Voyage au centre de la terre*

In zehn Tagen, die Lektüre nur unterbrechend, um zu verschnaufen und meinem Kater Theodor W. Adorno seine Milch zu geben, habe ich *Paradiso* gelesen, die Reise beendend (beendend?), die ich viele Jahre vorher mit der Lektüre einiger seiner Kapitel begann, die, wie manch andere

Dinge von Tlön oder von Uqbar, in die Zeitschrift *Orígenes* geraten waren. Ich bin kein Kritiker: eines Tages, ich vermute, er ist fern, wird diese erstaunliche Summa ihren Maurice Blanchot finden, denn von dieser Rasse wird der Mann sein müssen, der in ihr fabulöses Larvarium eindringt. Ich will lediglich auf eine beschämende Unkenntnis hinweisen und im voraus eine Lanze brechen gegen die Mißverständnisse, die auf sie folgen werden, wenn Lateinamerika endlich die Stimme von José Lezama Lima hört. Über die Unkenntnis wundere ich mich nicht; auch ich kannte vor zwölf Jahren Lezama nicht, und es war nötig, daß Ricardo Vigón mir in Paris von *Oppiano Licario* sprach, der gerade im *Orígenes* erschienen war, und der jetzt *Paradiso* abschließt (wenn etwas es abschließen kann). Ich bezweifle, daß in diesen zwölf Jahren das Werk von Lezama die wirksame Präsenz erlangt hat, die im gleichen Zeitraum das eines Jorge Luis Borges oder das eines Octavio Paz erlangten, auf deren Höhe es sich ohne den geringsten Zweifel befindet. Gründe instrumenteller und essentieller Schwierigkeit sind eine erste Ursache für diese Unkenntnis; Lezama zu lesen, ist eine der mühsamsten und oft auch ärgerlichsten Tätigkeiten, die es geben kann. Die Ausdauer, die Grenzschriftsteller wie Raymond Roussel, Hermann Broch und der kubanische Meister erfordern, ist selbst bei »Spezialisten« selten, und daher bleiben im Club Sessel frei. Borges und Paz (ich führe sie wieder an, um die Zielscheibe ganz oben auf den Baum unserer Länder zu hängen) haben vor Lezama den Vorteil, daß sie sonnenklare, wir möchten fast sagen, apollinische Schriftsteller sind, vom Gesichtspunkt der Perfektion des sprachlichen Ausdrucks, ihres zusammenhängenden geistigen Systems aus betrachtet. Ihre Schwierigkeiten und selbst ihr Dunkel (Apoll kann auch der Nacht angehören, in den Abgrund steigen, um den Drachen Python zu töten) entsprechen der Dialektik, an die *Le cimetière marin* erinnert:

... Mais rendre la lumière
Suppose d'ombre une morne moitié.

Äußerste Spannungspunkte eines Bogens mediterranen Ursprungs, geben sie das Beste von ihrer Kraft her ohne die drei vorhergehenden Rätsel, die aus dem Leser von Lezama einen ewigen Ödipus machen werden. Und wenn ich sage, daß das einen Vorteil jener vor diesem bedeutet, beziehe ich mich fast moralisch auf die Leser, die die Mühen des Ödipus verabscheuen, die für die größte Ausbeute bei geringstem Risiko optieren. In Argentinien jedenfalls neigt man dazu, dem Hermetismus auszuweichen, und Lezama ist nicht nur hermetisch im wörtlichen Sinne, da das Beste in seinem Werk ein Erfassen von Wesenheiten mittels des Mythischen und Esoterischen in allen ihren historischen, psychischen und literarischen Formen darstellt, schwindelerregend kombiniert in einem poetischen System, in dem oft ein Louis XV.-Sessel dem Gott Anubis als Sitz dient, sondern er ist auch formal hermetisch, sowohl durch eine Naivität, die ihn annehmen läßt, daß noch die heteroklitischste seiner Metapherreihen von den anderen völlig verstanden werden wird, als auch weil sein Ausdruck von einem ursprünglichen Barock ist (*ursprunghaft*, im Gegensatz zu einem glänzend *inszenierten* Barock wie dem eines Alejo Carpentier). Man sieht da, wie schwer es ist, dem Club beizutreten, wenn so viele Schwierigkeiten sich summieren und das Vergnügen einer Lektüre schmälern, es sei denn, das Vergnügen beginnt gerade mit den Schwierigkeiten, ich nämlich begann Lezama zu lesen wie jemand, der die Chiffre *messunka-SebrA.icef-dok. segnittamurtn,* etc. zu dechiffrieren versucht, die sich am Ende auflöst in: *Descend dans le cratère du Yocul de Sneffels...;* man möchte meinen, daß die Hast und das Schuldgefühl, die die bibliographische Proliferation erweckt, den zeitgenössischen Leser dahin bringen, alles *trovar clus* beiseite zu lassen, und oft ironischerweise.

Hinzukommen die falschen Askesen und die riesigen Scheuklappen einer schlecht verstandenen Spezialisierung, gegen die sich heute zur rechten Zeit eine Haltung wie die strukturalistische wendet. Noch ein Goethe konnte den Philosophen und den Dichter, die in seinem Jahrhundert bereits miteinander im Streit lagen, kraft einer bezwingenden einigenden Intuition miteinander verschmelzen; bis zu Thomas Mann (ich spreche jetzt von Romanciers) schien sich diese Koexistenz bei Autor und Leser zu behaupten, doch es ist eine Tatsache, daß bereits das Werk eines Robert Musil, um mich auf den deutschen Sprachbereich zu beschränken, sich des weltweiten Echos, das es hätte finden müssen, beraubt sah. Obgleich es sich um ein und denselben Leser handelt, neigt dieser heute dazu, eine spezialisierte Haltung anzunehmen, je nachdem, was er gerade liest, indem er zuweilen unterbewußt an jedem Werk Anstand nimmt, das ihm ein Gemisch bietet, Romane, die sich auf Poesie einlassen, oder Metaphysiken, die mit dem Ellbogen auf der Theke einer Bar oder auf dem Kopfkissen zärtlichen Treibens entstehen. Er akzeptiert bis zu einem gewissen Grade die außerliterarische Fracht eines Romans, vorausgesetzt, daß die Gattung ihre grundlegenden Vorrechte bewahrt (die, nebenbei bemerkt, niemand genau kennt, doch das ist eine andere Sache). *Paradiso,* ein Roman, der auch eine hermetische Abhandlung, eine Poetik und die Poesie ist, die aus ihr resultiert, wird es schwer haben, seine Leser zu finden: wo beginnt der Roman, wo endet das Gedicht, was bedeutet diese Anthropologie, die sich mit einer Mantik überschneidet, die auch eine tropische Folklore ist, die auch eine Familienchronik ist? Man spricht zur Zeit viel von diagonalen Wissenschaften, doch der *Diagonal-Leser* läßt auf sich warten, und *Paradiso,* heimlicher Hieb in Essenzen und Präsenzen, wird auf den Widerstand stoßen, den ihm das Bündel herkömmlicher Anschauungen entgegensetzt. Doch der Hieb ist bereits ausgeführt; wie in der chinesischen Geschichte vom perfekten Henker bleibt dem Enthaupteten sein Kopf und er weiß nicht, daß dieser beim kleinsten Nieser auf der Erde rollen wird.

Wenn die instrumentelle Schwierigkeit der erste Grund dafür ist, daß Lezama so unbekannt ist, sind die Umstände unserer politischen und historischen Unterentwicklung der zweite. Seit 1960 verbündeten sich Angst, Heuchelei und schlechtes Gewissen, um Kuba und seine Intellektuellen und Künstler vom übrigen Lateinamerika abzuschneiden. Die bereits bekannten, Nicolás Guillén, Carpentier, Wilfredo Lam, überwanden und überwinden die Schranke dank einem internationalen Ansehen, das sie bereits vor der kubanischen Revolution besaßen und uns dazu zwingt, uns zu gegebener Zeit mit ihnen zu befassen. Lezama, schon damals unverzeihlicherweise außerhalb des Wertesystems der peruanischen oder mexikanischen oder argentinischen Magister, ist auf der anderen Seite der Schranke geblieben, in solchem Maße, daß selbst jene, die seinen Namen gehört haben und *Tratados en La Habana*, *Analecta del reloj*, *La fijeza*, *La expresión americana* oder *Paradiso* lesen wollen, keine Exemplare bekommen können, noch bekommen können werden. Sowohl er wie auch viele andere kubanische Dichter und Künstler sehen sich gezwungen, in einer Isolierung zu leben und zu arbeiten, die, und das ist das mindeste, was man dazu sagen kann, Ekel und Scham verursacht. Natürlich ist es wichtig, daß dem totalitären Kommunismus der Weg versperrt wird. *Paradiso?* Nichts, das diesen Namen verdient, kann aus einer solchen Hölle kommen. Schlafen Sie ruhig, die OAS bewacht Ihren Schlaf.

Bleibt vielleicht ein dritter und geheimerer Grund für das unheimliche Schweigen, das das Werk von Lezama umgibt; ich will von ihm ohne jede Scham sprechen, gerade weil die spärlichen kubanischen Kritiken, die ich über dieses Werk

kenne, ihn nicht haben erwähnen wollen; dagegen weiß ich um seine negative Kraft in Händen nicht weniger Pharisäer unserer Geisteswissenschaften. Ich beziehe mich auf die formalen Unrichtigkeiten, von denen seine Prosa nur so wimmelt, und die, im Gegensatz zur Subtilität und Tiefe des Inhalts, beim halbwegs gebildeten Leser Ärgernis und Ungeduld erwecken, die er fast nie überwinden kann. Überdies werden die Ausgaben der Bücher von Lezama in typographischer Hinsicht für gewöhnlich sehr schlecht besorgt, und *Paradiso* bildet bei weitem keine Ausnahme, so daß es nicht verwunderlich ist, wenn zur tiefen Perplexität die Ungeduld über die orthographischen oder grammatikalischen Extravaganzen hinzukommt, an denen die Blicke des Schulmeisters, den wir fast alle in uns haben, Anstoß nehmen. Als ich vor Jahren begann, Leuten, die Lezama nicht kannten, Passagen von ihm zu zeigen oder vorzulesen, war das Erstaunen, das seine Vision der Wirklichkeit und die Kühnheit der sie vermittelnden Bilder hervorriefen, fast immer gemildert durch freundliche Ironie, durch ein bramarbasierendes Lächeln. Ich merkte sehr bald, daß da ein jäher Abwehrmechanismus ausgelöst wurde und daß die vom Absoluten Bedrohten sich beeilten, die formalen Fehler zu vergrößern, was ein vielleicht unbewußter Vorwand war, um diesseits von Lezama zu bleiben, um ihm nicht bei seinem unerbittlichen Tauchen in tiefe Gewässer zu folgen. Die unbestreitbare Tatsache, daß Lezama entschlossen zu sein scheint, einen englischen, französischen oder russischen Eigennamen niemals richtig zu schreiben, und daß seine Zitate in fremden Sprachen durchsetzt sind von orthographischen Phantasien, könnte einen typischen Intellektuellen vom Rio de la Plata veranlassen, in ihm einen nicht minder typischen Autodidakten eines unterentwickelten Landes zu sehen, was völlig richtig wäre, und darin eine Rechtfertigung dafür zu finden, seine wahre Dimension nicht zu entdecken, was höchst bedauerlich wäre. Freilich, bei den idiosynkratischen Argentiniern bürgt formale Korrektheit im Schreiben wie im Sich-kleiden immer für Seriosität, und jeder, der in einem annehmbaren »Stil« verkündet, daß die Erde rund ist, wird mehr Respekt ernten als ein Cronopium mit einer Kartoffel im Mund, das aber hinter der Kartoffel viel zu sagen hat. Wenn ich von Argentinien spreche, so deshalb, weil ich es ein wenig kenne; doch auch als ich in Kuba war, traf ich junge Intellektuelle, die ironisch lächelten, wenn sie daran dachten, wie wunderlich Lezama den Namen irgendeines ausländischen Dichters auszusprechen pflegte; der Unterschied trat in dem Augenblick zutage, als diese jungen Leute, wenn sie über den fraglichen Dichter etwas sagen sollten, es bei der guten Phonetik bewenden ließen, während Lezama, wenn er fünf Minuten über ihn sprach, sie alle zur Decke blicken ließ. Eines der Indizien für die Unterentwicklung ist unsere Empfindsamkeit für all das, was mit der kulturellen Kruste, dem äußeren Schein und dem Lack der

Kultur zu tun hat. Wir wissen, daß Dylan Dilen ausgesprochen wird und nicht Dailan, wie wir das erste Mal sagten (wobei sie uns ironisch ansahen oder uns korrigierten, oder wir witterten, daß etwas nicht stimmte); wir wissen genau, wie man Caen und Laon und Sean O'Casey und Gloucester auszusprechen hat. Das ist sehr schön, genauso schön wie saubere Fingernägel zu haben und Desodorante zu benutzen. Das andere kommt hinterher, oder auch nicht. Bei vielen von denen, die Lezama mit einem Lächeln verzeihen, daß er lebt, kommt es weder vorher noch hinterher, doch die Fingernägel, das kann ich Ihnen versichern: tadellos.

Zur abwehrenden Ironie, die sich auf Irrtümer an der Oberfläche gründet, kommt jene hinzu, die bei vielen die ungewöhnliche Naivität hervorrufen muß, die in nicht wenigen Momenten der Erzählkunst von Lezama zutage tritt. Im Grunde geschieht es aus Liebe zu dieser Naivität, wenn ich hier von ihm spreche; jenseits jeder Schulregel weiß ich von ihrer tiefen Wirkung; viele suchen, Parzival aber findet, viele reden, Mischkin aber weiß. Das Barock von komplexem Ursprung, das in unserem Amerika so verschiedene und dabei einander so ähnliche Ergebnisse zeitigt wie die Sprachkunst von Vallejo, Neruda, Asturias und Carpentier (es geht nicht um Gattungen, sondern um Gehalt), nimmt in dem ganz besonderen Fall von Lezama eine Aura an, für die ich nur diese annähernde Bezeichnung finde: Naivität. Eine amerikanische Naivität, insular im primären wie im weiteren Sinne, eine amerikanische Unschuld. Eine naive amerikanische Unschuld, die eleatisch, orphisch am Anfang der Schöpfung die Augen aufschlägt, Lezama Adam vor dem Sündenfall, Lezama Noah ganz ähnlich dem, der auf den flämischen Bildern eifrig das Defilee der Tiere verfolgt: zwei Schmetterlinge, zwei Pferde, zwei Leoparden, zwei Ameisen, zwei Delphine... Ein Primitiver, der alles weiß, ein gebildeter *Sorbonnard*, aber ein amerikanischer insofern, als die ausgestopften Albatrosse der Weisheit des Ekklesiastes nicht »a wiser and a sadder man« aus ihm gemacht haben. Seine Wissenschaft ist Palingenese, das Wissen ursprünglich, jubelnd, und entsteht wie das Wasser bei Tales und das Feuer bei Empedokles. Zwischen Lezamas Wissen und dem eines Europäers (oder seiner Homologe vom Rio de la Plata, die in dem fraglichen Sinne viel weniger amerikanisch sind) besteht ein Unterschied wie der zwischen Unschuld und Schuld. Jeder europäische Schriftsteller ist »Sklave seiner Taufe«, wenn es erlaubt ist, Rimbaud zu paraphrasieren; ob er will oder nicht, mit seiner Entscheidung zu schreiben nimmt er eine ungeheure und geradezu entsetzliche Tradition auf sich; mag er sie akzeptieren oder gegen sie kämpfen, diese Tradition lebt in ihm, sie ist seine Vertraute oder sein Inkubus. Warum schreiben, wenn in irgendeiner Weise alles schon geschrieben worden ist? Gide hat sardonisch bemerkt, daß, da niemand zuhört, man alles noch einmal sagen muß. Doch ein Gefühl von Schuld und Überflüssigkeit veranlaßt den europäischen Intellektuellen, über sein Handwerk und seine Mittel genauestens zu wachen, die einzige Möglichkeit, allzu oft begangene Wege nicht noch einmal zu gehen. Daher die Begeisterung, die das Neue erweckt, der Massenansturm auf das neue Stück des Unsichtbaren, das jemand in einem Buch realisiert hat; man braucht nur an den Symbolismus, den Surrealismus, den »nouveau roman« zu denken, endlich etwas wirklich Neues, das weder Ronsard noch Stendhal noch Proust geahnt hatten. Das Schuldgefühl kann eine Zeitlang ruhen; selbst die Epigonen sind am Ende des Glaubens, daß sie etwas Neues machen. Danach wird man langsam wieder Europäer und jeder Schriftsteller zeigt sich mit seinem Albatros am Hals.

Unterdessen zeigt sich Lezama auf seiner Insel mit dem Frohsinn eines Präadamiten ohne Vogelkrawatte und fühlt sich keiner direkten Tradition verpflichtet. Er übernimmt sie alle, von der Leber der Etrusker bis zu Leopold Bloom, der sich in ein schmutziges Taschentuch schneuzt, doch ohne historische Verpflichtung, ohne ein französischer oder österreichischer Schriftsteller zu sein. Er ist Kubaner, mit nur einer Handvoll eigener Kultur im Rücken, und der Rest ist reine und freie Erkenntnis, nicht berufliche Verantwortung. Er kann schreiben, was er lustig ist, ohne sich zu sagen, daß schon Rabelais, schon Martial... Er ist kein Glied in der Kette, er ist nicht verpflichtet, mehr oder besser oder anders zu schreiben, er braucht sich als Schriftsteller nicht zu rechtfertigen. Sowohl seine unglaubliche Überfülle als auch seine Mängel rühren von dieser unschuldigen Freiheit, dieser freien Unschuld her. Bei der Lektüre von *Paradiso* hat man bisweilen den Eindruck von etwas Außerplanetarischem; wie ist es möglich, die Tabus des Wissens in solchem Maße zu ignorieren oder ihnen zu trotzen, die *So darf man nicht schreiben* der schändlichen Gebote unseres Berufs? Wenn der unschuldige Amerikaner sich zeigt, der treuherzige Wilde, der Flitterkram anhäuft, ohne zu ahnen, daß dies nichts wert ist oder nicht mehr Mode ist, dann kann bei Lezama zweierlei geschehen. Das eine, das zählt: das Geniale bricht herein, ohne die Minderwertigkeitskomplexe, die uns in Lateinamerika so niederdrücken, bricht herein mit der elementaren Macht dessen, der das Feuer stiehlt. Das andere, das die mit Komplexen behafteten, die tadellos Gebildeten lächeln macht, ist die Seite des Zöllners Rousseau an ihm, die Seite des Angebers à la Mischkin, der Mann, der in *Paradiso* nach einer außerordentlichen Passage Punkt und Absatz macht und mit der größten Unbekümmerheit sagt: »Was tat der junge Fronesis, während über seine Herkunft berichtet wurde?« (S. 401)

Wenn ich diese Seiten schreibe, so deshalb, weil ich *weiß*, daß Stellen wie die zitierte bei der Prüfung durch die Schulmeister mehr ins Gewicht fallen als die großartige Erfindungsgabe, mit der *Paradiso* die Welt erneut in Vorschlag bringt. Und wenn ich den Satz über den jungen Fronesis zitiere, so weil dieses und vieles andere Getue auch mich stört, doch nur in dem Maße, wie mich eine Fliege stören kann, die sich auf ein Bild von Picasso gesetzt hat, oder das Miauen meines Katers Theodor, während ich gerade Musik von Xenakis höre. Die Ohnmacht angesichts des Verworrenen eines Werks maskiert ihren Rückzug mit den oberflächlichsten Vorwänden – weil man die Oberfläche nicht durchbrochen hat. So kannte ich einen Mann, der nie Schallplatten klassischer Musik hörte, weil, wie er sagte, das Geräusch der Nadel es ihm verwehre, das Werk in seiner ganzen Vollkommenheit zu genießen; da er sich ein so anspruchsvolles Kriterium geschaffen hatte, verbrachte er den Tag damit, fürchterliche Tangos und Boleros zu hören. Jedesmal, wenn ich eine Passage von Lezama zitiere und ein Lächeln ernte, verbunden mit einem Themawechsel, muß ich an diesen Mann denken; diejenigen, die zu *Paradiso* keinen Zugang finden können, werden sich immer so verteidigen, und für sie wird alles das Geräusch einer Nadel, eine Fliege und Miauen sein. In *Rayuela* habe ich das Leser-Weibchen definiert und attackiert, weil es des echten liebevollen Ringens mit einem Werk, das für den Leser wie der Engel für Jakob ist, nicht fähig ist. Sollte man an der Legitimität meines Angriffs zweifeln, mag folgendes Beispiel genügen: angesehene Kritiker mit Sitz in Buenos Aires verstanden die beiden verschiedenen Möglichkeiten, den Roman zu lesen, von Anfang an nicht, und wandten daher *pollice verso* an, nachdem sie feierlich versichert hatten, daß sie ihn »auf die zwei Weisen, die der Autor angibt«, gelesen hätten, wo doch das, was der arme Autor vorschlug, eine Option war und er nimmer so vermessen gewesen wäre, zu fordern, daß man in unserer Zeit ein und dasselbe Buch zweimal lese. Was da erst vom Leser-Weibchen bezüglich *Paradiso* erwarten, das, wie eine

Person von Lewis Carrol sagte, imstande ist, die Geduld einer Auster auf die Probe zu stellen? Doch es gibt keine Geduld dort, wo es am Anfang keine Bescheidenheit und Erwartung gibt, wo eine Kultur, die konditioniert, vorgefertigt, gehätschelt wird von Schriftstellern, die man funktionell nennen könnte, mit von den durch die Marquise de Queensberry der Profession sorgsam begrenzten Rebellionen und Heterodoxien, jedes Werk, das wirklich gegen den Strich geht, einfach ablehnt. Imstande, jedwelcher literarischen Schwierigkeit auf der intellektuellen oder Gefühlsebene zu trotzen, vorausgesetzt, daß diese Schwierigkeit sich an die Spielregeln des Abendlandes hält, bereit, die schwierigsten proustischen und joyceschen Schachpartien zu spielen, die bekannte Figuren und vorhersehbare Strategien implizieren, weicht die Kultur sogar indigniert und ironisch zurück, sobald man sie einlädt, ein außergenerisches Territorium kennenzulernen und sich mit einer Sprache und einer Handlung zu schlagen, die einem Erzählsystem entsprechen, das seinen Ursprung nicht in den Büchern hat, sondern in den langen *Lektionen des Abgrunds;* und hier habe ich endlich den Grund für mein Epigraph anbringen können, und es ist Zeit, zu etwas anderem zu kommen.

Paradiso ein Roman? Ja, insofern, als es halbwegs einen roten Faden gibt – das Leben von José Cemí –, zu dem die mannigfaltigen zusammenhängenden oder nicht zusammenhängenden Episoden und Berichte führen oder von dem sie ausgehen. Doch schon zu Anfang hat dieses Argument merkwürdige Charakteristiken. Ich weiß nicht, ob Lezama sah, daß die anfängliche Entwicklung des Themas dazu führen könnte, daß man mit großem Vergnügen an *Tristram Shandy* denkt, denn obgleich José Cemí bereits zu Beginn des Berichts lebt, wohingegen Tristram, der sein eigenes Leben erzählt, nicht einmal in der Mitte des Buches geboren ist, bleibt auch der Protagonist, um den herum *Paradiso* sich gliedert, im Halbdunkel, während das Buch im Text fortfährt und sich all die Zeit nimmt, die nötig ist, um das Leben der Großeltern, der Eltern und der Onkel von José Cemí zu erzählen. Wichtiger ist die Beobachtung, daß in *Paradiso* das fehlt, was ich die durchgehende Kehrseite nennen würde, die Webkette, die einen Roman »macht«, so fragmentarisch seine Episoden erscheinen mögen. Das ist kein Einwand, da ja die Bedeutsamkeit des Buches nicht im geringsten davon abhängt, ob es ein Roman ist der Art, wie man erwarten könnte, oder nicht; meine eigene Lektüre von *Paradiso,* wie alles dessen, was ich von Lezama kenne, begann ich, indem ich nichts Bestimmtes erwartete, keinen Roman verlangte, und so ergab sich die Zustimmung zu seinem Inhalt ohne unnütze Spannungen, ohne diesen lebhaften Protest, den wir erheben, wenn wir einen Schrank öffnen, um die Marmelade herauszuholen, und statt ihrer drei Phantasiewesten vorfinden. Lezama muß man lesen, indem man sich vorher dem *Fatum* ergibt, so wie wir das Flugzeug besteigen, ohne nach der Farbe der Augen oder dem Zustand der Leber des Piloten zu fragen; was die kritische Intelligenz in ihrem Saal der Maße und Gewichte stört, ist jeder intelligenten Kritik in ihrer Ali-Baba-Höhle naturgemäß.

Paradiso könnte auch *kein* Roman sein, sowohl wegen des Fehlens einer Struktur, die der schwindelerregenden Mannigfaltigkeit des Inhalts Zusammenhalt gäbe, als auch aus anderen Gründen. Dem Ende zu, zum Beispiel, fügt Lezama ausführliche Erzählungen ein, die das ganze Kapitel XII ausmachen und mit dem Leib des Romans nichts zu tun haben, mögen ihre Atmosphäre und Kräfte auch die gleichen sein. Auch die beiden Schlußkapitel, in denen die bis dahin kaum greifbare Gestalt von Oppiano Licario dominiert, während die von José Cemí nach dem Verschwinden von Fronesis und Foción immer gespenstischer erscheint, haben etwas von Anhängseln, von *surplus*. Trotzdem sind es nicht diese Unstimmigkeiten in der Erzählmontage, die dem Buch am meisten Romancharakter nehmen; *Paradiso* weicht von dem üblichen Romankonzept darin ab, daß sein Geschehen nicht in einem lebensfähigen raumzeitlichen und psychologischen Flux stattfindet; irgendwie werden alle Personen und jede einzelne weit eher als Wesen gesehen denn als konkrete Gestalt, sind sie eher Archetypen denn Typen. Die erste Folge davon (die nicht wenige ironische Reaktionen auslöst) ist, daß, während der Roman die Geschichte einiger kubanischer Familien Ende des vergangenen und Anfang dieses Jahrhunderts erzählt, mit weitschweifigsten Beschreibungen der Epoche, der Geographie, des Mobiliars, der Gastronomie und der Kleidung, die Personen selbst sich in einem absoluten Kontinuum zu bewegen scheinen, fern jeder Historizität, indem sie sich untereinander, über den Leser und die unmittelbaren Umstände des Berichts hinweg verständigen, in einer Sprache, die immer die gleiche Sprache ist und die bei jedem Bezug zur psychologischen und kulturellen Wahrscheinlichkeit stracks unbegreiflich wird. Trotzdem erscheint mir nichts weniger unbegreiflich als diese Sprache, sobald man auf den hartnäckigen realistischen Begriff vom Roman, der noch in seinen phantastischen oder poetischen Formen vorherrscht, verzichtet. Nichts *natürlicher* als eine Sprache, die Wurzeln, Ursprünge zeigt, die immer auf halbem Wege ist zwischen Orakel und Beschwörung, die das Dunkel von Mythen ist, Gemurmel des kollektiven Unbewußten: nichts menschlicher, im weitesten Sinn, als eine poetische Sprache wie diese, die über prosaische und pragmatische Information erhaben ist, die verbale Wünschelrutengängerei ist, die die tiefsten Wasser sucht und hervorquellen läßt. Niemanden befremdet die Sprache der trojanischen Helden oder der nordischen Sagen, sobald er einwilligt, daß er eine Epopöe liest; die langen Tiraden des griechischen Chors in der Tragödie verstehen sich schwerlich von selbst (und das gilt auch für einen Paul Claudel oder einen Christopher Fry). Warum soll man nicht akzeptieren, daß die Personen in *Paradiso* immer *aus dem Bild* sprechen, da Lezama sie gemäß einem poetischen System projiziert, das er in zahlreichen Texten dargelegt hat und dessen Schlüssel in der Potenz des Bildes als höchste Sekretion des menschlichen Geistes auf der Suche nach der Wirklichkeit der unsichtbaren Welt liegt?

Dann geschieht es, daß zwei kubanische Kinder, die in die Schule gehen und Bekanntschaft schließen, wie folgt miteinander sprechen:

»›Vom ersten Schultag an‹, sagte Fibo zu José Eugenio, ›wußte ich, daß du Sohn eines Spaniers bist. Du stelltest nichts an, sahst nicht sonderlich verwundert aus, schienst die Bosheiten nicht zu merken, die andere ausheckten. Und trotzdem, nachdem wir alle auf unseren Bänken saßen, wer allen auffiel, warst du. Du hockst wie auf einer Wurzel. Wenn du stillstehst, siehst du aus, als wüchsest du, aber nach innen, dem Traum entgegen. Allerdings kann keiner dieses Wachstum sehen.‹

›Als ich das Klassenzimmer betrat‹, erwiderte José Eugenio, ›war ich so verwirrt, daß mein Blick sich trübte. Ich meinte, es regne. Ich berührte Nebel, ich zupfte Tinte von Tintenfischen. So daß erst deine schmerzende Spitze [Fibo vergnügt sich damit, seine Mitschüler in den Po zu pieksen] mir klarmachte, wo ich war, mich ins Lot brachte, mich berührte – und schon war ich kein Baum mehr.‹« (S. 124)

Auch kann es geschehen, daß man sich während eines Essens im Familienkreis wie folgt unterhält:

»Die Novemberfrische, durchschossen von nördlichen Windstößen, welche die Pappelkronen des Prado zum Rauschen brachten, rechtfertigte die Ankunft des goldbraunen Puters mit butterbesänftigten rauhen Extremitäten,

dessen Brust allein den Appetit der gesamten Familie zu stillen und ihn wie in einer Bundeslade zu bergen imstande war.
›Der mexikanische Truthahngeier ist viel zarter‹, sagte der ältere der Santurcesöhne. ›Nicht Truthahngeier, sondern Truthahn‹, verbesserte Cemí. ›Mir hat man Brühe vom Truthahngeier – den scheußlichen Namen dieses Vogelviehs will ich nicht gebrauchen – gegen mein Asthma empfohlen, aber ich sterbe lieber, als daß ich diese Petroleumseiche schlucke. Die Brühe muß schmecken wie Saumilch, die den Alten zufolge Aussatz verursachte.‹
›In Wirklichkeit ist der Ursprung dieser Krankheit unbekannt‹, sagte Santurce, der als Arzt keinerlei Bedenken hatte, bei Tisch über die ausgefallensten Krankheiten zu sprechen.
›Reden wir lieber von der Pekingschen Nachtigall‹, sagte Doña Augusta, der die Richtung der Unterhaltung gegen den Strich ging. Cemís Anspielung auf Saumilch war, weil unerwartet, spaßig gewesen, doch Doktor Santurces Weiterentwicklung des Themas bei dieser Gelegenheit war ebenso furchterregend wie die eben von den Verkäufern der Abendblätter ausgerufene Möglichkeit einer Sturmflut.
›Wahrscheinlich haben die roten Flecken im Tischtuch das Geierthema heraufbeschworen, doch denk auch daran, Mutter, daß die Pekingsche Nachtigall für einen sterbenden Kaiser sang‹, erklärte Alberto, der sich ans Tranchieren des mit Wein und Mandeln zubereiteten Puters machte.
›Ich weiß, Alberto, daß jedes Essen durch einen düsteren Sog hindurch muß, denn eine fröhliche Familienversammlung wäre nicht vollständig, wenn nicht irgendwann der Tod die Fenster aufstieße, doch vielleicht sind die Duftschwaden des Puters eine Beschwörung und vertreiben Hera, die Schreckliche.‹« (S. 257)
Doña Augusta evoziert Hera, jedes Dienstmädchen kann

sich an Hermes oder Nero oder an das I Ging erinnern. Lezama ist es völlig gleichgültig, ob seine Personen ihrer Natur gemäß sprechen oder nicht, oder daß sie je nach den Umständen oder den Gesprächspartnern variieren; und das Wunder des Romans geschieht auf dieselbe Weise, denn in dem Maße wie man in der Lektüre fortschreitet, differenzieren, definieren sich die Personen. Ricardo Fronesis erscheint in seiner geheimsten Dimension. Foción verhält sich zu ihm wie eine Gegenstrophe oder wie *Yin* zu *Yang*, José Cemí und Alberto Olalla, Oppiano Licario und Doña Augusta, José Eugenio und Rialta, jeder einzelne ist eine Person wie es auf dem Gebiet der Tragödie Andromache und Philoktetes und Kreon sind, die Heldentat wird vollbracht, daß antigoethisch das Individuelle vom Universellen ausgeht, indem es die direkten Mittel des Romanciers, die Typisierung durch Charakter oder Neigungen, die Porträts, fast verächtlich zurückweist. Denn Lezama geht es nicht um Charaktere, es geht ihm um das totale Geheimnis des Menschen, »[die] Überzeugung, daß ein universeller Kern existiert, der Regeln und Ausnahmen lenkt«. (S. 459) Daher handeln, denken und sprechen die Personen, mit denen der Autor sich eingehender befaßt, gemäß einer totalen Poetik, die die folgenden Passagen durchblicken lassen, einige weitere Schwellen, um zur verbalen Welt von *Paradiso* Zugang zu finden:

»Doch weder das Geschichtliche noch die Zukunftsgläubigkeit noch die Überlieferung rufen den Menschen in seiner Seinsweise, seinem Verhalten wach, und das hat er am besten und tiefsten gesehen. Aber der Wunsch, der Wunsch, der Chor wird, der Wunsch, dem es, eindringend in den gemeinsam geträumten Traum, gelingt, die wahre Kette des Geschichtlichen zu weben, das ist ihm entgangen. *Schwer, gegen den Wunsch zu kämpfen; was er will, erkauft er sich mit der Seele* – Heraklits uralter Ausspruch umfaßt das gesamte Verhalten des Menschen. Das einzige, was das Überhistori-

sche erreicht, ist der Wunsch, der nicht im Zwiegespräch endet, sondern der sich auf den universellen Geist noch vor dem Erscheinen der Erde besinnt.
Wir können den Anstoß in Nietzsches Forderung nach einer Umwertung aller Werte aufnehmen, aber die Werte, die es zu finden und zu begründen gilt, sind in unserer Zeit ganz andere als diejenigen, die er im Sinn hatte. Nehmen wir eine Gruppe Lernender, die sich auf neue Fächer vorbereitet, zum Beispiel: Geschichte des Feuers, des Wassertropfens, des Atems, der Ausstrahlung oder *aporroia* der Griechen. Eine Geschichte des Feuers, die mit der Darstellung seines Kampfes gegen die neptunischen oder wässrigen Elemente beginnt, wie das Feuer sich ausbreitet, das Feuer im Baum, Farben der Flamme, der Scheiterhaufen und der Wind, Moses' brennender Dornbusch, die Sonne und der weiße Hahn, die Sonne und der rote Hahn bei den Germanen, kurz: die Verwandlung des Feuers in Energie, alle diese Themen, die ersten, die mir einfallen und die der Mensch von heute braucht, um in neue Tiefenschichten vorzudringen.« (S. 428/29)
Über die homosexuelle Liebe von Foción zu Fronesis:
»Focións den Sinnen entsprungener Irrtum bei der Annäherung an Fronesis bestand darin, daß jenes Bild die Form war, in die sich für ihn das Unersättliche kleidete. Doch sobald er ahnte, daß er sich an Fronesis' Körper nie werde sättigen können, denn er war seit geraumer Zeit davon überzeugt, daß Fronesis, ohne es zu beabsichtigen, mit ihm spielte und es ganz so aussah, als werde er ihn regelmäßig auf groteske Weise aus dem Sattel heben, hatte Foción eine Übertragung bewerkstelligt, bei der sein Wort geschlechtlicher Energie nie mehr den anderen Körper begehrte, das heißt, schon nicht mehr seine Fleischwerdung erstrebte, sondern im Gegenteil, vom Körper ausgehend, seine *Verflüchtigung* erreichte, seine *Ätherisierung*, das absolute Pneuma des

anderen Körpers. Er löste Fronesis' Gestalt in Luft auf, doch gerade darin lag seine Unersättlichkeit, in der seine Sinne von neuem vor wehrloser Glut erschauerten, ja, man hätte sagen können: ein Falke verfolgt ein *pneuma,* somit den Geist des Flugs.« (S. 455/6)

Vision der Welt von Fronesis, Cemí und Foción:

»Während die übrigen Studenten sich verächtlich und spöttisch zeigten und die Mehrzahl der Professoren ihre Sprachlosigkeit und Schläfrigkeit nicht überwinden konnten, erregten Fronesis, Foción und Cemí Anstoß mit ihren neuen Göttern, mit dem ungebrochenen Wort in seinem reinen Dotter, mit ihren Wortverbindungen und -verhältnissen, die neue Spiele ermöglichten und neue Ironie. Sie wußten, daß der Konformismus in Ausdruck und Ideen der zeitgenössischen Welt unzählige Varianten und Verkleidungen annahm, forderte er doch vom Intellektuellen Hörigkeit, den Mechanismus eines unbedingten Kausalen und damit die Aufgabe einer wahrhaft heroischen, wie in den großen Epochen wert- und formschöpferischen Seinshaltung, die stets das Schöpferische begrüßt und das zu Eis Erstarrte, das noch immer im Fluß des Zeitlichen zu fließen wagt, anklagt.« (S. 459/60)

José Cemí spricht mit seiner Großmutter:

»›Großmutter, ich merke jeden Tag mehr, wie sehr Mama Ihnen ähnelt. Sie beide haben das, was ich den gedeuteten Rhythmus der Natur nennen würde. In letzter Zeit machen die meisten Menschen den Eindruck auf mich, daß sie ausweglos eingeschlossen sind. Doch Sie beide scheinen beauftragt zu sein, als folgten Sie Buchstaben, die in Ihr Gehör sinken. Sie brauchen nur zu lauschen, einem Laut zu folgen... Bei Ihnen gibt es keine Unterbrechungen, wenn Sie reden, scheinen Sie nicht die Wörter zu suchen, sondern nur auf einen Punkt hinzustreben, der alles erhellt. Es ist, als gehorchten Sie, als hätten Sie einen Schwur geleistet, damit die Menge des Lichts in der Welt nicht nachläßt, man weiß, daß Sie ein Opfer gebracht haben, daß Sie auf weite Bereiche verzichtet haben, ich würde sagen, sogar auf das Leben selbst, würde nicht ein wundersames Leben in Ihnen sichtbar werden und zwar dergestalt, daß die meisten von uns weder wissen, warum wir auf der Welt sind noch wie wir unsere Tage hinbringen, es scheint, als hätten wir uns von der hohen Sphäre, von der die Mystiker reden, nur gelöst, ohne indes die Insel gefunden zu haben, auf der sich die Hirschkälber und die Sinne tummeln.‹

›Aber, mein lieber Enkelsohn Cemí, du beobachtest all das bei der Mutter und bei mir nur, weil du selber diesen Wachstumsrhythmus aufzunehmen imstande bist. Eine sehr seltene Langsamkeit, die Langsamkeit der Natur, der du eine Langsamkeit der Beobachtung entgegensetzt, die gleichfalls Natur ist. Gott sei Dank geht Hand in Hand mit dieser Langsamkeit, welche die Beobachtung zu fabelhaften Dimensionen steigert, ein ungewöhnlich ausgebildetes Gedächtnis. Unter vielen Gesten, vielen Wörtern, vielen Lauten weißt du, nachdem du sie zwischen Träumen und Wachen beobachtet hast, welche von ihnen das Gedächtnis jahrhundertelang begleiten werden. Der Auftritt unserer Eindrücke geht unfaßbar schnell vor sich, aber deine Beobachtungsgabe wartete wie in einem Theater, bis diese Eindrücke sich einstellen, verschwinden, wiedererscheinen und sich streicheln lassen oder sich abweisend zeigen, diese Eindrücke, die gleich wieder entweichen, leicht wie Larven, doch dann verleiht dein Gedächtnis ihnen eine Substanz wie den Schlamm der Uranfänge, wie ein Stein, der den Schattenriß des Fischs aufbewahrt. Du sprichst vom Wachstumsrhythmus der Natur, doch um ihn zu beobachten, ihm zu folgen, ihn zu ehren, bedarf es tiefer Demut. Auch daran erkenne ich, daß du zu unserer Familie gehörst, denn die meisten Menschen brechen ab, überlassen sich der Leere,

geben Ausrufe von sich, stellen abwegige Ansprüche oder singen Gespensterarien, du aber beobachtest diesen Rhythmus, der die Erfüllung ausmacht, die Erfüllung dessen, was wir nicht wissen, was uns aber, wie du sagst, aufgetragen ist als das Hauptzeichen unseres Lebens. Wir sind beauftragt, das heißt, wir waren notwendig, damit die Erfüllung einer höheren Stimme Strand berühre, festen Boden unter sich spürte. Die rhythmische Deutung der höheren Stimme fast ohne Einmischung des Willens, das heißt, ein Wille, der bereits von einem höheren Schicksal umschirmt ist, schenkte uns einen Antrieb, der zur gleichen Zeit Erhellung ist...‹«
(S. 515/16/17)

Obgleich die Synthese fast unmöglich ist, hier eine Sequenz, die einen Begriff geben mag von den okkulten Rhythmen, die das Erzählen von Lezama bewegen:

»Die Einübung in die Poesie, die Suche nach dem Wort mit unbekanntem Ziel entwickelten in ihm eine seltsame Wahrnehmung der Wörter, die in den Raumgruppierungen, wo sie wie Sibyllen in einer Geisterversammlung sitzen, animistische Bedeutung annehmen. Wenn seine Vision ihm ein Wort, welche Beziehung es auch zur Wirklichkeit haben mochte, zuspielte, schien dieses Wort in seine Hand zu gleiten; und wenn das Wort auch unsichtbar blieb, befreit von der Vision, von der es ausgegangen war, setzte es allmählich ein Rad an, in dem die unsichtbare Modulation und die greifbare Modellierung unaufhörlich kreisten; dann, zwischen einer ungreifbaren Modellierung und einer fast sichtbaren Modulation, schien er endlich, wenn er halb die Augen schloß, seine Formen zu berühren. Auf diese Weise erwarb er die Ambivalenz zwischen dem gnostischen Raum, der ausdrückt, der erkennt, der eine unterschiedliche Dichte hat, die sich zusammenzieht, um zu gebären, und der Menge, die in der Einheit der Zeit den Blick belebt, den heiligen Charakter dessen, was in einem Lidschlag von der wogenden Vision zum festlegenden Blick übergeht. Gnostischer Raum, Baum, Mensch, Stadt, Raumgruppen, in denen der Mensch der Punkt ist mitten zwischen Natur und Übernatur.« (S. 495/96)

Darüber nachdenkend, nähert sich José Cemí der Vitrine eines Antiquars, wo eine Reihe Statuetten und wunderliche Gegenstände unter einem Mangel an Harmonie zu leiden scheinen, unter dem wechselseitigen Rückstoß ihrer Kräfte, die vergebens Übereinstimmungen, Artikulationen, brüderliche Rhythmen suchen. Cemí weiß, daß jedesmal, wenn er einen Gegenstand wählt und kauft, seine Wahl darauf zurückzuführen ist, daß sein Blick »den Gegenstand wahr[nahm], ihn unter den anderen aus[sonderte] und vor sich her[schob] wie eine Schachfigur, die in eine Welt eindringt, die im Lidschlag alle ihre Kristalle neu aufzubauen vermag«, (S. 496) ein intuitiver Vorgang, den der Leser von *Paradiso* in jeder Episode, an jedem entscheidenden Punkt des Berichts sehen kann. Cemí weiß, daß »das Stück, das sich so vorschob, ein Punkt war, der einen unendlichen Strom von Analogien entließ« (S. 496); man kann den Mechanismus nicht besser beschreiben, der in tumultuöse Bewegung versetzt und, wie der *Achille immobile à grands pas* von Valéry, die unzähligen beseelten und unbeseelten Geschöpfe, die jede Seite des Buches bevölkern, zugleich fixiert.

Dieser unfehlbaren Entscheidung seines inneren Blicks vertrauend, wählt Cemí zwei Statuetten, eine Bacchantin, »sich sanft im Tanz wiegend«, und einen Cupido, dem der Bogen fehlt und der, so entwaffnet, einem Engel ähnelt, »persischer Jüngling auf einer Miniatur«, der auch etwas von einem »griechischen Athleten oder einem Inka im Gefolge des wundersamen Viracocha« (S. 497) hat. Er nimmt sie mit in sein Arbeitszimmer, und das, was geschieht, verbindet die anfängliche Meditation über die Gegenstand gewordenen

Wörter mit dem, was mit diesen Gegenständen geschieht, die sich verhalten wie Wörter in der subtilen Verbindung der *similitudes amies*, um noch einmal Valéry zu zitieren.

»Tage vorher hatte er in seinem Arbeitszimmer eine massive Silberschale betrachtet, die er aus Puebla mitgebracht hatte, sie stand neben einem chinesischen Damhirsch aus massivem Holz. Daneben, auf einem anderen Tisch, stand ein Ventilator und beunruhigte den Damhirsch, und zwar mehr als es dessen Art ist, wenn er sich in uralter, kosmologischer Scheu der Silberschale näherte zur Stunde der Tränke, nachdem er das Weidegebiet durchwandert hatte. Der Damhirsch, erschrocken, weil er einen unvermuteten Sturmwind aufkommen sah, zeigte neben der Schale nicht mehr seine übliche behagliche Haltung, seine Haut zitterte, als spüre er den Atem über das Gras streichen, den Hauch der Schlange über dem Schutzmangel des Taus.

Um den hölzernen Damhirsch zu beruhigen, galt es nicht nur die Schale zu entfernen, sondern auch den Ventilator abzuschalten. Cemí stellte die Schale aus Puebla in das oberste Fach des kleinen Regals zwischen den Engel und die Bacchantin. Nun begriff er, daß das unausgegorene Durcheinander, das in dem Schaufenster der Calle Obispo geherrscht hatte, auf dem polierten Mahagonibrett zwischen den beiden Bronzestatuetten zur Ruhe kam. Der Engel schien zu rennen und zu springen, ohne vom kreisrunden Rand der Schale schwindlig zu werden, und die Bacchantin, müde vom Schlagen ihrer Zimbeln und ihren aufwendigen Sprüngen, kauerte sich auf den Fuß der Schale, von wo der Engel sie für das Spiel mit dem am Schalenrand gerundeten Licht herauszulocken versuchte.« (S. 498)

Der letzte Schritt wird metaphysisch sein, wird die Achse sein, um die herum das System, das *Paradiso* ermöglicht, kristallisiert, wobei es durch das Bild die essentielle Welt sichtbar macht, der wir für gewöhnlich nur einzelne Augen-

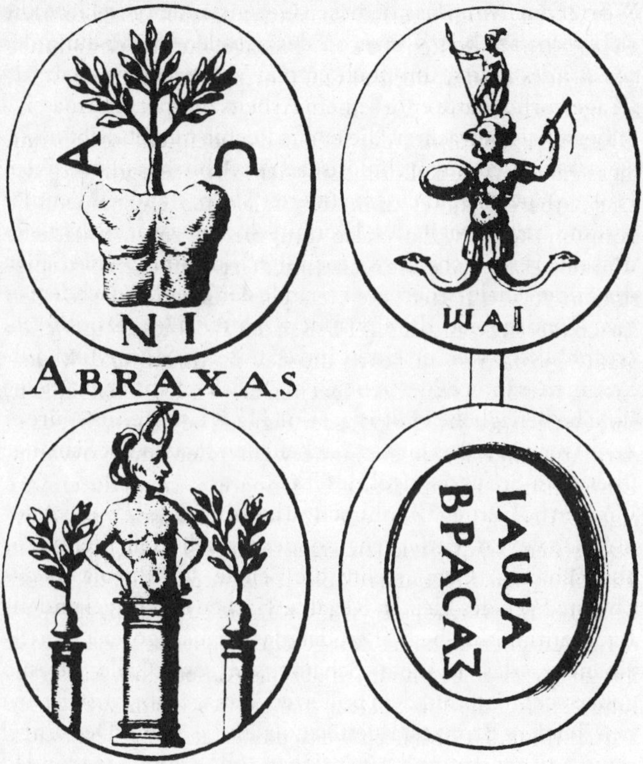

blicke teilhaftig werden. Aber da bemerkt Cemí, daß die heitere Gelassenheit, die diese Gruppierungen bei ihm hervorrufen, »wenn im Kern einer Komposition ein Kraftstrom pulsierte«, bei den anderen »die scheue und bisweilen ungestüme Reaktion gleichsam tiefsten Mißtrauens« (S. 498/9) bewirkt. Die imaginären Städte, die er bei der Versöhnung und der Harmonie der Rhythmen sich erheben sah, verursachen zornige Mienen bei denen, die sich außerhalb dieser vom Geist intuitiv erfaßten und zugleich ausgeführten Architektur aufhalten. In einer Passage, die von der »dunklen Klarheit« des berühmten Corneilleschen Verses ist, krönt Lezama seine Vision:

»Dies veranlaßte ihn, darüber nachzudenken, wie in ihm diese räumlichen Rekompositionen, diese Anordnung des Unsichtbaren, dieser Sinn für Stalaktiten entstanden. Er konnte erkennen, daß diese Gruppierungen eine zeitliche Wurzel besaßen, daß sie nichts mit den räumlichen Gruppierungen zu tun hatten, die stets ein Stilleben sind; für den Zuschauer verwandelt das Fließen der Zeit diese räumlichen Städte in Figuren, in denen die Zeit im Strom und Widerstrom, wie die Arbeit der Gezeiten an den Korallenbänken, eine Art ewiger Wiederkehr der Figuren bewirkte, die, da in der Ferne angesiedelt, ein immerwährender Embryo waren. Das Wesen der Zeit, dieses Unfaßbare, vermag durch ihre eigene Bewegung, die jede Entfernung ausdrückt, diese tibetischen Städte wiederherzustellen, die alle optischen Täuschungen, die Quarzskala des kontemplativen Weges besitzen, nur vermögen wir nicht in sie einzudringen, denn dem Menschen ist keine Zeit geschenkt, in der alle Tiere für ihn zu sprechen beginnen, in der das Äußere eine Ausstrahlung schafft, die ihn auf ein mauerloses Diamantenwesen zurückführt. Der Mensch weiß, daß er nicht in diese Städte einzudringen vermag, dafür lebt in ihm die beunruhigende Faszination dieser Bilder, welche die einzige Wirklichkeit sind, die bis zu uns dringt, die uns beißt, ein ohne Maul beißender Blutegel, die, wie ein großer Teil der ägyptischen Malerei, auf eine komplementäre, dem Bild gemäße Weise gerade mit dem verletzt, was ihr fehlt.« (S. 499/500)

Bei dieser Annäherung an Lezama habe ich vorausgesetzt, daß der Leser *Paradiso* nicht kennt. Ich beeile mich daher, das mögliche Mißverständnis auszuräumen, das durch die Annahme entstehen könnte, das ganze Buch entspreche im

Ton den Passagen, die ich zitiert habe. Die Passagen bieten einige der Schlüssel zu dem System, nach dem die Erzählung sich richtet, doch diese entwickelt sich auf einer Reihe von Ebenen, die von der schlichten und fast hausbackenen biographischen Evokation bis hin zur Erfindung extremer Situationen auf dem Gebiet der Erotik, der Magie und des Imaginären reichen. Unmöglich, die Mannigfaltigkeit ineinandergreifender oder isolierter Episoden zu resümieren, die akkumulierenden oder irradiierenden Sequenzen, die unerschöpfliche Phantasie eines Mannes, für den die Herrschaft des Bildes eine fabulöse Falkenjagd ist, bei der der Falkner, der Falke und die Beute in ihrem Verhältnis zueinander eine erste Reihe von Reaktionen schaffen, die imstande sind, sich zu multiplizieren, bis sie zu einem gigantischen Kristall gerinnen, der eine Welt in sich schließt, »die tibetanische Stadt« des totalen Wunders. Ich will hier ein Beispiel dafür anführen, denn ich möchte, daß man das frische Blut spürt, das *Paradiso* durchpulst, eine menschliche Gegenwart, die das Kubanische und das Amerikanische mit einem Reflex spiegelt, der fast immer eine Hypostase ist, der schwierige Vorsatz, sich in Höhe und Breite, in oben und unten, in Mythos und in Fabel zu potenzieren, und der zugleich schlicht die Tür zu den Spielen und den Nachtischgeschichten öffnet, zur Nostalgie der aufreibenden Liebeleien und der leeren Opernsäle und der Mole in Havanna an einem Morgen endlosen Wanderns. Also:

»José Cemí erinnerte sich wie an Aladin-Tage daran, wenn die Großmutter beim Aufstehen sagte: ›Heute habe ich Lust, eine Crème zu machen, aber nicht eine, wie man sie heute ißt, die nach Gasthaus schmeckt, sondern eine, die etwas von Karamelcrème, etwas von Pudding hat.‹ Und schon stellte sich das ganze Haus der alten Dame zur Verfügung, auch der Oberst gehorchte ihr und verpflichtete sich zu religiöser Unterwerfung; wie bei jenen Königinnen, die einstmals

Regentinnen gewesen waren, die jedoch viel später, weil der König die Arsenale von Amsterdam und Liverpool besuchen mußte, wieder in den Besitz ihrer alten Prärogative gelangten und von neuem die geflüsterten Schmeicheleien ihrer pensionierten Diener hörten. Sie fragte, welches Schiff den Kaneel gebracht hatte, hielt ihn lange unter ihre Nase, fuhr mit den Fingerspitzen über seine Oberfläche wie jemand, der das Alter eines Pergaments prüft, nicht nach dem verborgenen Datum des Werkes, sondern nach seiner Breite, nach der Kühnheit des Eberzahns, der diese Oberfläche gewalzt hat. Bei der Vanille hielt sie sich noch länger auf, sie nahm sie nicht unmittelbar aus der Flasche, sondern ließ sie auf ihr Taschentuch tropfen und roch nach Ablauf von unwiderruflichen Zeitzyklen, die nur sie bemessen konnte, wieder daran, bis die Botschaften jener betäubenden Essenz langsam erloschen, und erst dann bestimmte sie, ob es eine weise Essenz war, würdig, beim Gemisch einer Süßspeise ihrer Herstellung mitzuwirken, sofern sie das geöffnete Fläschchen nicht ins Gartengras warf und es somit als roh und unbrauchbar erklärte. Ich glaube, daß sie beim Fortwerfen der entkorkten Flasche ihrem geheimen Grundsatz gehorchte, Mangelhaftes und Unfertiges sei zu vernichten, damit nicht die, welche sich mit Wenigem begnügen, das Verworfene wieder aufgriffen und es sich einverleibten. Liebevoll herrscherlich – ein Zug, in dem äußerstes Zartgefühl die hervorstechendste Note zu sein schien –, drehte sie sich um und sagte zum Oberst: ›Mach mir die Eisenbleche fertig, damit ich die Meringuen überbacken kann, denn es fehlt nur wenig, um dem Mont Blanc einen Schnauzbart aufzumalen.‹ Sie sagte es mit fast unsichtbarem Lächeln, ließ aber durchblicken, daß eine Süßspeise bereiten hieß, das Haus seiner höchsten Bestimmung zuzuführen. ›Und schlagt mir nicht die Eier mit der Milch zusammen, sondern getrennt, erst soll beides einzeln geschlagen werden, damit ein jedes für sich quillt, dann erst soll vermengt werden, was von beidem aufgegangen ist.‹ Endlich wurde die Summe von so vielen Köstlichkeiten aufs Feuer gesetzt, und Señora Augusta sah nach, wie diese zu kochen begann, wie die Masse sich verdickte und sich die gelblichen Porzellanstücke bildeten, die auf Tellern mit dunkelrotem, nachtrotem Grund serviert wurden. Nun ging die Großmutter von ihren nervösen Anweisungen über zu unerschütterlichem Gleichmut. Lob erreichte sie nicht mehr, noch weniger Übertreibungen, liebedienerisches, begehrliches Getätschel, durch Wiederholung aufdringliche Beteuerungen der Bewunderung und Komplimente, all das ließ sie kalt, und sie wandte sich wieder dem Gespräch mit ihrer Tochter zu. Eine schien zu schlafen; die andere neben ihr erzählte. In ihrer Ecke flickte die eine Strümpfe, die andere redete. Dann wechselten sie das Zimmer, wobei die eine, als wäre ihr eben eingefallen, daß sie etwas holen müsse, die andere, die weiterredete, lachte, tuschelte, an der Hand mit sich fortzog.« (S. 19/20)

So wird man von Andresitos und Eloísas Tod erfahren und von der Hochzeit von José Eugenio mit der köstlichen Episode von den Stiefeletten seiner Braut Rialta, Mutter von José Cemí und die bezauberndste weibliche Gestalt des Buches; mit dem Verschwinden von José Eugenio wird das Leben seines Sohnes in den Vordergrund treten, und durch ihn und mit ihm werden wir Demetrio und Blanquita kennenlernen und an der wunderbaren Partie Schach teilnehmen, während der der Onkel Alberto geheimnisvolle Botschaften liest, die die Figuren aus Jade enthalten, und so eine magische Atmosphäre schafft, bis José Cemí insgeheim entdeckt, daß die Papierchen unbeschrieben sind und daß die Magie, weil imaginär und poetisch, noch obskurer gewesen war. Die phallischen Rituale von Lerega und Farraluque haben etwas von einer äffischen Parodie, die die ungewöhnliche Debatte über die Homosexualität einleitet, bei der sowohl die Grundlagen einer Anthropologie mythischen und poetischen Ursprungs, als auch die Charaktere von Fronesis und Foción definiert werden. Die Kapitel, die zum Ende des Werks hinleiten, sind in erzählerischer und personeller Hinsicht die romanhaftesten: das Drama von Foción und Fronesis, die sardonische Geschichte des Vaters dieses letzteren und Sergej Diaghilews, und, als Höhepunkt, die blendende Episode von Focións Wahnsinn. Ein armseliges Resumé eines Buches, das Resumés nicht zuläßt, das eine *wörtliche* Lektüre verlangt; aber in Erwartung dieser Lektüre wäre es egoistisch, es sich zu versagen, Schreibweisen, Wendungen, humorige Einfälle wie diese zu zitieren:

»Beim Näherkommen stach das Olivgrün seiner Uniform ab vom Eidottergelb der Melone, pausenlos warf er sie ein wenig hoch, um sich von ihrem Gewicht zu entlasten, und nun glich die derart belebte Melone einem Hund.« (S. 22)

»Andresito, Señora Augustas ältester Sohn, stellte seine Partitur auf, bevor er mehrmals das Wasser von seinem Geigenbogen schüttelte, und ließ in dieser Stille eines beleibten Kommodore, die den ersten Takten vorausgeht, ein ungreifbares Schiffchen sein Studierzimmer durchwogen.« (S. 57)

»Der Präsident durchschritt den Tanzsaal mit der Langsamkeit einer liebenswürdigen Reverenz auf einer Zigarrenkiste.« (S. 148)

»Wenn er erwachte, hatte er das Gefühl einer unbestimmten Sammlung von Schweigsamkeiten, wie auf Jagdunternehmungen, bei denen die Skala der einen Tiger umgebenden Stillezonen nicht verändert werden darf.« (S. 321)

»Cemí wirkte wie ein Verwandler der Stunden, er besaß das Geheimnis der Metamorphose der Zeit, und die von einem Siebenschläfer oder einer *Emys rugosa* bewohnten Stunden tauschte er um in Stunden des Falken oder eines Katers mit elektrisierendem Schnurrbart.« (S. 456/7)

»Sie werden ihn als eines jener Opfer hoher Kultur einschätzen, wie es sie in Detektivromanen gibt und die ihre Häuser am liebsten durchs Fenster betreten.« (S. 596)
»Das von den eigenen Lichtern geblendete Haus schien seine Erze auf Hochglanz zu polieren, wie um schon jetzt die Glühwürmchen der Erinnerung anzuzünden.« (S. 168)
»Wenn Onkel Alberto mit seiner Mutter, Señora Augusta, stritt, zerschlug er eine Puderdose aus Sèvre, so daß den Ziegen in den Hirtenszenen nur ein Kiefer übrigblieb oder einem kurzen Stück Hose das Bein für die Morgenübung der Hoftänze fehlte. Señora Augusta setzte ihre Schmähreden in Altstimme fort und weigerte sich, ihre letzten Western-Union-Aktien zu verkaufen, als der französische Kristallaschenbecher wie eine Quarzmine unter dem Schmelzrohr und dem irren Gerenne der Gnomen zersprang und seine Splitter im geflochtenen Weidenpapierkorb landeten.« (S. 111)
»Ihr Besitzer war der Unabhängigkeitsoberst Castillo Dimás, der drei Monate während der Mahlsaison in der Fabrik verbrachte, drei Monate auf Felseninseln, die er bei Cabañas besaß, einem paradiesischen Ort, wo man wie eine Möwe schlief, wie ein Hai fraß und sich wie ein Murmeltier im Vornirwana langweilte.« (S. 299)
»Nun griff er auf eine alte *Maîtresse* zurück, Hortense Schneider, isoldenhafte, langfingrige preußische Schönheit, nun in ihren selbstverjüngten Vierzigern, jedoch mit Augenschatten und Lippen, so vielsagend wie die Tannen am Rhein. Als sie so wagnerhaft alterte, hatte sie in ihrer maßlosen Vorstellung von Größe den Kontinent gewechselt und, ihre Isoldenrolle in China weiterspielend, begnügte sie sich damit, die Geliebte des Kaisers zu sein.« (S. 613)
Paradiso ist gleich dem Meer, und die vorangehenden Zitate werden das finstere Schicksal jeder Meduse haben, die man seinem grünen Schoß entriß. Wenn ich mich zuerst auch

wunderte, verstehe ich die Bewegung meiner Hand, wenn sie zu dem dickleibigen Band greift, um noch einmal in ihm zu blättern; dies ist kein Buch zum Lesen, wie man Bücher für gewöhnlich liest, es ist ein Gegenstand mit Vorderseite und Kehrseite, Gewicht und Dichte, Geruch und Geschmack, ein Vibrationszentrum, das in seinem innersten Bezirk unzugänglich bleibt, wenn man nicht mit etwas auf es zugeht, woran das Gefühl beteiligt ist, und das durch Osmose und sympathetische Magie den Zutritt sucht. Wie wunderbar, daß Kuba uns gleichzeitig zwei große Schriftsteller geschenkt hat, die das Barock als Inbegriff und Zeichen für die Vitalität Lateinamerikas verteidigen, und daß es so reich ist, daß Alejo Carpentier und José Lezama Lima die beiden Pole dieser Vision und Manifestation des Barock sein können, Carpentier der untadelige Romancier mit europäischer Technik und Luzidität, Autor literarischer Produkte fern aller Unschuld, Verfasser von Büchern zum Lesen, von raffiniert instrumentierten Erzeugnissen für das Verständnis dieses abendländischen Spezialisten, der der Konsument von Romanen ist; und Lezama Lima, Mittler von dunklen Operationen jenes Geistes, der dem Intellekt vorangeht, jener Zonen, die, ohne zu verstehen, sich des Tastsinns erfreuen, der hört, der Lippe, die sieht, der Haut, die in der Stunde Pans von den Flöten weiß und vom Schrecken an den Kreuzwegen bei Vollmond. In seinen größten Augenblicken ist *Paradiso* eine Zeremonie, etwas, das jeder Lektüre mit literarischen Intentionen und Formen präexistent ist; es hat diese begierige Gegenwärtigkeit, die der Ur-Vision der Eleaten eigentümlich war, ein Amalgam aus dem, was man später Poesie und Philosophie nannte, nackte Gegenüberstellung des Antlitzes des Menschen mit einem von Sternen gesprenkelten Himmel. Ein solches Werk *liest* man nicht; man konsultiert es, man rückt Zeile für Zeile, Punkt für Punkt in ihm vor, mit einer intellektuellen und sinnlichen Beteiligung, die so gespannt und vehement ist wie jene, die uns von diesen Zeilen und diesen Punkten aus sucht und entdeckt. Ein armer Mensch, der durch *Paradiso* reisen will wie er durch das »Buch des Monats« reisen würde, durch diese hastige Television auf dem Papierbildschirm der gewöhnlichen Romane. Seit einer ersten Begegnung mit der Poesie von Lezama habe ich gewußt, was *Paradiso* jetzt in der Vollendung eines imperialen Werks bietet. Und daher, so wie um zur Montego Bay zu kommen,

nachdem auf den Sänden, seidige Pausen
zwischen dem Irrealen unter Wasser und dem Dichten,
unwiderleglich aufgetaucht,
das metrische Aquarium entstand, und der irdische Nabel
den üppigen Horizont überwand, der den Menschen
mit der Fortpflanzung der Bäume verwechselte,

muß man an den Mythos der Edomiter erinnern, die sich fortpflanzten wie die Pflanzen, ohne »irdischen Nabel«, ohne Zeit, »metrisches Aquarium«. Auf dieselbe Weise verlangt jede dunkle und waghalsige Seite von *Paradiso,* jedes entwurzelnde oder entfremdende Bild, eine bescheidene, aber tiefe Liebe zur ersten morgendlichen Durchwanderung des Gartens Eden, ein Enträtseln von Farnkraut, von Häuserecken und von Verhaltensweisen, einen rituellen Rhythmus, der durch Hypnose und Beschwörung die Türen so manchen Geheimnisses öffnet, das sich im hellen Licht dieser Summe auflöst. Dank *Paradiso,* wie seinerzeit *Locus Solus* oder *Der Tod des Vergil,* kehre ich zum geschriebenen Wort zurück mit dem Verhalten des Kindes, das langsam mit einem Finger über die Landkarten der Atlanten reiste und die Konturen der Bilder nachzog, das den berauschenden Geschmack des Unbegreiflichen auskostete, der Wörter, die Beschwörungen, Rhythmen und Riten des Übergangs waren: *Vor den Kalenden des Juli... Fünfzehn Menschen auf dem Sarg des Toten... Sie machten sich auf, das Goldene Vlies zu erbeuten... Sesam öffne dich... Die Monsune und die Passate... Vergiß nicht, daß wir Äskulap einen Hahn schulden...* Heute kommt die Last des toten Albatros hinzu, heute sind wir Gelehrte; doch das Grundverhalten ist noch das gleiche, weil es das eines jeden Dichters ist, der Teilnahme sucht oder gewährt. *Paradiso* will gelesen werden wie die orphischen Hymnen, wie die Bestiarien, wie *Il Milione* des Venezianers, wie Paracelsus, wie Sir John Mandeville, und bereits bei dieser rhythmischen Orakelbefragung, bei der eine Gewißheit klopft, die die Rätsel und die Ungereimtheiten und die Ungläubigkeit des wachen Verstandes transzendiert, kommt der Leser im Wort und durch das Wort in Berührung mit der Transzendenz, sieht sich gegenüber den Eingeweiden, die der Haruspex befragt, den mantischen Täfelchen, den Wegen, die das *I Ging* und die *libris fulguralis* zeigen. So *Paradiso* lesen ist wie das Herdfeuer betrachten und langsam eindringen in seinen Wirbel von Aufbau und Vernichtung, seinen klassischen Augenblick, in dem es das Opferfeuer ist, seine romantische Stunde unerwarteter Funken und Explosionen, sein Barock von blauem und grünem Rauch, der die flüchtigen Statuen und die Füllhörner vermehrt, seinen Aura-Mazda-Augenblick, seinen Brunhilde-Augenblick, das Sinnbild des Kosmos des Empedokles, die Spirale von Isidora Duncan, das analytische Zeichen von Bachelard, und darunter immer die alten Frauen der hyperboreischen Küsten, die in den Flammen das Schicksal derjenigen lesen, die sich auf hohem Meer dem Kraken und dem entfesselten Leviathan gegenüber sehen. Der Mensch ist dabei, den Mond zu erreichen, doch vor mehr als zwanzig Jahrhunderten wußte ein Dichter die Zauberformeln, die den Mond auf die Erde herabkommen ließen. Was ist *im Grunde* der Unterschied?

VERDÄCHTIGE BEZIEHUNGEN

They say miracles are past: and we have our philosophical persons to make modern and familiar things supernatural and causeless. Hence it is we make trifles of terrors; ensconsing ourselves into seeming knowledge, when we should submit ourselves to an unknown fear.

Shakespeare, *All's Well that Ends Well*

Begegnung mit dem Bösen

Die Zeit ist lästig. Ein Schriftsteller sollte das Vorrecht haben, seine Imagination an den lunarsten Kreuzwegen des Lebens zu verdinglichen; doch da er dazu nicht imstande ist – und es zu tun, wäre vielleicht entsetzlich –, begnügt er sich damit, Wörter aneinanderzureihen und mit drei traurigen Tigern aus Papier und Bleistift sich De Quincey eines Winterabends vor zehn Jahren im Autobus 92 auszumalen, der die Porte de Champerret mit der Gare Montparnasse verbindet. Keiner ist wie De Quincey fähig, eine Begegnung zu erleben, die einige meiner Alpträume noch vervollkommnen, hatte er es doch fertig gebracht, sich in den schreckenerregendsten Londoner Nächten unters Volk zu mischen, um uns Williams auf seinen rauchigen Spuren zu zeigen, das Gesicht unerklärlich bleich, das Haar von einem verblüffenden Orangegelb.* De Quincey sah in Williams anormaler Bleichheit einen *Schlüssel* für dessen absurde Morde; vielleicht hätte er auch diesmal den definitorischen Zug dessen ergründet, was wir, in einem Pariser Autobus eingepfercht,

* Thomas De Quincey, *On Murder Considered as One of the Fine Arts*, in *Selected Writings*, Random House. New York, 1937.

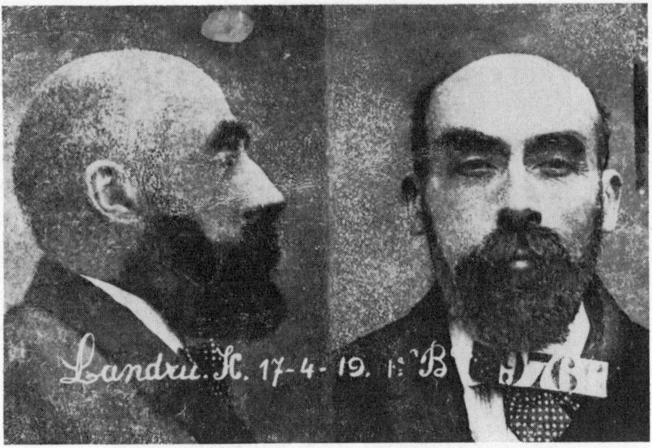

nicht verstehen konnten. Man kommt mitten in der Kältewelle von der Arbeit, auf der geschlossenen Plattform des Busses fühlt man sich fast wohl und betrachtet sich in diesem Schweigen, das das ungeschriebene Gesetz von Paris ist, die leeren Gesichter. Ich weiß nicht, wo der Mann mit dem schwarzen Überzieher und dem ebenfalls schwarzen Hut eingestiegen ist, auf einmal war er unter uns, wie wir hat er dem Schaffner in seinem Gehäuse die Tickets reichen und zwischen den anderen auf der Plattform stehen bleiben müssen, auf den Boden blickend, sich die Augen an anderen Überziehern, an anderen Handschuhen und Zeitungen und Damenhandtaschen reibend. Schon beim Überqueren der Pont d'Alma, vor der ersten Haltestelle der Avenue Bosquet, bemerkten ihn einige und wichen vor ihm zurück, zwischen andere Fahrgäste, die ihn noch nicht bemerkt hatten, eine schützende Distanz suchend. Viele stiegen an der Haltestelle

der École Militaire aus; es begann der letzte Teil der Strecke, und der Bus war warm von schlechter Luft, von schlaffen Körpern unter unzähligen Westen und Schals. Irgendwann wurde ich mir der Angst bewußt, die sich dieser Plattform nach und nach bemächtigt hatte, wo keiner auf die Idee gekommen wäre, daß er einmal Angst bekommen würde. Ich weiß nicht, wie ich es beschreiben soll; es war eine Aura, eine Ausstrahlung des Bösen, die Gegenwart von etwas Greulichem. Der Mann im schwarzen Überzieher mit dem hochgeschlagenen Kragen, der ihm Mund und Nase verdeckte, und der Krempe des Hutes über den Augen, wußte oder wollte, daß es so sei; nicht ein einziges Mal sah er jemanden an, und das war noch schlimmer; das Bedrohliche, das von dieser Abkapselung ausging, wurde so unerträglich, daß wir Fahrgäste wie Komplizen und doch schutzlos waren, auf alles gefaßt. Ich erinnere mich, daß der Schaffner,

ein grauhaariger, milde dreinblickender Mann, sich den neuen Fahrgast ansah, und fast sofort darauf uns drei oder vier, die wir immer noch auf der Plattform standen. Es war, als verbündeten wir uns, und der Mann im Überzieher wußte, daß wir uns verbündeten, und bewegte sich nicht, hielt sich mit einer Hand an der vertikalen Stange fest, den Blick auf seine Schuhe geheftet; das war noch schlimmer und dauerte endlos. Frauen waren nicht mehr unter uns, und wir Männer rührten uns nicht, aber ich weiß, daß jeder auf den Augenblick wartete, um fluchtartig auszusteigen, dem Leben draußen sich wiederzugeben.

Zu sagen, daß es das Böse war, sagt gar nichts; wir kennen seine lächelnden Gesichter und seine vielen artigen Spiele. Das Unerträgliche (und das spürte bei seinem schlichten Gemüt auch der Schaffner, das spürten von unseren verschiedenen Horizonten aus wir alle) war das Fehlen jedes

augenfälligen Zeichens; der Wahnsinn kann sich so äußern, daß ein Bleistift plötzlich der Tod oder die Lepra ist, ohne doch nichts weiter zu sein als ein Bleistift, ein Widerspruch, der jeden Schutz aufhebt, und die Vernunft ist vor allem ein Schutz. Der Mann rührte sich immer noch nicht, das Gesicht fast verborgen, blickte er auf seine Schuhe; von dort breitete sich gleichsam ein Fleck Leere aus, ging ein Gestank nach Schatten, eine Kraft aus. Ich bin sicher, wenn er plötzlich den Kopf gehoben hätte, um irgendeinen von uns anzusehen, die Antwort wäre ein Schrei gewesen oder ein kopfloses Rennen auf der Suche nach dem Ausgang. In dieser aufgehobenen Zeit waren Kräfte im Spiel, die mit uns nichts mehr zu tun hatten; die Angst war eine lebendige Materie, in die sich die undeutliche Vorstellung einschlich, was geschehen würde, wenn einer *von draußen* vorurteilslos einstiege und die reglose Gestalt an der vertikalen Stange anrempelte. In diesem unterschwelligen Bündnis, in dieser bänglichen Kommunikation durch die Öffnung des Magens und das Nackenhaar, schien irgendein Bruch noch unerträglicher als das so langsame Fahren des 92er durch den Abend. Als an der Haltestelle der Avenue de Lowendal niemand ein- noch ausstieg, wurde mir bewußt, daß ich mich, um die Klingel zu erreichen, dem Mann nähern mußte, und im gleichen Augenblick sah ich, sahen wir alle, daß seine Hand auf der Suche nach dem Klingelknopf die Stange hinaufglitt. Ich weiß, daß ich mich so weit hinten hielt wie möglich, in der Hoffnung, daß noch andere an der Haltestelle der rue Oudinot ausstiegen, doch niemand rührte sich, er hatte die Klingel gedrückt und der 92er fuhr weiter die Avenue hinunter, näherte sich der Haltestelle und bremste schließlich langsam, um auf der Schnee- und Eisdecke nicht ins Schleudern zu geraten. Als die automatischen Türen schnaubten und der Mann mit einer jähen und doch endlosen Bewegung sich umdrehte und uns den Rücken kehrte, um auszusteigen, wartete der Schaffner mit der Hand auf dem Hebel, der die Tür schließen würde, bis drei von uns sich gleichzeitig entschlossen, ebenfalls auszusteigen. Die Avenue mit ihrem lautlosen Dunkel blendete uns, und man mußte sich vorsichtig bewegen, um auf dem Glatteis nicht auszurutschen. Wir, die wir zusammen ausgestiegen waren, warteten, daß der Bus weiterfahre, um die Avenue überqueren zu können, warteten ohne zu sprechen (was hätten wir einander sagen sollen, welche legitime Beziehung gab es zwischen uns?) und wie beschämt wegen dieser Komplizenschaft, die nicht enden wollte. Der Mann war, nachdem er den baumbestandenen Streifen neben der Fahrbahn überquert hatte, auf den Bürgersteig gegangen und stand unbeweglich an der Ecke der Avenue und der rue Oudinot, ohne sich nach uns umzusehen. Hinter ihm erhob sich die Mauer der Blindenanstalt, vielleicht würde er dort hineingehen oder in irgend eines der Heime in diesem Viertel voller Klöster und ummauerter Parks. Meine beiden Begleiter schickten sich an, die Avenue zu überqueren, auf dem Glatteis ausrutschend, und ich folgte ihnen in sicherem Abstand, wissend, daß ich durch die um diese Zeit immer ausgestorbene rue Oudinot gehen müsse und daß der Mann mir vielleicht nachgehen würde. Die beiden anderen gingen schon die Avenue hinunter in Richtung rue de Sèvres, die in der Ferne leuchtete; sie gingen zusammen, immer noch an dem Bündnis festhaltend. Ich rutschte aus und mußte mich an den Stamm einer Platane klammern; als ich verstohlen zurückblickte, war die Ecke verlassen. Ich fuhr noch viele Monate mit dem 92er, immer zur gleichen Zeit; häufig traf ich dann denselben sanftmütigen Schaffner und einige der Fahrgäste jenes Abends. Das Böse stieg nicht wieder ein, und wir, die wir uns in Wirklichkeit nicht kannten, sprachen nie von jenem Abend; überdies sind das Dinge, die man in Paris nicht tut.

Was Williams betrifft, so zielt De Quinceys eindringliche Beschreibung der anomalen Charakteristiken seines Gesichts, seiner beeindruckenden Blässe, die mit dem orangegelben Haar kontrastiert, deutlich auf etwas ab, das über die Absicht, den Leser zu erschrecken, hinausgeht. De Quincey mußte sich darüber klar geworden sein, so wie später Dostojewski am Ende von *Der Idiot,* daß gewisse Ebenen des Verbrechens durch verschiedene Werte bedingt sind, in einem System, in dem das gewöhnliche Urteil und Bewußtsein durch den namenlosen Schauder, der Verbrecher und Opfer zugleich motiviert, gleichsam geschluckt werden. Es handelt sich nicht nur um die Angst, die Mordserien stimuliert und ermöglicht, wie in den Fällen von Jack the Ripper oder des Vampirs von Düsseldorf; auch bei einem Mord, dem nicht der Ruf eines unbekannten Verbrechers vorausgegangen ist, kann es Umstände geben, die ich versucht bin, zeremoniell zu nennen, einen doppelten, wie gehemmten Tanz des Opferpriesters und des Opfers, ein Vollzug.

Die *Victimologie* gibt es seit Jahren als Disziplin, sie ist sozusagen die Antimaterie der Kriminologie. Baudelaire, der von diesen Dingen wußte, war vielleicht der erste, der die enge Verbindung des Henkers und seines Opfers intuitiv erfaßt hat. Was hätte ich an dem bewußten Abend getan, wenn der Mann im schwarzen Überzieher mir auf der ausgestorbenen rue Oudinot gefolgt wäre? Ich weiß es natürlich nicht, doch ich kann einiges ausschließen, was ich *nicht* getan hätte, und eines wäre gewesen, zu fliehen; ich bin überzeugt, daß die Absurdität der Situation es mir unmöglich gemacht hätte. Wahrscheinlich hätte ich meinen Verfolger zu irgendeiner Handlung veranlaßt, hätte ihn angesprochen, hätte ihn um Feuer gebeten; doch dieses Verhalten wäre das eines Opfers gewesen, der Anfang der Zeremonie.

Die Studie von Doktor Karl Berg über Peter Kürten (den wir alle noch mit dem Gesicht von Peter Lorre sehen, der ihm aber gar nicht ähnelte, wem er dagegen sehr ähnelte, war kein geringerer als Max Jacob, der sich mächtig darüber amüsiert hätte) zeigt bei einigen Opfern ein Verhalten, das vorauszusehen nur große Romanciers imstande waren. Wenn in der Literatur Verbrechen auch wenig überzeugend sind, so prägen sich der Bericht von Rogozhin über den Mord an Nastasia und die Schilderung von Mersault am afrikanischen Strand für immer jenem Gedächtnis ein, das *wiedererkennt;* bei ihnen gibt es die Aura des Unausweichlichen und der Einwilligung, die ich an jenem Abend auf der Plattform eines Autobusses spüren sollte. Oft hindert einen der physische Widerstand des Opfers daran, die tiefere Einwilligung zu bemerken, doch heute weiß ich, wie Nastasia und viele Opfer Kürtens oder des Rippers das wußten, daß die absurde

Weigerung zu fliehen bereits eine Einwilligung war, auch wenn es dann einen verzweifelten Kampf gegeben hätte, um der Erdrosselung oder dem Dolch zu entgehen. Der Fall Maria Butlies ist ein klares Beispiel für diese Aufhebung der äußersten Verteidigung des Lebens. Mitten in der Atmosphäre der Panik, als der unbekannte »Vampir« in Düsseldorf bereits eine Menge Frauen und Kinder gemordet, vergewaltigt und deren Blut ausgesaugt hatte und man unter der ständigen Drohung eines neuen Verbrechens lebte, ließ sich Maria Butlies von einem gut gekleideten Herrn den Hof machen, der sie in einen Park mitnahm und sie verführte, nebenbei sich bemühend, sie im entscheidenden Augenblick zu erwürgen. In der Studie von Charles Franklin über Kürten wird daran erinnert, daß mehreren Frauen die gleiche Behandlung widerfahren war, die aus irgendeinem Grunde nicht zu Ende gebracht wurde, was diese Frauen jedoch nicht davon abhielt, sich bei anderer Gelegenheit wieder mit Kürten zu treffen, *natürlich* ohne zu ahnen, daß es sich um den Vampir handelte. Maria Butlies überlebte den Erdrosselungsversuch, den sie für eine stimulierende Kaprice gehalten haben mußte, nicht nur, sie willigte auch ein, zu Kürten in die Wohnung zu kommen, wo dieser sie hätte ermorden können, wie er das bereits mit Rudolf Scheer getan hatte.* Doch die unbewußte Einwilligung geht noch weiter; Maria, von Kürtens Betragen beeindruckt, schrieb an eine Freundin und schilderte ihr das Abenteuer im Park und die Angst, die sie gehabt hatte. Der Freundin war sofort klar, daß es sich um den Vampir handeln mußte, und brachte den Brief zur Polizei. Maria war keineswegs geistig zurückgeblieben, sie lebte in Düsseldorf und war imstande, Briefe mit der

* Charles Franklin, *A Mirror of Murders,* Transworld Publisher, London, 1964. Die Neugierigen werden pittoreske Varianten dieser Episode zu schätzen wissen, wenn sie sich mit Colin Wilson und Pat Pitman *(Enciclopaedia of Murder,* Pan Books, London, 1961) befassen.

eingehenden Schilderung ihrer Liebeserfahrungen zu schreiben. Wie diese Blockierung erklären, diese blitzartig auftretende Amnesie bei der Bedrohung, die der Vampir für die Mädchen der Stadt darstellte? Die besondere Beziehung, zu der es so oft zwischen Mörder und Opfer kommt, kann quasi hypnotischer Art sein, kann eine Atmosphäre der Hemmung schaffen ähnlich der, die wir jenen Abend im 92er Bus erlebten; man ahnt da ein leises Aussetzen der Verteidigungskräfte, eine geistige Anästhesie, die einige Verbrecher – Kürten, der Ripper, Landru, Christie und der geradezu unfaßliche Bela Kiss – ihren Opfern mit derselben Geste zu verabreichen vermögen, mit der sie ihnen den Arm anbieten oder ihnen eine Blume kaufen.*

Jack the Ripper blues

I've no time to tell you how
I came to be a killer,
But you should know, as time will show,
That I'm a society's pillar.

Aus einem Gedicht, das Jack 1888 an eine Londoner Zeitung schickte.

Über die Jack in der Periode der Morde zugeschriebenen Gedichte und Briefe wird in seiner Heimat noch heute diskutiert, ein glückliches Land, für das die Zeit nicht

* De Quincey war diese Dialektik nicht unbekannt, es lohnt sich hier seine eigenen Worte anzuführen:
In particular, one gentle-mannered girl, whom Williams *had undoubtedly designed to murder, gave in evidence that once, when sitting alone with her, he had say, »Now Miss R., supposing that I should appear about midnight at your bedside armed with a carving knife, what would you say?« To which the confiding girl had replied, »Oh, Mr. Williams, if it was anybody else. I should be frightened. But, as soon as I heard your voice, I should be tranquil.« (op. cit. pp. 1034–5)*

existiert, wenn es darum geht, das Vergnügen mit der Lösung eines Rätsels zu verbinden. Wie Wasser und Durst sich gegenseitig erfinden, wird es nicht überraschen, daß Großbritannien einige der denkwürdigsten Geheimnisse der Geschichte geschaffen hat, die zugleich Anlaß gaben zu den eifrigsten Bemühungen, sie aufzuklären. Wer war Shakespeare? Wer Jack the Ripper?

Wir Argentinier können zufrieden sein: Jack starb in Buenos Aires. Ihrerseits würden die Russen ihre Genugtuung nicht verhehlen, wenn sie den vorangehenden Satz durch diesen ersetzen könnten: Jack starb in Sankt Petersburg. *Last but not least,* lächeln die Engländer milde: Jack starb in seinem Heimatland, war er doch kein geringerer als der Arzt der Königin Viktoria. Wie man sieht, ähnelt dies sehr den drei authentischen Köpfen Johannes des Täufers, die in beeindruckender Weise ebenso viele Kirchen in Italien zieren. Ohne zu zögern, verwerfe ich die durch das Gold Moskaus begünstigte und von William Le Queue verfochtene Theorie, derzufolge der Ripper ein gewisser Pedachenko war, ein vornehmer Psychopath, den die Okrana nach London geschickt hatte, um die englische Polizei zu ärgern und in Mißkredit zu bringen. Obgleich ich immer gezittert habe vor dem verdächtigen Verhalten der Russen, Fremdsprachen sich anzueignen, ohne Zweifel als erster Schritt zur Aneignung alles übrigen, sehe ich wirklich keinen Pedachenko, der fähig ist, zwischen zwei Morden dieses kleine Gedicht zu schreiben, von dem man sagen kann, was man will, außer daß es nicht *cockney* ist:

I'm not a butcher,
I'm not a Yid,
Nor yet a foreign skipper.
But I'm your own light-hearted friend,
Yours truly, Jack the Ripper.

Ich bedaure, daß Charles Franklin, der mir bei dieser verächtlichen Eliminierung der slawophilen Theorie sekundiert, sich ebenfalls skeptisch zeigt bezüglich des Arztes der dicken Souveränin, und vor allem, daß er die Grandezza der argentinischen Theorie nicht zu verstehen scheint. Den Arzt der Dicken schlankweg auszuschließen, zeugt von wenig Sinn für die dangerous corners, wie Priestley sie genannt hätte, für diese »if...«, die die Geschichte, angefangen mit der Nase der Kleopatra, vielleicht ganz vorzüglich hätten ummodeln können.Es genügt, sich vorzustellen, wie Jack auf solch großem und königlichem Operationsfeld ausführt, was er bescheidenerweise sich begnügen mußte, mit Mary Kelly zu tun, und was ich, mit Rücksicht auf empfindsame Gemüter, in einer auf dem Kopf stehenden Fußnote resümiere.* Der Vorstellungskraft wird aufgeholfen (Sie werden die Fußnote gelesen haben, weil Sie sich nicht für ein empfindsames Gemüt halten), wenn man an die berühmte Fotografie der Königin Viktoria zu Pferde denkt, und an die andere, auf der sie dasselbe Tier am Zügel hält, bei dem man sich fragt, wie es den Ritt hat überleben können. Angesichts solcher Dokumente kann man leicht verstehen, daß Jack zögerte, doch wir verlieren unsere Zeit, denn an diese Theorie habe ich nie geglaubt; nicht umsonst bin ich Argentinier, und die Hypothese von Leonard Matters** ist

* »Was Jack mit Mary Kelly gemacht hatte, erfüllte die abgehärteten Polizisten jener (?) Zeit mit Entsetzen. Ihr verstümmelter Körper lag nackt und bluttriefend auf dem Bett. Man hatte ihr von einem Ohr zum anderen den Hals durchschnitten, und der Schnitt ging durch bis zur Wirbelsäule. Die Ohren und die Nase waren abgeschnitten, und der Unterleib war aufgeschlitzt und bis zum Magen ausgeweidet. Der Mörder hatte ihr die Brüste abgeschnitten und zusammen mit dem Herzen und den Nieren auf einen Tisch in der Nähe des Bettes gelegt. Die Därme bekränzten den Rahmen eines Bildes. Wie ein letzter Tupfer von diabolischer Symmetrie lag die Kleidung von Mary Kelly sorgsam gefaltet am Fußende des Bettes.« (Franklin, op. cit. p. 116) Das (?) ist von mir.

** Angeführt von Franklin, Colin Wilson und anderen.

diejenige, die mir am meisten zusagt. Obgleich ich immer die Meinung vertreten werde, daß der Ripper ein Chirurg war (denn an seiner beruflichen Qualifikation hat man nie gezweifelt, und die vorhandenen Dokumente beweisen, daß alle Verstümmelungen mit gründlicher Kenntnis der Anatomie und sachgerechter Handhabung des Skalpells durchgeführt wurden), werden stets jene meine Unterstützung finden, die, nachdem sie vagabundierende slawische Anarchisten und königliche Ärzte verworfen haben, sich mit dem gebührenden Respekt vor dem Doktor Stanley verbeugen, der Ende des Jahrhunderts in Buenos Aires verschieden ist, nachdem er die blutige Saga einer Familie gebeichtet hatte, die halb sprachlos war, halb von Konvulsionen geschüttelt wurde.

Wenn ich überzeugt bin, daß der Doktor Stanley der Ripper war, sind mir die Gründe seines Exils in Argentinien allerdings unbekannt, ich kann ihn mir nur vorstellen als eine Art symmetrisches Gegenstück zu Juan Manuel Ortiz de Rosas. Auf dieser Ebene der Spiegelungen und Wiederholungen außerhalb der geschichtlichen Zeit gibt es ein weiteres Element, das die Theorie stützt. Franklin vertritt die Meinung, daß Stanley seinen Sohn rächen wollte, dem Mary Kelly Jahre vor ihrer systematischen Zerstückelung eine gehörige Syphilis verpaßt hatte. Vielleicht um sich Handfertigkeit zu erwerben, oder weil er die Mädchen verwechselte, die mit ihren Kapotthüten bei diesen Gaslaternen einander sehr ähneln mußten, geriet Jack erst nach langer Praxis an Mary Kelly, und mit ihr endete die Serie, was immerhin beweist, daß die Rache vollzogen war und das übrige argentinische Geschichte werden konnte, wie schon so vieles Englische. Nun aber führt Franklin in seiner Studie über den Fall mit der ihm eigenen Wurstigkeit an, daß die Theorie löchrig sei, schon deswegen, weil Mary Kelly keine Syphilis hatte. Ich bin der letzte, der dieses Mädchen einer Krankheit bezichtigt, an der es vielleicht gar nicht litt, doch die Erfahrung lehrt mich, wie sie das auch Franklin lehren mußte, daß jede mehr oder weniger rühmliche Erwähnung der Syphilis sorgsam dissimuliert wird, sowie Buenos Aires ins Spiel kommt; von Pedro de Mendoza, dem ersten Gründer dieser arbeitsamen Stadt, sagen die Geschichtsbücher genant, »daß er bereits sehr krank war«, als er nach Rio de la Plata kam, wobei in Wirklichkeit die Ausschweifungen während des Sacco di Roma ihn in den gleichen Zustand gebracht hatten wie den Sohn des Doktor Stanley. Ich glaube, daß ich die anglophile Argumentation Franklins damit ziemlich zunichte gemacht habe.

Ah, wie gern möchte ich etwas von Jacks Leben in Buenos Aires erfahren, ob er einmal verließ, was man »die englische Kolonie« nannte und was in Wirklichkeit genau das Gegenteil war, um einen Spaziergang durch das südliche Viertel zu machen oder bis zum Geflügelmarkt hinunter zu gehen, wo die Gerüche und manche Gesichter ihn an Whitechapel und Spitalfields erinnern konnten. Womöglich hat sich irgendein böswilliger Kerl an der Theke eines kleinen Cafés über seinen Akzent lustig gemacht; womöglich hat er die Leber eines meiner Großonkel kuriert. Warum empfinde ich Sympathie für Jack? Seit einer Weile schon bezichtigt mich eine Dame sotto voce des schlechten Geschmacks, vielleicht weil die kleine Fußnote, die *supra* war, sie eher *infra* gemacht hat. Sehen Sie, gnädige Frau, erstens habe ich alles getan, damit Sie sie nicht lesen, doch was Sie darüber hinaus wirklich stört, ist, daß einer derart unverfroren von der Königin Viktoria spricht, und deshalb will ich Ihnen erklären, warum ich Jack und Mary Kelly mehr zugetan bin als der glorreichen Souveränin. In der Vorstellung, die ich mir von einer besseren Welt mache, war Jack auf die Welt gekommen, um die Königin aufzuschlitzen. Wenn ich Jack sage, wenn ich Königin sage, verstehen Sie mich vielleicht schon; und wenn

es immer noch nicht klar ist, nehmen Sie zur Kenntnis, daß ein gewisser Henry Mayhew, den Franklin in seiner Studie über den Ripper zitiert, nachgewiesen hat, daß zu Zeiten der glorreichen Souveränin die Lebensbedingungen in London so monströs waren, daß die Zahl der Prostituierten die *achtzigtausend* überstieg. Wegen der Arbeitslosigkeit, des Elends, des sozialen Despotismus hatten diese Frauen kein anderes Königreich als das des Gins, der Geschlechtskrankheiten oder des Dolches; wie viele, die endeten wie die Nancy in *Oliver Twist,* kommen auf eine Moll Flanders? Natürlich erfuhren die Staatsschreiberlinge und die pausbäckige Queen von nichts. Und nichts resümiert das viktorianische Paradies besser als die Antwort eines der Mädchen aus dem East End, als man ihm riet, doch nicht länger auf der Straße zu arbeiten, um nicht dem Ripper zu begegnen: »Pah, soll er doch kommen. Je früher desto besser für eine wie mich.«
Daher, gnädige Frau, kommen einem die Verbrechen des Ripper, so entsetzlich sie auch waren, wie Werke der Wohltätigkeit vor, verglichen mit diesem heuchlerischen Völkermord, der in vielen Teilen der Welt noch bei weitem nicht aufgehört hat; und deshalb lebt Jack in meiner Vorstellungswelt weiter, um die Königin aufzuschlitzen, und das Gedicht, das ich als Epigraph gewählt habe, ist ironischerweise wahr und Jack ist ein Pfeiler der Gesellschaft. In seinem Film über Peter Kürten hat der Franzose Robert Hossein das Problem ganz richtig gesehen: die Stadt Düsseldorf, die vor den wiederholten Morden des Vampirs zittert, duldet gleichmütig die Verprügelung der Juden durch die Nazis, die ersten Vernichtungen von Bibliotheken, den Aufmarsch der Hitlerjugend. *Voilà, madame.*

Um die verdächtigen Beziehungen zu beenden

Vor Jahren stellte ich mir Jack in einer persönlicheren Weise vor, ich suchte dieses Gesicht unter der vermutlichen Maske, und ich schrieb:

Jack the Ripper

Da ich Intimität nicht gekannt habe, da die Hände
mir nur ihren Umgang mit Pennys und Ringen zeigen,
und weil der Tag ein Waschbecken ist, in dem Haare schwimmen,
und die Nacht wieder der unerreichbare Leib ist,
aus dem meine Mutter mich warf, bevor das Bier uns ertränke,
brauche ich diesen dreieckigen Spiegel,
etwas, das mich ins Geheimnis taucht,
um danach, verborgen in Nebel und Achtbarkeit,
seine rote Wolke zu betrachten
und schluchzend sie zu lecken.

SAISON DER HAND

Jemand aus meiner Verwandtschaft fand in Buenos Aires vor kurzem einige Papiere von mir, die längst dieser vagen Region der Häuser angehörten, wo alte Matratzen, Nummern von *Para Ti*, löchrige Moskitonetze, unvollständige Teeservice und leere, aber noch brauchbare Dosen (oder auch volle, von denen man jedoch nicht mehr weiß, was sie enthalten, und die deshalb gefährlich sind) als großer Wust in einer Ecke liegen, bevorzugt von Fusseln, Spinnen und den vagen Erwartungen der Kinder zur Stunde der Siesta; und er schrieb mir mit der gesitteten Verwirrung desjenigen, der auf etwas stößt, das so gar nicht in die häuslichen Kategorien paßt, und das, ohne entschieden Unrat zu sein, immerhin einen Platz einnimmt, der sich besser für ein Stück gelbe Seife nutzen ließe oder auch für dieses Tomatenmus, das man in Argentinien macht, und nach dem ich eine Nostalgie voller Weidenbäume und unmöglicher Liebschaften habe. Ich wurde neugierig auf diese Spuren, die meine Hand in früheren Zeiten hinterlassen hatte (ich glaubte, an einem Tag im November 1951, zusamen mit den Schiffen, alle Papiere verbrannt zu haben); es kam mir so ein Tagebuch einer Chile-Reise um 42 zu Gesicht und eine ganz dumme kleine Erzählung, die ich völlig vergessen hatte, und bei der es um eine Hand geht. Wiewohl sie affektiert, naiv und von einem aschgrauen Vernon-Lee-Ästhetizismus war, rührte sie mich, weil es ein Stück Vergangenheit war, weil ich dagegen wehrlos war. Ich gebe die Erzählung hier unverändert wieder, an jene Worte von Corot denkend, die Jean Cocteau in *Opium* zitiert, und die meiner Rührung genau Ausdruck geben: »Heute morgen hatte ich die außergewöhnliche Freude, ein kleines Bild von mir wiederzusehen. Es war eigentlich nichts daran, aber es war bezaubernd und wie von einem Vogel gemalt.«

Ich ließ sie des Abends herein, indem ich ihr ein wenig den Flügel des Fensters öffnete, das auf den Garten geht, und die Hand ließ sich leicht auf den Rand des Schreibtisches herab, sich gerade nur auf ihren Ballen stützend, die Finger in der Luft und wie zerstreut, bis sie auf dem Klavier, auf dem Rahmen eines Porträtbildes und manchmal auch auf dem weinroten Teppich ihren Lieblingsplatz fand.
Ich mochte diese Hand, denn sie hatte nichts Unbescheidenes an sich, dafür viel von einem Vogel und einem welken Blatt. Was wußte sie von mir? Ohne zu zögern, kam sie des Abends an mein Fenster, manchmal in Eile – wobei ihr kleiner Schatten plötzlich auf meine Papiere fiel – und wie inständig mich bittend, ihr doch zu öffnen; andere Male langsam, das Spalier des Efeus hochkommend, in dem sie sich durch ihr wiederholtes Hinaufklettern einen tiefen Pfad gebahnt hatte. Die Tauben des Hauses kannten sie gut; morgens hörte ich oft ein sehnsüchtiges und langanhaltendes Gurren, denn dann strich die Hand durch die Nester, groß sich spreizend, um die kreideweiße Brust der Jüngsten und die gesträubten Federn der eifersüchtigen Männchen zu umfassen. Sie liebte die Tauben und die Krüge mit frischem, klarem Wasser; wie oft sah ich sie auf dem Rand eines Kristallglases, einen Finger leicht ins Wasser getaucht, das daran Gefallen fand und tanzte. Nie berührte ich sie; ich wußte, daß ich damit grausam die Fäden eines geheimnisvollen Geschehens zertrennt hätte. Und so manchen Tag streifte die Hand zwischen meinen Sachen umher, schlug Bücher und Hefte auf, legte ihren Zeigefinger – mit dem sie zweifellos las – auf meine Lieblingsgedichte, und es war, als hieße sie diese Vers um Vers für gut.
Zeit verging. Die äußeren Ereignisse, die mich damals

schmerzten und zeichneten, besänftigten ihre Peitschen, die mich kaum noch trafen. Ich vernachlässigte die Arithmetik, ich sah mit an, wie sich mein bester Anzug mit Moos bedeckte; selten verließ ich jetzt mein Zimmer, war allabendlich in Erwartung der Hand und lauerte voller Hoffnung auf das erste – fernste und dunkelste – Rascheln im Efeu.

Ich gab ihr Namen: mit Vorliebe nannte ich sie Dg, denn das ist jemand, den es nur in der Vorstellung gibt. Ich schürte ihre mutmaßliche Eitelkeit, indem ich auf den Fenstersimsen Ringe und Armbänder liegen ließ und insgeheim ständig ihr Verhalten belauerte. Manchmal meinte ich, daß sie sich mit den Juwelen schmücken wollte, aber sie beäugte sie nur, indem sie sie umkreiste, ohne sie zu berühren, so wie eine mißtrauische Spinne; und auch wenn sie sich eines Tages schließlich einen Amethystring an den Finger steckte, so doch nur für einen Augenblick; sie streifte ihn sich ab, als würde er sie brennen. Ich beeilte mich daraufhin, die Schmuckstücke, sobald sie kam, wegzuschließen, und seitdem schien sie mir zufriedener.

So vergingen die Jahreszeiten, einige strotzend, andere mit Wochen, die mit grellen Lichtern gesprenkelt waren, ohne daß deren lästige Appelle in unseren Raum drangen. Jeden Abend kehrte die Hand zurück, oft naß vom Herbstregen, und ich sah, wie sie sich auf dem Teppich ausstreckte und sich umständlich einen Finger mit dem anderen trocknete, manchmal mit kleinen Hüpfern der Zufriedenheit. An kalten Abenden färbte sich ihr Schatten violett. Ich zündete dann ein Kohlenbecken zu meinen Füßen an und sie kauerte sich davor und rührte sich kaum, außer um mürrisch ein Bilderbuch entgegenzunehmen, oder ein Wollknäuel, das sie abwickelte, weil es ihr Vergnügen bereitete, den Faden zu zwirbeln und Knoten hinein zu machen. Sie war unfähig, das merkte ich bald, sich lange still zu verhalten. Eines Tages fand ich einen Knettrog mit Ton und sie stürzte sich darauf;

Stunden um Stunden formte sie den Ton, während ich, ihr den Rücken kehrend, so tat, als kümmerte ich mich nicht um ihre Arbeit. Natürlich modellierte sie eine Hand. Ich ließ sie trocknen und legte sie auf meinen Schreibtisch, um Dg zu verstehen zu geben, daß ihr Werk mir gefiel. Das war ein Fehler: Dg störte der Anblick dieses starren und etwas verkrampften Selbstbildnisses. Als ich es wegschloß, tat sie aus Verschämtheit so, als habe sie es nicht bemerkt.

Mein Interesse wurde sehr bald analytisch. Ich war es müde, mich zu verwundern, und wollte Gewißheit haben; das unglückselige Ende eines jeden Abenteuers. Es tauchten Fragen hinsichtlich meines Gastes auf: Vegetierte er bloß, besaß er Gefühl und Verstand, war er der Liebe fähig? Ich stellte Fallen, bereitete Experimente vor. Mir war aufgefallen, daß die Hand, obgleich sie lesen konnte, nie schrieb. Eines Abends öffnete ich das Fenster und legte Federhalter und Schreibpapier auf den Tisch, und als Dg hereinkam, ging ich hinaus, damit sie sich nicht geniere. Durch das Schlüsselloch sah ich sie ihren gewöhnlichen Spaziergang machen; dann ging sie zögernd zum Schreibtisch und nahm den Federhalter. Ich hörte das Kratzen der Feder, und nach einer Weile betrat ich beklommenen Herzens das Arbeitszimmer. Quer über das Blatt hatte Dg in gestochener Schrift geschrieben: *Diese Resolution setzt alle früheren bis auf weiteres außer Kraft.* Nie konnte ich sie dazu bringen, noch einmal etwas zu schreiben.

Nach dieser analytischen Periode begann ich Dg wirklich zu lieben. Ich mochte ihre Art, wie sie sich die Blumen in den Vasen betrachtete, langsam eine Rose umkreiste und mit den Fingerkuppen leicht die Blütenblätter berührte, auch diese ihre Art, sich zu spreizen, um die Blume zu umfangen, ohne sie zu berühren, auf welche Weise sie vielleicht deren Duft einatmete. Eines Abends, als ich die Seite eines Buches aufschnitt, bemerkte ich, daß Dg im stillen den Wunsch hatte, es mir gleichzutun. Ich ging also weg, um mehr Bücher zu besorgen, und dachte, daß sie vielleicht gern ihre eigene Bibliothek haben wollte. Ich fand merkwürdige Bücher, die für Hände geschrieben zu sein schienen, so wie es welche für Lippen oder Haar gab, und ich kaufte auch einen winzigen Dolch. Als ich alles auf den Teppich, ihren Lieblingsplatz, legte, betrachtete sie es sich mit der gewohnten Vorsicht. Sie schien sich vor dem Dolch zu fürchten, erst Tage später entschloß sie sich, ihn zu berühren. Ich fuhr fort, meine Bücher aufzuschneiden, um ihr Vertrauen einzuflößen, und eines Nachts (habe ich schon gesagt, daß sie erst im Morgengrauen ging, die Dunkelheit mit sich nehmend?) begann sie, ihre Bücher aufzuschneiden und die Seiten zu mustern. Schon bald zeigte sie sich außerordentlich geschickt; mit glitzernder Grazie stieß sie den Dolch in das weiße, opalartige Fleisch. War die Arbeit beendet, legte sie das Papiermesser auf ein Bord, wo sie Gegenstände angehäuft hatte, für die sie eine Vorliebe besaß: Wolle, Zeichnungen, abgebrannte Streichhölzer, eine Armbanduhr, Häufchen Asche, und kam wieder herunter, um sich bäuchlings auf den Teppich zu legen und mit der Lektüre zu beginnen. Sie las sehr schnell, den Worten mit einem Finger folgend; wenn sie Illustrationen fand, warf sie sich voll auf die Buchseite und war wie schlaftrunken. Ich stellte fest, daß die von mir ausgesuchten Bücher für sie die richtigen gewesen waren; sie kehrte immer wieder zu bestimmten Seiten zurück (*Étude de mains* von Gautier, *Le gant de crin* von Reverdy) und legte Wollfäden zwischen sie, um sie leichter wiederzufinden. Bevor sie ging, wenn ich schon auf meinem Diwan schlief, schloß sie ihre Bücher in einen kleinen Schrank ein, den ich ihr eigens dafür zur Verfügung gestellt hatte; und nie war, wenn ich aufwachte, die geringste Unordnung.

Auf diese Weise, ohne nach Gründen zu suchen – nur auf die Schlichtheit des Geheimnisses bauend –, lebten wir gemeinsam eine Zeit gegenseitiger Wertschätzung und in völligem Einvernehmen. Da alles Nachspüren überwunden, jede Überraschung gebannt war, welche Geborgenheit! Unser Leben war so ein Lob ohne Ziel, reiner Gesang und nie Kalkül. Durch das Fenster kam Dg und mit ihr das ganz und gar Meine, schließlich frei von der Beschränkung durch die Angehörigen und aller Pflichten ledig, nur von dem Wunsch beseelt, derjenigen gefällig zu sein, die mich solchermaßen befreite. Und so lebten wir eine für mich unermeßliche Zeit lang, bis die Realität mich zur Strafe einen Fehler begehen ließ. Eines Nachts träumte ich: Dg hatte sich in meine Hände verliebt – in die linke Hand wohl, denn sie war eine rechte –, und sie machte sich meinen Traum zunutze, um die Geliebte zu entführen, indem sie sie mit dem Dolch abschnitt. Ich wachte vor Schrecken auf, ich wurde mir zum ersten Mal des Wahnsinns bewußt, eine Waffe in Reichweite eines so großen Geheimnisses liegen zu lassen. Ich suchte Dg, noch umspült von den trüben Wassern des Traums; sie hockte auf dem Teppich, und tatsächlich schien sie aufmerksam die Bewegung meiner linken Hand zu verfolgen. Ich stand auf und legte den Dolch an eine Stelle, wo sie ihn nicht erreichen konnte, doch dann bereute ich es und brachte ihn ihr wieder, in der Hoffnung, daß sie mir verzeihe oder es vergesse. Sie war wie enttäuscht und hatte die Finger etwas geöffnet, es war ein vages Lächeln der Traurigkeit.

Ich weiß, daß sie nicht wiederkommen wird. Durch ein solch plumpes Betragen mischte sich Stolz und Groll in ihre Unschuld. Ich weiß, daß sie nicht wiederkommen wird. Warum mir das zum Vorwurf machen, Tauben, indem ihr dort oben nach der Hand girrt, die nicht zurückkehrt, um euch zu streicheln? Warum sich so härmen, Rose von Flandern, wenn sie dich nie mehr mit ihrer ganzen Größe umfangen wird? Tut wie ich, der ich wieder Berechnungen anstelle, mich anziehe und durch die Stadt spaziere mit dem Gesicht eines korrekten Bürgers.

DIE TIEFSTE LIEBKOSUNG

Zu Hause sagten sie ihm nichts, doch es wunderte ihn immer mehr, daß sie nichts bemerkt haben sollten. Am Anfang fiel es vielleicht nicht auf und er selbst dachte, daß die Halluzination oder was immer es war, bald vorübergehen werde; doch jetzt, wo er schon bis zu den Ellbogen im Boden eingesunken ging, war es unmöglich, daß seine Eltern und seine Schwestern es nicht sahen und etwas unternahmen. Freilich hatte er bis dahin nicht die geringste Schwierigkeit gehabt, sich zu bewegen, und obgleich das das Seltsame an der Sache zu sein schien, war, was ihn im Grunde nachdenklich machte, daß seine Eltern und seine Schwestern anscheinend nicht bemerkten, daß er überall bis zu den Ellbogen eingesunken ging.

Monoton war es, wie fast immer, wie die Dinge sich ganz allmählich entwickelten, langsam sich verschlimmernd. Eines Tages, als er über den Patio ging, hatte er den Eindruck gehabt, als schöbe er etwas vor sich her, sehr sanft, wie einer, der gegen Watte stößt. Als er genau hinsah, entdeckte er, daß die Schnürsenkel seiner Schuhe aus den Fliesen kaum herausguckten. Er war so erschrocken, daß er weder sprechen noch es jemandem sagen konnte, fürchtete, plötzlich ganz einzusinken, und fragte sich, ob der Boden des Patios vom vielen Scheuern vielleicht aufgeweicht sei, weil seine Mutter ihn jeden Morgen schrubbte und manchmal auch noch nachmittags. Dann faßte er Mut, zog einen Fuß heraus und machte vorsichtig einen Schritt; alles ging gut, außer daß der Schuh bis zur Schleife der Schnürsenkel wieder in den Fliesen versank. Er machte noch mehrere Schritte, zuckte schließlich mit den Achseln und ging bis zur Straßenecke, um sich *La Razón* zu kaufen, weil er die Besprechung eines Films lesen wollte.

Für gewöhnlich mied er es, die Dinge zu übertreiben, und vielleicht hätte er sich am Ende daran gewöhnen können, so zu gehen, doch ein paar Tage später sah er die Schnürsenkel der Schuhe nicht mehr und eines Sonntags nicht einmal mehr den Hosenaufschlag. Von da an blieb ihm nichts anderes übrig, wollte er die Schuhe oder die Strümpfe wechseln, als sich auf einen Stuhl zu setzen, das Bein zu heben und den Fuß auf einen anderen Stuhl oder auf die Bettkante zu stützen. Auf diese Weise gelang es ihm, sich zu waschen und sich umzuziehen, doch kaum stand er auf den Beinen, sank er wieder bis zu den Knöcheln ein, und so ging er überall, selbst auf der Treppe des Büros und auf den Bahnsteigen des Retiro-Bahnhofs. Schon in dieser ersten Zeit traute er sich nicht, seine Familie und nicht einmal einen Unbekannten auf der Straße zu fragen, ob sie etwas Besonderes bemerkten; niemand hat es gern, daß man ihn verstohlen ansieht und denkt, der ist verrückt. Offenbar schien nur er zu bemerken, wie er immer tiefer einsank, doch unerträglich (und eben deswegen überaus schwierig, es einem anderen zu sagen) war der Gedanke, daß es weitere Zeugen dieses langsamen Versinkens geben könnte. Die ersten Stunden, in denen er über das, was ihm da widerfuhr, in Ruhe hatte nachdenken können, ungefährdet in seinem Bett, brachte er damit zu, sich über diese unbegreifliche Ignoranz seitens seiner Mutter, seiner Verlobten und seiner Schwestern zu verwundern. Seine Verlobte, zum Beispiel, wie war es möglich, daß sie am Druck seiner Hand nicht merkte, daß er mehrere Zentimeter kleiner war? Jetzt mußte er sich auf die Zehenspitzen stellen, um sie zu küssen, wenn sie sich an einer Straßenecke verabschiedeten, und in dem Augenblick, da er sich hoch aufrichtete, spürte er ganz deutlich, daß er etwas tiefer einsank, daß er noch leichter wegsackte, und deshalb küßte er sie so selten wie möglich und verabschiedete sich von ihr mit ein paar freundlichen und nichtssagenden Worten, die sie etwas stutzig machten; am Ende sagte er sich, daß seine Verlobte sehr dumm sein müsse, weil sie nicht wie versteinert dastand und gegen diese frivole Behandlung protestierte. Was seine Schwestern anging, die ihn nie geliebt hatten, bot sich ihnen jetzt, wo er ihnen kaum bis zur Schulter reichte, eine einzigartige Gelegenheit, ihn zu demütigen, nichtsdestoweniger behandelten sie ihn weiterhin mit dieser ironischen Liebenswürdigkeit, die sie immer für sehr geistreich gehalten hatten. Über die Blindheit seiner Eltern machte er sich nicht viel Gedanken, weil sie, was ihre Kinder betraf, immer schon blind gewesen waren, doch der Rest der Familie, die Kollegen, Buenos Aires waren auch noch da und sahen ihn. Er dachte logischerweise, daß alles alogisch sei, und die rigorose Konsequenz war ein Messingschild in der Calle Serrano und ein Arzt, der ihm die Beine und die Zunge untersuchte, mit einem Gummihämmerchen auf seinem Knie herumklopfte und einen Scherz machte über ein paar Haare, die er auf dem Rücken hatte. Auf dem Untersuchungsbett war alles normal, doch das Problem begann erneut, als er aufstand; er sagte es dem Arzt, er sagte es ihm noch einmal. So als gäbe er ihm nach, bückte der Arzt sich, um ihm die Knöchel im Boden zu betasten; der Parkettfußboden mußte für ihn durchsichtig und unfühlbar sein, da er nicht nur die Sehnen und die Gelenke untersuchte, sondern ihn sogar am Rist kitzelte. Er bat ihn, sich noch einmal auf das Untersuchungsbett zu legen und horchte ihm Herz und Lunge ab; es war ein teurer Arzt, und selbstverständlich verwandte er gewissenhaft eine gute halbe Stunde darauf, bevor er ihm ein Beruhigungsmittel verschrieb und ihm den üblichen Rat gab, es doch mal mit einer Luftveränderung zu versuchen. Auch wechselte er ihm einen Zehntausend-Pesoschein gegen sechs Tausender.

Nach alldem blieb ihm nichts anderes übrig, als sich zusammenzureißen, jeden Morgen zur Arbeit zu gehen und sich verzweifelt zu recken, um die Lippen seiner Verlobten und den Hut auf dem Kleiderständer im Büro zu erreichen. Zwei Wochen später steckte er schon bis zu den Knien in der Erde, und eines Morgens, als er aufstand, hatte er wieder das Gefühl, als stieße er sanft gegen Watte, doch jetzt stieß er mit den Händen dagegen und er stellte fest, daß ihm die Erde bis halb über die Schenkel reichte. Nicht einmal da war seinen Eltern und seinen Schwestern etwas anzumerken, obgleich er sie schon lange beobachtete, um sie bei der Heuchelei zu ertappen. Einmal war es ihm so vorgekommen, als ob eine seiner Schwestern sich etwas bückte, um den kalten Kuß auf die Wange zu erwidern, den sie beim Aufstehen tauschten, und er argwöhnte, daß sie die Wahrheit entdeckt hatten und sich verstellten. Dem war nicht so; er mußte sich immer noch mehr recken, bis zu dem Tag, als ihm die Erde bis zu den Knien ging, und da machte er eine Bemerkung über die Albernheit dieser oralen Begrüßungen, die ihn immer an Wilde erinnerten, und beschränkte sich auf ein Guten Morgen, von einem Lächeln begleitet. Mit seiner Verlobten machte er etwas Schlimmeres, er brachte es fertig, sie in ein Hotel zu schleppen, und dort, nachdem er in zwanzig Minuten eine Schlacht gegen zweitausend Jahre Tugend gewonnen hatte, küßte er sie pausenlos, bis sie sich wieder anzogen; das Rezept war prima und sie schien sich nicht daran zu stoßen, daß er in den Zwischenzeiten Distanz zu ihr wahrte. Er verzichtete auf den Hut, um ihn im Büro nicht auf den Kleiderständer hängen zu müssen; er fand für jedes Problem eine Lösung, die er in dem Maße, wie er tiefer in die Erde einsank, modifizierte, doch als sie ihm bis an die Ellbogen reichte, merkte er, daß er seine Mittel erschöpft hatte und daß er wohl jemanden um Hilfe bitten müsse.

Er lag schon eine Woche lang im Bett und gab vor, die Grippe zu haben; er hatte erreicht, daß seine Mutter sich die ganze Zeit um ihn kümmerte und daß seine Schwestern ihm am

Fußende des Bettes den Fernsehapparat installierten. Das Bad war gleich nebenan, doch er war skeptisch und stand nur auf, wenn niemand in der Nähe war; nach diesen Tagen, wo das Bett, dieses Rettungsfloß, ihn gänzlich über Wasser hielt, wäre es für ihn unbegreiflicher denn je gewesen, wenn sein Vater hereingekommen wäre und nicht bemerkt hätte, daß er gerade nur mit dem Rumpf aus dem Boden ragte und, um das Glas mit den Zahnbürsten zu erreichen, auf das Bidet oder auf das Klo klettern mußte. Deshalb blieb er im Bett, wenn er wußte, das jemand hereinkommen würde, und von da telefonierte er mit seiner Verlobten, um sie zu beruhigen. Bisweilen träumte er, eine kindliche Vorstellung, von einem System kommunizierender Betten, die es ihm ermöglichten, von dem seinen in das andere zu steigen, wo seine Verlobte ihn erwarten würde, und von dort in ein Bett im Büro und in ein anderes im Kino und im Café, eine Brücke von Betten, die sich über ganz Buenos Aires spannte. Nie würde er in diesem heimatlichen Boden ganz versinken, solange er ein Bett mit Hilfe der Hände erklimmen und eine Bronchitis simulieren konnte.

In dieser Nacht hatte er einen Alptraum und schreiend erwachte er, den Mund voller Erde; es war keine Erde, nur Speichel und schlechter Geschmack und Schrecken. In der Dunkelheit dachte er, wenn er im Bett bliebe, könnte er weiterhin glauben, daß es nichts weiter gewesen sei als ein Alptraum, wenn er aber nur eine einzige Sekunde den Verdacht hegte, daß er mitten in der Nacht aufgestanden war, um ins Bad zu gehen, und bis zum Hals in den Boden gesunken sei, ihn nicht einmal mehr das Bett vor weiterem bewahren könnte. Er überzeugte sich allmählich davon, daß er geträumt hatte, weil es tatsächlich so war, er hatte geträumt, daß er in der Dunkelheit aufstand, gleichwohl wartete er, als er ins Bad gehen mußte, bis er allein war, und stieg auf einen Stuhl, vom Stuhl auf einen Schemel, rückte vom Schemel aus den Stuhl ein Stück weiter, und das mehrmals wiederholend, kam er ins Bad und kehrte wieder ins Bett zurück; er war sicher, daß er, sobald er den Alptraum vergäße, noch einmal aufstehen könnte und daß nur bis zum Gürtel einzusinken geradezu angenehm sein müßte verglichen mit dem, was er gerade geträumt hatte.

Am nächsten Tag sah er sich gezwungen, die Probe aufs Exempel zu machen, weil er im Büro nicht länger fehlen konnte. Natürlich war der Traum eine Übertreibung gewesen, denn in keinem Augenblick kam ihm Erde in den Mund, die Berührung war nicht anders als das Gefühl von Watte, das er am Anfang gehabt hatte, und die einzige wesentliche Veränderung bemerkten seine Augen, die sich fast in gleicher Höhe mit dem Boden befanden: er entdeckte nicht weit vor sich einen Nachttopf, seine roten Pantoffeln und einen kleinen Kakerlak, der ihn so freundlich ansah wie seine Schwestern oder seine Verlobte das nie getan hatten. Sich die Zähne putzen, sich rasieren waren schwierige Operationen, weil es ihn schon ermattete, den Rand des Bidets zu erreichen und zu erklimmen. Bei ihm zu Haus wurde das Frühstück gemeinsam eingenommen, doch zum Glück hatte sein Stuhl zwei Querstangen, die er als Sprossen benutzte, um ihn so schnell wie möglich zu erklettern. Seine Schwestern lasen den *Clarín* mit der Aufmerksamkeit jedes Lesers eines so patriotischen Morgenblatts, doch seine Mutter sah ihn einen Augenblick lang an und fand ihn etwas blaß wegen der Tage im Bett und dem Mangel an frischer Luft. Sein Vater sagte zu ihr, daß sie immer die gleiche wäre und ihn mit ihren Verhätschelungen nur verdürbe; alle waren guter Laune, weil die neue Regierung, die sie diesen Monat hatten, Lohnerhöhungen und Angleichung der Renten angekündigt hatte. »Kauf dir einen neuen Anzug«, riet ihm die Mutter, »schließlich kannst du jetzt, wo sie die Löhne erhöhen, einen neuen Kredit aufnehmen.« Seine Schwestern hatten schon beschlossen, einen neuen Eisschrank und Fernseher anzuschaffen; er bemerkte, daß zwei verschiedene Marmeladen auf dem Tisch standen. Diese Nachrichten und Beobachtungen lenkten ihn ab, und als alle vom Tisch aufstanden, um ihren Geschäften nachzugehen, war er noch in der Phase vor dem Alptraum, gewohnt, nur bis zum Gürtel einzusinken; auf einmal sah er ganz nahe die Schuhe seines Vaters, die leicht seinen Kopf streiften und in den Patio hinausgingen. Er flüchtete unter den Tisch, um den Sandalen einer seiner Schwestern, die den Tisch abdeckte, zu entgehen, und versuchte, die Fassung wiederzugewinnen. »Ist dir was runtergefallen?« fragte ihn seine Mutter. »Die Zigaretten«, sagte er und hielt sich so fern wie möglich von den Sandalen und Pantoffeln, die immer noch um den Tisch herumtrippelten. Im Patio gab es Ameisen, Geranienblätter und eine Glasscherbe, die ihm fast die Backe zerschnitten hätte; er kehrte schleunigst in sein Zimmer zurück und kletterte auf das Bett, als das Telefon klingelte. Es war seine Verlobte, die ihn fragte, ob es ihm besser gehe und ob sie sich am Abend treffen könnten. Er war so verwirrt, daß er seine Gedanken nicht gleich ordnen konnte, und ehe er sich besann, hatte er sich schon um sechs mit ihr verabredet, an der Ecke wie immer, um ins Kino zu gehen oder ins Hotel, wonach ihnen gerade wäre. Er legte sich das Kissen auf den Kopf und schlief ein; nicht einmal er hörte sich im Schlaf weinen.

Um dreiviertel sechs zog er sich auf der Bettkante sitzend an, und als niemand in Sicht war, nutzte er die Gelegenheit und ging über den Patio, wobei er um die dort schlafende Katze einen großen Bogen machte. Als er auf der Straße war, fiel es ihm schwer, sich an den Gedanken zu gewöhnen, daß die unzähligen Paar Schuhe, die in Augenhöhe an ihm vorbeigingen, ihn nicht stießen oder auf ihn traten, da er für die Besitzer dieser Schuhe nicht dort zu sein schien, wo er war; daher ging er zuerst ständig im Zickzack, wich zumal den

Damenschuhen aus, die wegen ihrer Spitzen und Absätze am gefährlichsten waren; dann aber sah er, daß er ganz unbesorgt sein konnte, und war noch vor seiner Verlobten an der Ecke. Ihm tat der Hals weh, weil er zu oft den Kopf gehoben hatte, um von den Vorübergehenden etwas mehr zu sehen als die Schuhe, und am Ende wurde aus dem Weh ein derart schmerzhafter Krampf, daß er sich das Aufblicken versagen mußte. Zum Glück kannte er die verschiedenen Schuhe und Sandalen seiner Verlobten gut, weil er ihr oft geholfen hatte, sie und anderes auszuziehen, so daß er, als er die grünen Schuhe kommen sah, nur zu lächeln und aufmerksam zuzuhören brauchte, was sie ihm sagen würde, um ihr darauf so unbefangen wie möglich zu antworten. Aber seine Verlobte sagte an diesem Abend nichts, was bei ihr recht seltsam war; die grünen Schuhe waren einen halben Meter vor seinen Augen stehen geblieben, und obgleich er nicht wußte, warum, hatte er den Eindruck, daß seine Verlobte wie wartend dastand; jedenfalls hatte sich der rechte Schuh ein wenig einwärts gedreht, während der andere das Gewicht des Körpers trug; dann fand ein Wechsel statt, der rechte Schuh drehte sich nach außen, während sich der linke fest auf den Boden stützte. »Was für eine Hitze den ganzen Tag«, sagte er, um die Unterhaltung zu beginnen. Seine Verlobte

antwortete ihm nicht, und vielleicht allein deshalb wurde er in diesem Augenblick, während er auf eine Antwort wartete, die so trivial wäre wie seine Phrase, der Stille ringsum gewahr. Alle Geräusche der Straße, der Absätze, die noch vor einer Sekunde die Fliesen hämmerten: nichts davon. Er wartete etwas, die grünen Schuhe kamen ein wenig näher und hielten erneut inne; die Sohlen waren ziemlich abgelaufen, seine arme Verlobte hatte eine schlecht bezahlte Stelle. Gerührt, wollt er etwas tun, das ihr seine Liebe bewiese, und kratzte mit zwei Fingern die Sohle mit dem größten Verschleiß, die des linken Schuhs; seine Verlobte rührte sich nicht, so als wartete sie absurderweise immer noch, daß er käme. Es mußte an der Stille liegen, daß er den Eindruck hatte, die Zeit dehne sich, werde endlos, und zugleich schien die Müdigkeit seiner Augen, so nahe den Dingen, die Bilder zu verscheuchen. Unter unerträglichen Schmerzen konnte er noch den Kopf heben, um das Gesicht seiner Verlobten zu suchen, aber er sah nur die Sohlen der Schuhe, und in solcher Entfernung, daß nicht einmal mehr die Schadstellen zu erkennen waren. Er streckte einen Arm aus, dann den anderen, versuchte, diese Sohlen zu streicheln, die soviel über das Leben seiner armen Verlobten aussagten; mit der linken Hand konnte er sie gerade noch berühren; aber die rechte erreichte sie schon nicht mehr, und dann keine von beiden mehr. Und seine Verlobte wartete natürlich weiter.

MELANCHOLIE DER KOFFER

Der Sommer geht seinem Ende zu, heute nachmittag gegen fünf hat es geregnet und ein herrlicher doppelter Regenbogen verband das ferne Bild von Cazeneuve mit der romanischen Kirche von Saignon, für einen Augenblick war da ein Durchgang, war da eine Brücke, und zur großen Verwunderung von Theodor ließ ich mich hinreißen, zu Anrufungen der Walhalla und sah Wotan und Freia, und mir wurde bewußt, daß auch für uns kleine Götter des Südens die Dämmerung beginnt. Denn in einer Woche werde ich traurigerweise in Bern sein müssen, um Berichte der Interpol zu übersetzen, die die verrückte Idee hatte, dort ihre Jahreskonferenz abzuhalten, bei welcher Gelegenheit man den Opiumhandel, die Techniken der Falschmünzer und die Inzidenz der langen Haare und der elektrischen Gitarren im Traum des Doktor Müller und seiner Synonyme erörtern wird.

Das Thema Falschmünzer (die keineswegs falsch sind, was falsch gemünzt ist, ist das Wort, denn viele Fälscher sind große und echte Cronopien) füllt Bände, dahingegen muß sich der Schriftsteller auf wenige Abschnitte beschränken. Ich will nur sagen, daß ich dank meinem zumindest sonderbaren Verkehr mit der Interpol von geradezu alchimistischen Tätigkeiten erfuhr, von Berufen, die ans Martyrium oder an die Poesie grenzen, angefangen mit einem Mann, der die größten Scheine fälschte (denn darunter hätte es sich nicht gelohnt), mit einer Methode, die darin besand, aus etwa zweihundert echten Scheinen einen senkrechten Streifen von einem halben Millimeter herauszuschneiden, wonach er die Scheine wieder zusammenklebte, ohne daß einem eine so minimale Verkürzung auffiel, um dann mit den zweihundert

Streifen den Schein zweihunderteins zu fabrizieren, der seinen Gewinn darstellte.

Nach diesem Martyrium die Poesie: ein alter mexikanischer Schuster stellte alle vier oder fünf Monate eine 20-Peso-Münze in Gold her, wechselte sie zutulich und kehrte bis zum nächsten Halbjahr zu seinen Schuhen zurück. Als erste erfuhr die Polizei davon, die aus Gründen der lokalen Philosophie, die mir unbekannt ist, ein so unbedeutendes Delikt tolerierte; dann hörten davon ein paar Studenten, die alle Hoffnung aufgegeben hatten, ihre Pension und ihr Bier zu bezahlen, und den Flickschuster aufsuchten und ihn baten, ihnen doch eine 20-Peso-Münze zu machen. Der Alte hatte ein Herz für die Jugend und arbeitete zweimal für sie, ohne anderen Lohn als deren Freude. Möglich, daß Vespasian recht hatte, doch in diesem Fall duftete das Geld nach Blumen.*

Die Tage werden kürzer, Theodor spürt, daß wir bald abreisen werden, und ist ganz rappelig, läuft in die Kreuz und in die Quer und klettert mit besonderer Vorliebe auf einen Kirschbaum, an dem er seine Krallen erprobt und mit melancholischem Erfolg einem Bild des Zöllners zu ähneln versucht. Meine Frau hat sich ausgezeichnet in der Zubereitung einer *ratatouille,* die uns in der Stunde, da wir an Koffer und Pneus denken, Geist und Seele stärkt. Da kommt ein Telegramm von Carlos Fuentes und Emir Rodríguez Monegal, das uns eine unmittelbar bevorstehende Expedition im Auto ankündigt, und zwar von Ramatuelle aus; wir erwarten sie mit einem sauber gefegten Haus und Hammelbraten; kommt noch ein Telegramm, das uns kundtut, daß die schwarze Pest in ihren Reihen grassiert, stop. Damit nicht genug, ließen sie Charlie Parker die Nachricht unterschrei-

* Jetzt erinnere ich mich, daß mir das Tono Salazar erzählt hat, der es hier vielleicht wiederfinden und sich darüber amüsieren wird. Womöglich wird er ein Männeken an den Rand malen.

ben. Meine Stimmung verdüsterte sich, und an diesem Abend nach dem Regenbogen legte ich Platten mit *Be-bop* auf und danach zum ersten Mal eine von Jimmy Heath, wo ein Pianist, der auf den eklogischen Namen Cedar Walton hört, mit barscher Schönheit hinhaut, was das Thema *My ideal* immer hergibt, und das ist nicht wenig.*

Take it or leave it

Jetzt, nach der Rückkehr, möchte ich von den *takes* beim Jazz sprechen, denn es ist unglaublich, wieviel Regen heute morgen in meinen Hinterhof in Paris fällt, und das macht mich nostalgisch und naß, und anstatt zum Beispiel Xenakis zu hören, der ein Cronopium ist für trockene und apollinische, mit einem Wort, für kretische Tage, sind das einzige, was mir nebst Rum, Kaffee und einer miserablen Robt. Burns-Zigarre *(if it's a Robt. Burns it's not the cigarillo)* hilft, die alten Platten von Bessie Smith sowie die von Lester Young und Bird. Nun ist es aber so, daß ich seit einiger Zeit voller Hemmungen bin, wenn es sich um Jazz handelt, denn

* Really Big! Riverside RLP 333. Und da wir einmal dabei sind, hier gibt es eine ganze Reihe von Platten dieser Firma, die dem schlauen System entsprechen, zahlreiche Sessions mit fast den gleichen Leuten aufzunehmen, wobei nur der Name des Dirigenten wechselt. Diese Cronopien sind die Brüder Adderley und die unzähligen Brüder Heath mit der gewaltigen Unterstützung von Sam Jones, Kontrabaß und Violincello, Blue Mitchell, Trompete, und Wynton Kelly, Klavier (Cedar Walton ist so etwas wie ein Gespenst, das, wie alle Gespenster, die hoch im Kurs stehen, nur einmal erscheint, dir jedoch Eisnadeln unter die Kopfhaut jagt). Der Jazz, den diese Cronopien machen, ist nicht überwältigend, gerade richtig für einen Sommer in den Hügeln, beruhigend und plötzlich stimulierend, gemäß dem amerikanischen Rhythmus, mit Benzedrin zu beginnen, um mit Barbituraten aufzuhören. Wenn Sie einen Sommer in Saignon oder an einem vergleichbaren Ort verbringen, empfehle ich Ihnen, sich die Riverside-Serie anzuschaffen: Much Brass. Nat Adderley Sextet (RLP 12–301). The Chant. Sam Jones plus 10 (RLP 353 Blue-s Moods, Blue Mitchell (RLP 336) und The Thumper, Jimmy Heath Sextet (RLP 12–314).

ein uruguayer Kritiker, der eine Menge davon versteht, hat in der Wochenzeitung *Marcha* gesagt, daß die discographischen Daten, die ich in *Rayuela* nannte, einander an Ungenauigkeit übertreffen, und hat sich darangemacht, das in einer mit Initialen gezeichneten Kolumne zu beweisen, die in der Art, wie dieser Bursche mich beurteilt, wirklich eine gewundene Säule ist. Der pentelische Marmorbrocken fiel mir im vergangenen Monat aufs Haupt, als ich nichtsahnend mich anschickte, in einem Bett des Albergo Ateneo, der mit seinen dubiosen Quartieren in der Nähe der Piazza de La Fenice in Venedig prunkt, ein bißchen uruguayische Kultur in mir aufzunehmen. Diese Verrücktheit, in Venedig montevideische Zeitungen zu lesen, rührt daher, daß Esther Calvino sie in Rom bekommt, dann in die Lagunenstadt fährt, um an etlichen Festivals teilzunehmen und im Restaurant Malamocco zu essen, und mir unter dem Vorwand, meiner Bildung Lokalkolorit zu geben, zwischen zwei bis drei Kilo bedruckten Papiers auf die Arme packt. Das war der Grund, weshalb ich auf dem Bett lag und mit lobenswertem Fleiß Geist von Rio de la Plata absorbierte, bis zu dem Augenblick, da sich zeigte, daß ich nie gewußt habe, zu welchen Bands Zutty Singleton und Baby Dodds gehören, und derlei haarsträubende Dinge mehr. Es war schmerzlich für mich, daß mir erst so spät aufging, daß weder Ronald noch Oliveira noch Babs noch Wong von dem, was sie hörten, viel verstanden hatten, die Liebesengel. Nun denn.*

* Es tut mir leid (?), daß ich hier weder Nummer noch Datum der Zeitung angeben kann, aber als ich Venedig verließ, habe ich in der südwestlichen Ecke des Zimmers einen Kubikmeter Nummern der *Marcha* zurückgelassen, und erst in Höhe von San Daniele dei Friuli fiel mir ein, daß ich die mit der Kolumne nicht ausgegraben hatte; es wird daran liegen, daß nicht jeder ein Schliemann ist, ganz davon abgesehen, daß mein Vergessen einen freudianischen Anstrich hat, und dagegen kann man nichts machen. Ich füge ehrlicherweise hinzu, daß ich mich nach der Lektüre der lapidaren Kolumne im Bett auf den Bauch warf und meine Frau bat,

Der Fahrlehrer, der mich Autofahren gelehrt hat, sagte mir, wenn ich einmal gegen einen Baum führe, wäre das einzige, was mich vor Komplexen bewahren könne, so schnell wie möglich einen anderen Wagen zu nehmen und weiter Auto zu fahren, so als wäre nichts geschehen. So fallt also, Stricke, die ihr den Heiligen Sebastian fesselt, bleibe die Säule nackt und laßt uns von den *takes* sprechen, die, wie jeder genau weiß, und ich ein wenig, die aufeinanderfolgenden Aufnahmen ein und desselben Themas im Laufe einer phonographischen Session sind. Die endgültige Schallplatte enthält von jedem Stück den besten *take*, und die anderen werden archiviert oder manchmal auch vernichtet; wenn ein großer jazzman stirbt, machen sich die Schallplattenfirmen eiligst daran, die archivierten *takes* zum Beispiel eines Bud Powell oder eines Eric Dolphy zu prägen. Es ist an sich schon ganz wunderbar, vier oder fünf *takes* eines Themas zu hören, von dem man nur die endgültige Version besaß (die nicht immer die beste ist, doch hier stellt sich ein anderes Problem); aber noch wunderbarer ist es, als *écouteur*, in der Bedeutung wie die Franzosen *voyeur* sagen, im Hauptlabor des Jazz zu erscheinen und fortan einiges besser zu verstehen.

Dort geht es so zu: mitten während der Aufnahme (wir hatten schon vergessen, daß es ein ausgegrabener *take* war, was sie eine Hommage nennen und was ich mehr Dollars für his master's voice nenne) bricht der Bird einen langen Pinselstrich seines Saxo brutal ab, es ist wie ein von einem Erdbeben verursachter *coitus interruptus*, ein unbegreifliches Mißgeschick, man hört das Brummen von Bird, *Hold on!*, und trotzdem spielt Max Roach noch ein paar Takte

mich mit den Wolldecken völlig zuzudecken, um schluchzen und mich krümmen zu können, ohne daß die Arme (und der Geschäftsführer) sich zu sehr beunruhigten. Ich glaube, daß diese finstere Wüstenei für mich auch ein türkisches Bad war, denn ich verließ das Bett völlig getröstet, und noch am selben Abend kaufte ich mir eine Platte mit einem herrlichen Duo für Klavier und Tenorsaxo von Jelly Roll Morton und Ornette Coleman.

weiter oder beendet Duke Jordon am Klavier eine Figur, danach das mechanische Schweigen, denn der Ingenieur hat die Aufnahme unterbrochen, wahrscheinlich fluchend. Die Schallplatte besitzt die besondere Fähigkeit, uns die Tür zur Werkstatt des Künstlers zu öffnen, uns seine Fortschritte, seine Fehlschläge erleben zu lassen. Wie viele *takes* mag es von der Welt geben? Der herausgebrachte, dieser, muß nicht unbedingt der beste sein; in ihren Dimensionen könnte die Atombombe eines Tages dem *Hold on!* von Bird und dem großen Schweigen gleichkommen. Aber wird es dann noch andere verwertbare *takes* geben?

Zwischen Versuch und *take* gibt es einen Unterschied. Der Versuch führt allmählich zur Vollkommenheit, als Ergebnis zählt er nicht, er ist Gegenwart in bezug auf die Zukunft. Im *take* schließt die schöpferische Arbeit ihre eigene Kritik ein, und deshalb wird sie häufig unterbrochen, um von neuem zu beginnen; die Unzulänglichkeit oder das Scheitern eines *take* bedeutet für den folgenden soviel wie einen Versuch, aber der folgende ist nie gleich dem vorangegangenen, nur besser, sondern er ist immer etwas anderes, wenn er wirklich gut ist.

Das Beste in der Literatur ist stets *take*, in der Ausführung implizierte Wagnis, Spielraum der Gefahr, der die Freude des Fliegenden, der Liebe ist, mit allem, was er an schmerzlichem Verlust mit sich bringt, doch auch mit diesem totalen Engagement, das, auf einer anderen Ebene, dem Theater seine unerbittliche Unvollkommenheit gibt, gegenüber der Perfektion des Kinos.

Ich möchte nur noch *takes* schreiben.

REISE IN EIN LAND VON CRONOPIEN

Die Botschaft der Cronopien

Die Cronopien leben in verschiedenen Ländern, umgeben von einer großen Menge Famen und Esperanzen, doch seit einiger Zeit gibt es ein Land, wo die Cronopien mit der bunten Kreide, die sie immer bei sich haben, ein riesiges SCHLUSS JETZT an die Häuser der Famen und in kleinerer und barmherzigerer Schrift die Aufforderung *Entscheide dich* an die Häuser der Esperanzen geschrieben haben, und bei dem Aufruhr, den diese Inschriften erregt haben, steht außer Frage, daß jedes Cronopium alles tun muß, um dieses Land sofort kennenzulernen.

Wenn man sich also entschlossen hat, dieses Land sofort kennenzulernen, wird die Botschaft des Landes der Cronopien mehrere ihrer Angestellten beauftragen, dem Cronopium, dem der Sinn nach einer Forschungsreise steht, diese Reise zu ermöglichen, und für gewöhnlich erscheint dieses Cronopium dann in der Botschaft, wo das folgende Gespräch stattfindet:

»Buenas salenas, Cronopium Cronopium.«

»Buenas salenas, Sie werden am Donnerstag fliegen. Bitte diese fünf Formulare ausfüllen und bitte fünf Paßbilder.«

Das reiselustige Cronopium dankt, und wieder zuhaus, füllt es eifrig die fünf Formulare aus, was sich als höchst kompliziert erweist, obgleich man zum Glück, wenn das erste einmal ausgefüllt ist, dieselben Mißverständnisse nur noch auf die vier übrigen zu übertragen braucht. Anschließend geht dieses Cronopium zu einem Fotoautomaten und läßt sich wie folgt aufnehmen: die ersten fünf Fotos sehr ernst, und auf dem letzten streckt es die Zunge heraus. Dieses letzte behält das Cronopium für sich und es ist mit diesem Foto überaus zufrieden.

Am Donnerstag ist das Cronopium schon am frühen Morgen dabei, die Koffer zu packen, das heißt, es legt zwei Zahnbürsten und ein Kaleidoskop bereit und setzt sich dann, um zuzusehen, wie seine Frau die Koffer mit dem Notwendigen füllt, aber da seine Frau geradeso ein Cronopium ist wie er, vergißt sie immer das Wichtigste, trotzdem müssen sie sich daraufsetzen, um sie zuzukriegen, und in diesem Augenblick klingelt das Telefon und die Botschaft teilt ihnen mit, daß man sich geirrt habe, daß sie das Flugzeug am vergangenen Sonntag hätten nehmen müssen, womit es zwischen dem Cronopium und der Botschaft zu einem scharfzüngigen Gespräch kommt, man hört den Knall der aufspringenden Koffer, aus denen Plüschbären und getrocknete Seesterne herausquellen, und am Ende wird das Flugzeug am nächsten Donnerstag fliegen, und bitte fünf Paßbilder.

Zutiefst beunruhigt über den Verlauf, den die Dinge nehmen, läuft das Cronopium zur Botschaft, und kaum hat man ihm die Tür geöffnet, schreit es so laut es kann, daß es die fünf Fotos zusammen mit den fünf Formularen schon abgegeben hat. Die Angestellten stört das nicht im geringsten und sie sagen ihm, es solle sich deswegen keine Sorgen machen, denn die Fotos seien in Wirklichkeit gar nicht so wichtig, doch müsse er sich umgehend ein tschechoslowakisches Visum besorgen, eine Neuigkeit, die dem verreisenden Cronopium

einen gewaltigen Schrecken einjagt. Bekanntlich lassen sich die Cronopien von allem leicht entmutigen, weshalb ihm dicke Tränen über die Wangen kullern und es schluchzt:
»Grausame Botschaft! Reise im Eimer, alle Vorbereitungen umsonst, geben Sie mir bitte die Fotos wieder.«
Aber es kommt anders, achtzehn Tage später starten das Cronopium und seine Frau in Orly und landen in Prag, nach einem Flug, bei dem das Aufregendste wie immer das Plastiktablett voller wunderbarer Dinge zum Essen und Trinken ist, ganz zu schweigen von der kleinen Tube Senf, die sich das Cronopium als Souvenir in die Jackentasche steckt.
In Prag herrscht eine bescheidene Temperatur von fünfzehn Grad unter Null, weshalb das Cronopium und seine Frau sich kaum aus dem Transit-Hotel rühren, wo unbegreifliche Personen auf den mit Teppichen ausgelegten Fluren auf und ab wandeln. Am Nachmittag fassen sie Mut und nehmen eine Straßenbahn, mit der sie bis zur Karlsbrücke fahren, und alles ist so verschneit und es gibt so viele Kinder und Enten, die auf dem Eis spielen, daß das Cronopium und seine Frau sich an den Händen fassen und Tregua tanzen und Catala tanzen und ausrufen:
»Prag, legendäre Stadt, Stolz der Mitte Europas!«
Dann kehren sie ins Hotel zurück und warten begierig darauf, daß man sie abhole, um die Reise fortzusetzen, was durch ein Wunder nicht zwei Monate später geschieht, sondern am nächsten Tag.

Das Flugzeug der Cronopien

Was einem als erstes auffällt, wenn man das Flugzeug der Cronopien besteigt, ist, daß diese Cronopien, weil sie ganz wenige Flugzeuge besitzen, sich genötigt sehen, den Raum so gut wie möglich zu nutzen, weshalb dieses Flugzeug eher einem Omnibus ähnelt, was jedoch nicht daran hindert, daß man an Bord vergnügtester Stimmung ist, denn außer einigen Esperanzen sind fast alle Fluggäste Cronopien, die in ihr Land zurückkehren, und die anderen sind ausländische Cronopien, die zuerst ziemlich verdutzt die Begeisterung derjenigen sich ansehen, die in ihre Heimat zurückkehren, bis die am Ende lernen, sich geradeso zu vergnügen wie die anderen Cronopien, und im Flugzeug ein Stimmenchaos herrscht, das nur vergleichbar ist mit dem Lärm seiner ehrwürdigen Motoren, der wirklich der Tod in drei Bänden ist.

Das Flugzeug soll um einundzwanzig Uhr starten, doch kaum haben die Passagiere sich angeschnallt und zu zittern begonnen, wie man das in solchen Fällen für gewöhnlich tut und tun sollte, erscheint eine sehr hübsche Stewardeß und gibt folgendes bekannt:

»Der Kapi läßt sagen, alle noch mal raus, gibt eine zweistündige Verspätung.«

Es ist bekannt, daß sich die Cronopien wegen so etwas nicht beunruhigen, da sie sofort daran denken, daß die Fluggesellschaft ihnen in der Flughafenbar große Gläser verschiedenfarbigen Saft servieren wird, ganz davon abgesehen, daß sie noch mehr Ansichtskarten werden kaufen können, um sie anderen Cronopien zu schicken, und nicht nur all das geschieht, sondern die Gesellschaft gibt ihnen um 11 Uhr nachts auch noch ein opulentes Abendessen, und die Cronopien können sich so einen der Träume ihres Lebens erfüllen, nämlich mit einer Hand zu essen, während sie mit der anderen Ansichtskarten schreiben. Anschließend gehen sie zurück zum Flugzeug, das so aussieht, als wolle es fliegen, und sofort bringt ihnen die Stewardeß blaue und grüne Decken und deckt die Cronopien mit ihren zierlichen Händen sogar zu und macht das Licht aus, um zu sehen, ob

sie nicht etwas Ruhe geben, was jedoch erst viel später geschieht, zur großen Entrüstung der Esperanzen und einiger ausländischer Cronopien, die gewöhnt sind, egal wo sofort einzuschlafen, sobald man das Licht löscht.
Natürlich hat das reisende Cronopium schon alle Knöpfe und Schalter in seiner Reichweite ausprobiert, denn das gibt ihm ein großes Glücksgefühl, vergeblich jedoch ist sein Wunsch, daß beim Druck auf den entsprechenden Knopf die Stewardeß kommt, um ihm noch etwas Saft zu bringen oder es mit der grünen Decke, die es bekommen hat, noch besser zuzudecken, denn schon bald stellt sich heraus, daß die Stewardeß wie ein Bärlein schläft, und zwar auf den drei Sitzen ausgestreckt, die sich die Stewardessen in solchen Fällen listigerweise immer reservieren. Kaum hat das Cronopium beschlossen, sich damit abzufinden und zu schlafen, gehen alle Lichter an, und ein Steward beginnt, Tabletts zu verteilen, weswegen das Cronopium und seine Frau sich die Hände reiben und folgendes sagen:
»Nach einem erholsamen Schlaf geht doch nichts über ein gutes Frühstück, zumal wenn es Toast gibt.«
Solch verständliche Erwartungen werden von dem Steward grausam enttäuscht, da er beginnt, Getränke mit geheimnisvollen und poetischen Namen zu verteilen, wie zum Beispiel *añejo en la roca,* bei dem man an einen Farbdruck mit einem alten japanischen Fischer denken muß, oder *mojito,* der auch an etwas Japanisches erinnert. Jedenfalls findet es das Cronopium seltsam, daß man sie aus dem Schlaf gerissen hat, nur um sie unverzüglich ins Delirium des Alkohols zu stürzen, doch es kommt noch schlimmer, denn die Stewardeß erscheint mit Tabletts, auf denen das Auge unter anderem ein Omelett, ein Mandeleis und eine Banane von überwältigender Größe erblickt. Da es kaum fünf Stunden her ist, daß ihnen die Fluggesellschaft auf dem Flugplatz ein komplettes Abendessen serviert hat, findet das Cronopium

dieses Mahl ziemlich überflüssig, doch der Steward erklärt ihm, es habe niemand vorhersehen können, daß man so spät zu Abend essen würde, und daß, wer nicht mag, nicht zu essen brauche, was das Cronopium jedoch für unannehmbar hält, und nachdem es mit zähem Eifer das Omelett und das Eis verzehrt hat, verstaut es die Banane in die linke Innentasche der Reisetasche, während seine Frau die ihre in ihre Handtasche steckt. Derlei Episoden haben den Vorzug, die Reisen im Flugzeug der Cronopien zu verkürzen, und nach einer Zwischenlandung in Gander, wo sich nichts Erwähnenswertes ereignet, denn der Tag, an dem sich in einem Ort wie Gander etwas ereignet, wird so ungewöhnlich sein, wie wenn ein Murmeltier ein Schachturnier gewönne, fliegt das Flugzeug in einen strahlend blauen Himmel, und unten ist ein Meer, das noch blauer ist, und alles wird überall so blau, daß die Cronopien begeistert aufspringen, und plötzlich sieht man einen Palmenwald, und eines der Cronopien ruft aus, daß es ihm gar nichts mehr ausmachen würde, wenn das Flugzeug jetzt abstürzt, eine patriotische Proklamation, die von einem Teil der ausländischen Cronopien und besonders von den Esperanzen mit einigem Vorbehalt aufgenommen wird, und so erreicht man das Land der Cronopien.

Natürlich wird das reisende Cronopium sich das Land ansehen, und eines Tages, wenn es in seine Heimat zurückkehrt, wird es auf Zettel von verschiedener Farbe seine Reiseerinnerungen schreiben und sie an der Hausecke verteilen, damit alle sie lesen können. Den Famen wird es blaue Zettel geben, denn es weiß, daß die Famen, wenn sie diese lesen, grün anlaufen werden, und bekanntlich gefällt einem Cronopium die Kombination dieser beiden Farben ungemein. Was die Esperanzen betrifft, die, wenn sie ein Geschenk bekommen, puterrot werden, wird das Cronopium ihnen weiße Zettel geben, die sie vor ihre Wangen halten können, und das Cronopium wird von der Ecke seines

Hauses aus zusehen, wie die verschiedenen angenehmen Farben allmählich sich verlaufen und seine Reiseerinnerungen mit sich nehmen.

MORELLIANA, IMMER

Hier schlossen sich ein paar Augen und durch sie hindurch beschaute sich das Universum mit Liebe in seinem ganzen Reichtum.
Epitaph von Johann Jakob Wagner

Wie die Eleaten, wie Augustin ahnte Novalis, daß die Innenwelt der unumgängliche Weg ist, um wirklich zur Außenwelt zu gelangen und zu entdecken, daß die beiden eine einzige sein werden, wenn die Alchimie dieser Reise einen neuen Menschen ergibt, den großen Versöhnten.

Novalis starb, ohne die blaue Blume gefunden zu haben, und zu ihrer Zeit stiegen Nerval und Rimbaud zu den Müttern hinab und verurteilten uns zu der schrecklichen Freiheit, bei soviel Lehm Götter sein zu wollen. Durch sie alle, durch das, was sich manchmal in unserem Alltag Bahn bricht, wissen wir, daß die Sterne am hellichten Tag nur aus der Tiefe eines Brunnens zu sehen sind. Brunnen und Himmel wollen nicht viel besagen, doch man muß sich verständigen, die Abszisse und Koordinaten entwerfen; Jung hat seine Nomenklatur, jeder Dichter die seine, die Anthropologie weiß von einem Nachtverhalten und einem Tagesverhalten der Psyche und der Imagination. Ich meinerseits bin sicher, daß jenes, das zutage tritt und Gestalt annimmt, sowie die äußeren Umstände (eine Musik, die Liebe, jede Verwunderung) mich für einen Augenblick vom wachsamen Bewußtsein trennen, völlige Gewißheit mit sich bringt, ein Gefühl erhebender Wahrheit. Ich vermute, daß die Romantiker eben dafür den Namen Inspiration gebrauchten, und daß der *Wahn* nichts anderes ist.

All das läßt sich nicht ausdrücken, trotzdem ist der Mensch

beharrlich dabei, dem Ausdruck zu geben; jedenfalls der Dichter, der Maler und manchmal der Verrückte. Diese Versöhnung mit einer Welt, von der uns ein abwegiger Dualismus abendländischen Ursprungs entfernt hat und immer noch fernhält, und den der Osten in Systemen und Ausdrücken aufhebt, die uns nur von weitem und entstellt erreichen, kann gerade nur vermutet werden durch dunkle Werke, außergewöhnliche fremde Schicksale und, seltener, indem wir uns auf unserer eigenen Suche ihr nähern. Wenn man es nicht ausdrücken kann, muß man versuchen, das Wort dafür zu erfinden, denn in der Beharrlichkeit schält sich die Form heraus, und ausgehend von den Löchern wird das Netz geknüpft; wie ein Schweigen in einer Musik von Webern, ein bildnerischer Einklang in einem Gemälde von Picasso, ein Scherz von Marcel Duchamp, der Augenblick, da Charlie Parker *Out of Nowhere* hinschmettert, diese Verse von Attâr:

Wir trinken die Meere und wundern uns,
daß unsere Lippen so trocken bleiben wie die Strände,
und wir suchen noch einmal das Meer, um darin einzutauchen, ohne zu sehen
daß unsere Lippen die Strände sind und wir das Meer.

Dort und in vielen anderen Spuren der Begegnung finden wir die Beweise der Versöhnung, dort pflückt Novalis' Hand die blaue Blume. Ich spreche nicht von methodischen Übungen, von strenger Askese, ich spreche von dieser stillschweigenden Intentionalität, die allen Regungen eines Dichters Form gibt, die ihn zum Flügel seiner selbst macht, zum Ruder seines Bootes, zur Wetterfahne seines Windes, und die die Welt *wieder gültig macht* um den Preis des Abstiegs in die Unterwelt der Nacht und der Seele. Ich verabscheue den

Leser, der für sein Buch bezahlt hat, den Zuschauer, der seinen Parkettplatz gekauft hat, und dann vom weichen Kissen des hedonistischen Genusses oder von der Bewunderung für das Genie *Gebrauch macht.* Was liegt Van Gogh an deiner Bewunderung? Was er wollte, war deine Komplizenschaft, daß du versuchtest zu sehen, wie er gesehen hat, angesichts des heraklitischen Feuers mit wundgeriebenen Augen. Als Saint-Exupéry spürte, daß Lieben nicht bedeutet, einander in die Augen zu blicken, sondern zusammen in ein und dieselbe Richtung zu schauen, ging er über die Liebe des Paars hinaus, denn jede Liebe übersteigt das Paar, wenn sie Liebe ist, und ich spucke jedem ins Gesicht, der behauptet, daß er Michelangelo oder e.e. cummings liebe, ohne mir zu beweisen, daß er wenigstens in einem singulären Augenblick diese Liebe gewesen ist, daß er auch der andere gewesen ist, daß er mit ihm und mit dessen Augen gesehen hat, und daß er gelernt hat, wie der andere das Offene zu schauen, das ganz Erwartung und Aufforderung ist.

HÄUSCHEN DES CHAMÄLEONS

Il eut jusqu'au but le génie de s'échapper; mais il s'echappa en souffrant.

René Char, *L'âge cassant*

Über das Synchronistische, Uchronistische oder Anachronistische der achtzig Welten

Gnädige Frau, sagte ich zu ihr, erwarten Sie von dieser Reise um den Tag nicht zuviel Kohärenz. Einige meiner achtzig Welten sind alte kleine Planeten, auf die ich in schon fernen Tagen kam, etwa so wie der kleine Prinz von Saint-Exupéry, so geringgeschätzt von den Hartgesottenen der Literatur und so ergreifend für diejenigen, die wir *City Lights*, Jelly Roll Morton und *Oliver Twist* treu bleiben. In den vierziger Jahren lebte ich lange in einer dieser Welten, die die Jugend abgeschmackt und überholt findet, und die *hic et nunc* heraufzubeschwören unfein ist; ich spreche von der poetischen Welt von John Keats. Ich schrieb sogar sechshundert Seiten, die damals die einzige umfassende Studie in Spanisch über den Dichter waren und es vielleicht heute noch sind. Schüchtern und unbekannt, ließ ich mich von einem Freund bis vor die Tore des British Council in Buenos Aires bugsieren, wo ein Mann, der merkwürdige Ähnlichkeit mit einer Languste hatte, mit konsternierter Miene ein Kapitel überflog, in dem Keats und ich, über alles mögliche uns unterhaltend, durch das Flores-Viertel schlenderten, und gab mir das Manuskript mit leichenhaftem Lächeln zurück. Das war schade, denn es war ein schönes Buch, ausgelassen und zerzaust, voller Interpolationen und Sprünge und großer Höhenflüge und Kopfsprünge, ein Buch, wie Dichter und Cronopien es lieben. Ich erzähle Ihnen jetzt davon, weil heute morgen in Paris ein engagierter Schriftsteller – Sie verstehen – mich auf die Notwendigkeit einer Ideologie ohne Widersprüche hinwies. In dem Moment, während ich ihn reden ließ und mich in einen Nebel verlor, an dem der Cognac nicht unschuldig war, tauchte das Bild von Keats wieder auf, aus jener fernen Welt eines Appartements in Lavalle y Reconquista, als wir uns auf dem Terrain eines noch weißen Blattes Papier trafen und die Nacht zu durchleben begannen. Jetzt werden Sie das Folgende vielleicht verstehen, die Theorie der Chamäleons und Spatzen, von der die Rede sein wird, zum Verdruß guter Gewissen, die sich in monokratischen Wahrheiten eingerichtet haben.

Auftritt eines Chamäleons

> *Ein Mann, der Herrn K. lange nicht gesehen hatte, begrüßte ihn mit den Worten: »Sie haben sich gar nicht verändert.«*
> *»Oh!« sagte Herr K. und erbleichte.*
> Bert Brecht, *Geschichten vom Herrn Keuner*

Der Tag wird kommen, da die Reporter, die Kritiker und diejenigen, die Dissertationen über den Künstler schreiben, die ideologische und ästhetische Waffensammlung deduzieren, sie erwarten oder sogar fordern. Der Künstler hat ja *auch* Ideen, doch selten hat er sie systematisch geordnet, hat er sich dermaßen koleopterisiert, daß der Widerspruch beseitigt wurde, wie das die philosophischen oder politischen Koleopteren tun, die sich dafür all das entgehen lassen oder ignorieren, was jenseits ihrer Chitinflügel und ihrer starren, abgezählten, präzisen Beinchen sich regt. Nietzsche, der ein Cronopium war wie wenige, sagte, daß nur die Dummköpfe

sich nicht dreimal am Tag widersprechen. Er sprach nicht von den falschen Widersprüchen, die, wenn man ein wenig an ihnen kratzt, wissentliche Heuchelei sind (der Mann, der auf der Straße Almosen gibt und in seiner Schirmfabrik fünfzig Arbeiter ausbeutet), sondern von dieser Bereitschaft, mit den vier Herzen der kosmischen Krake zu pochen, von denen jedes anders schlägt und jedes seine Berechtigung hat und dafür sorgt, daß das Blut zirkuliert und das Universum durchpulst, von diesem Chamäleonismus, den jeder Leser in diesem Buch finden und lieben oder verabscheuen wird, wie in jedem Buch, wo der Dichter den Koleopter ablehnt. Dieser Tag hat achtzig Welten, eine Zahl nur der Verständigung wegen und weil sie meinem Namensvetter gefiel, doch womöglich waren es gestern fünf und heute nachmittag hundertzwanzig, wer weiß schon, wie viele Welten es im Tag eines Cronopiums oder eines Dichters gibt, nur die Bürokraten des Geistes beschließen, daß sich ihr Tag aus einer bestimmten Anzahl von Elementen zusammensetzt, aus Chitinbeinchen, die sie sehr lebhaft bewegen, um auf dem Wege vorwärts zu kommen, den sie die gerade Linie des Geistes nennen.

Wenn wir uns doch ein wenig verstünden, denn alles vorhergehende muß man auch widersprüchlich interpretieren und nicht aus der Sicht des Mistkäfers als Kärrner blauer und rosa Karteikarten: Sagen wir ruhig, daß ein Cronopium sich widerspricht, daß es in der vierzehnten Welt anders denkt und fühlt, als in der achtundzwanzigsten oder der neunten; aber dann tritt dieser schwerwiegende und wunderbare Umstand ein, den die Koleopteren fast nie hinnehmen wollen (»Ah, wenn Shelley mit seinen Postulaten konsequent gewesen wäre...« / »Puschkin küßt die Hand des Zaren, eine unerklärliche Zeremonie...« / »Aragon, dieser Surrealist, leistet der Partei Gefolgschaft...«), aber das Cronopium oder der Dichter wissen oft, daß ihre

Widersprüche nicht widernatürlich sind, sondern daß sie sozusagen praeternaturalis sind, und was will man machen, wenn an irgendeinem zentralen Ort die antagonistischen Rhythmen der Herzen des großen Oktopus ein und dasselbe Blut zirkulieren lassen. Ich wiederhole, gnädige Frau, es handelt sich nicht um oberflächliche Widersprüche, denn in dieser Beziehung ist der Künstler nicht besser als ein Stadtrat oder ein Gynäkologe oder der Genosse Breschnew, und es ist sehr wohl möglich, daß Shelley nicht gut daran getan hat, zu, usw. und daß Puschkin, usw. Ich spreche von Schwämmen, von osmotischen Kräften, von barometrischer Empfindlichkeit, von einem Schaltknopf, der die Wellenbereiche auffängt und sie ordnet oder sie in einer Weise bevorzugt, die nichts zu tun hat mit den Bestimmungen des Internationalen Fernmeldevereins. Ich spreche von der Verantwortung des Dichters, dieses kraft seines Amtes nicht Verantwortlichen, dieses Anarchisten, der in ein solares System verliebt ist und nie in das neue System oder in den Slogan, der bewirkt, daß fünf oder siebenhundert Millionen Menschen in einer Parodie von Ordnung auf der Stelle treten, ich spreche von etwas, das den Polizeikommissaren, den Jungtürken oder den Roten Garden zutiefst zuwider sein wird, ich spreche von einer Wesensart, die niemand besser beschrieben hat als John Keats in einem Brief, den ich vor vielen Jahren den Brief des Chamäleons genannt habe und der so berühmt zu sein verdiente wie der »Lettre du voyant«. Ein erster Ansatz dazu findet sich in einer Bemerkung, die er ein Jahr vorher und wie beiläufig gemacht hatte. Keats sagt zu seinem Freund Bayley, daß er sich nie ein anderes Glück erhofft hat als das der reinen Gegenwart, und er fügt fast salopp hinzu: »Wenn ein Spatz sich vor meinem Fenster niederläßt, nehme ich an seinem Dasein teil und picke auf dem Boden ...« Im Oktober 1818 wird in einem Brief an Richard Woodhouse der Spatz zum Chamäleon: »Was den poetischen Charakter an sich

betrifft ... hat er kein Ich, er ist alles und nichts; er hat keinen Charakter, er freut sich am Licht und am Schatten, er lebt in dem, was ihm gefällt, sei es entsetzlich oder schön, erhaben oder niedrig, reich oder arm, bedeutungslos oder hervorragend. Es macht ihm großes Vergnügen, ebenso einen Yago wie eine Imogena zu ersinnen. Was den tugendhaften Philosophen schockiert, ergötzt den Chamäleon-Dichter ... Ein Dichter ist das am wenigsten Poetische von allem, was ist; da er keine Identität besitzt, trachtet er ständig danach, sich in anderen Körpern zu verkörpern ... Der Dichter besitzt keine beständige Eigenschaft; sicher ist er das am wenigsten poetische von allen Geschöpfen Gottes.«

Wenn es darauf ankam – man braucht nur seinen Briefwechsel zu lesen –, war Keats ebenso fähig wie jeder andere, Partei zu ergreifen und in der Art von Sartre für das zu optieren, was er für gut oder richtig oder notwendig hielt; aber dieses Schwammgefühl, diese Beharrlichkeit, auf das Fehlen von Identität hinzuweisen, das später den Ulrich von Robert

Musil charakterisieren sollte, deutet auf diesen besonderen Chamäleonismus hin, den die Chitin-Koleoptere nie verstehen könnten. Wenn das Kennenlernen einer Sache immer voraussetzt, in irgendeiner Weise an ihr teilzunehmen, sie zu erfassen, so kümmert sich die poetische Erkenntnis recht wenig um die konzeptuellen und chitinisierbaren Aspekte der Sache, sondern kommt ihr bei, indem sie in sie eindringt, sie bestürmt, sich einen gefühlsmäßigen Zugang zu ihr verschafft, was Keats schlicht Teilnahme am Dasein des Spatzen nennt und die Deutschen später *Einfühlung* nennen sollten, was in den Abhandlungen immer so schön klingt. All das ist bekannt, aber wir leben in einer lateinamerikanischen Zeit, in der es mangels echten Terrors die kleinen nächtlichen Ängste gibt, die den Schriftstellern einen unruhigen Schlaf bereiten mit Alpträumen des Eskapismus, des Nicht-Engagements, des Revisionismus, der literarischen Libertinage, der Willkür, des Hedonismus, des l'art pour l'art, des Elfenbeinturms; der Synonymie und der Idiotie ist kein Ende. Jeder Polizeikommisar ist bereit, im Dichter den Homosexuellen oder den Kokainsüchtigen oder den Unzurechnungsfähigen vom Dienst zu sehen; und das entsetzlichste ist, daß es einmal einen Kommissar namens Platon gab. Wie alle Diensttuenden, werde auch ich meine Kommissare haben, die diesem Buch seine aufrührerische Neigung zum Spiel vorwerfen werden. Wozu mich verteidigen? Wieder sehe ich mich mit Keats durch die Straßen schlendern, doch vorher schreiben wir mit Kreide an die dicke Mauer der Polizeiwache jene Dinge, die einmal selbst denen da drinnen bekannt sein werden. Ja, gnädige Frau, natürlich gibt es im rationalen Akt des Erkennens *keinen* Identitätsverlust; im Gegenteil, das Subjekt beeilt sich, das Objekt auf kategorisierbare und versteinerungsfähige Begriffe zu reduzieren, darum besorgt, eine logische Simplifikation nach seinem Maß zu schaffen (die der Kommissar auf die ideologische, moralische, usw. Simplifikation übertragen wird, die die Proselyten in Ruhe schlafen läßt). Das logische Verhalten des Menschen ist immer bestrebt, die Person des Subjekts zu schützen, sich angesichts des osmotischen Einbruchs der Wirklichkeit zu verschanzen, im wahrsten Sinne des Wortes der Antagonist der Welt zu sein, denn wenn der Mensch davon besessen ist, Dinge zu erkennen, geschieht es immer ein wenig aus Feindschaft, aus Furcht, *aus der Fassung zu geraten.* Dagegen verzichtet der Dichter darauf, sich zu verteidigen. Er verzichtet darauf, im Akt des Erkennens eine Identität zu bewahren, denn gerade das unverwechselbare Zeichen, wie in den Märchen das Mal in Form eines Kleeblatts unter der Brustwarze, gibt ihm früh das Gefühl, nach jedem Schritt ein anderer zu sein, ganz leicht aus sich selbst herauszutreten und in die Entitäten einzutreten, die ihn absorbieren, völlig aufzugehen in dem Gegenstand, der besungen werden wird, in der körperlichen oder geistigen Materie, deren lyrische Verbrennung das Gedicht bewirken wird. Dürstend nach Sein, trachtet der Dichter unablässig nach Wirklichkeit, indem er mit der Harpune des Gedichts eine immer tiefere, *wirklichere* Wirklichkeit sucht. Seine Fähigkeit ist Instrument der Besitzergreifung, zugleich aber, doch kaum in Worte zu fassen, ist sie Verlangen nach Besitzergreifung; wie ein Netz, das für sich selbst fischte, ein Angelhaken, der zugleich Begier nach Fang wäre. Dichter sein bedeutet heiß ersehnen, aber vor allem erlangen, in genau dem Maße, in dem man ersehnt. Daher die verschiedenen Dimensionen der Dichter und Poetiken; da ist derjenige, der sich mit dem ästhetischen Vergnügen am Wort begnügt und in dem Maße vorgeht wie es seinem Besitztrieb entspricht; und da ist derjenige, der wie ein Entführer von Wesenheiten in die Wirklichkeit eindringt und eben darum in sich selbst das lyrische Instrument findet, das es ihm ermöglichen wird, *dem anderen* eine Antwort zu entreißen und sie zu seiner eigenen zu machen, und eben damit, uns zu eigen zu machen; so eindringliche Werke wie die *Duineser Elegien* oder *Piedra de sol* durchbrechen für immer den falschen kantianischen Wall zwischen der Begrenztheit unserer spirituellen Haut und dem großen kosmischen Leib, der wahren Heimat. Sehen Sie, gnädige Frau, die menschliche Erfahrung macht noch keinen Dichter, aber sie macht ihn größer, wenn sie parallel zur Disposition zum Dichter gemacht wird und wenn der Dichter um das besondere Verhältnis weiß, in dem er beides verbinden und artikulieren muß. Wir rühren hier an die Wurzel des romantischen Mißverständnisses à la Espronceda oder Lamartine, nämlich zu glauben, daß das dichterische Naturell der persönlichen Erfahrung unterworfen werden muß (Erfahrung des Gefühls und der Leidenschaften, Erfahrung der moralischen und gesellschaftlichen Imperative), anstatt daß sie beide es sind, die, bereichert und geläutert durch eine poetische Intuition der Welt, als Triebfedern des Worts wirken, es außerhalb des rein persönlichen Bereichs projizieren und es zum Gedicht machen und, eben damit, zu einem wirklich menschlichen Werk. Warum gibt es bei Keats, einem Mann, dessen Persönlichkeit auf moralischer und intellektueller Ebene fest umrissen ist, einen offenkundigen Widerspruch zwischen seiner persönlichen »Humanität« und dem nie anekdotischen, nie »engagierten« Ton seines Werkes? Was hat es auf sich mit dieser ständigen Substituierung seiner selbst durch verschiedene poetische Gegenstände, mit dieser Weigerung, als Person im Gedicht zu erscheinen?

Gnädige Frau (und das werden wir mit Großbuchstaben an die Tür der Polizeiwache schreiben), eben darin besteht die Klärung des Problems. Nur die Schwachen neigen dazu, das persönliche Engagement ihres Werks zu emphatisieren, kompensatorisch sich zu erhitzen auf dem Gebiet, wo ihre literarische Begabung sie für eine Weile stark macht und festigt und sie sich auf der richtigen Seite fühlen. Oft ist man autobiographisch oder panegyrisch (die Gedichte an den Ich-Helden oder an den politischen Helden des Augenblicks, das ist einerlei), wie man auf anderen Gebieten rassistisch ist: aus Schwäche, aus dem verschämten Gefühl der Minderwertigkeit. Warum sich in Beispielen ergehen, die sich in allen Memoiren finden, in Gedichten, die viele berühmte Männer heute aus ihren Sämtlichen Werken eliminieren möchten? Die tiefe Überzeugung, die Keats von seiner inneren Fülle hat, das Vertrauen in seine tiefe geistige Humanität (»It takes more than manliness to make a man«, sagte D. H. Lawrence, der darum wußte) bewahren ihn vor dem bekennerischen Narzißmus à la Musset ebenso wie vor der Ode an den Befreier oder an den Tyrannen. Gegenüber den Polizeikommissaren, die handgreifliche Engagements fordern, weiß der Dichter, daß er in der Wirklichkeit ohne Parolen untergehen, sich fangen lassen oder derjenige sein kann, der gefangen nimmt, mit der souveränen Freiheit desjenigen, der die Schlüssel der Rückkehr besitzt, die Gewißheit, daß stets er selbst da sein wird, der auf ihn wartet, mit beiden Beinen fest auf der Erde stehend, oder wie ein Flugzeugträger, der unbesorgt die Rückkehr seiner Aufklärungsbienen erwartet.

Persönliche Koda

Deshalb, gnädige Frau, sagte ich Ihnen, daß viele diesen Spaziergang des Chamäleons auf dem bunten Teppich nicht verstehen werden, und das, obgleich man meine Lieblingsfarbe und meine bevorzugte Richtung leicht erkennen kann, wenn man nur genau hinsieht: jeder weiß, daß ich auf der linken Seite zuhause bin, auf dem Rot. Doch nie werde ich explizit davon sprechen, oder vielleicht doch, ich verspreche nichts noch negiere ich etwas. Ich glaube, daß ich etwas besseres tue als das, und daß es viele gibt, die es verstehen. Selbst einige Polizeikommissare, denn niemand ist rettungslos verloren, und viele Dichter schreiben weiterhin mit Kreide an die Mauern der Polizeiwachen, im Norden und im Süden, im Osten und im Westen dieser grauenvollen, schönen Erde.

VERZEICHNIS DER ABBILDUNGEN

S. 10, Phileas Fogg
S. 16, Jules Verne
S. 18, Der Kater Theodor W. Adorno
S. 31, Marcel Duchamp, Kaffeemühle
S. 35, Alfred Jarry und Leon-Paul Fargue
S. 58, Adolf Wölfli mit der Papiertrompete © Adolf-Wölfli-Stiftung, Kunstmuseum Bern
S. 65, Julio Silva
S. 67, Julio Silva
S. 84, Clifford Brown
S. 89, Paul Delvaux
S. 93, Paul Delvaux
S. 114, Louis Armstrong © Ullstein-Röhnert – Berlin
S. 124, Thelonious Monk © Ullstein-Rich – Berlin
S. 140, José Lezama Lima
S. 178, Désiré Landru © Bilderdienst Süddeutscher Verlag, München
S. 179, Peter Kürten © Ullstein Archiv – Berlin
S. 180, John Christie
S. 181, Dr. Petiot © United Press Photos – Frankfurt/M.
S. 191, Die Königin Viktoria
S. 201, Photo von Sara Facio und Alicia d'Amico
S. 208–10, Alechinsky
S. 232, John Keats

68/1/3.94

Reise um den Tag in 13 Welten

Jede Reise ist ein Erlebnis. Jedes Buch ist ein Erlebnis. Wir präsentieren 13 Romane, in denen neue Welten zu entdecken sind: Lesereisen für unterwegs und für zu Hause.

Julio Cortázar
Reise um den Tag in 80 Welten

Aus dem Spanischen von Rudolf Wittkopf
st 2433. 240 Seiten

Eine *Reise um den Tag in 80 Welten*: »Dieser Tag hat achtzig Welten, eine Zahl nur zur Verständigung wegen und weil sie meinem Namensvetter gefiel, doch womöglich waren es gestern fünf und heute nachmittag hundertzwanzig, wer weiß schon wie viele Welten es im Tag eines Cronopiums oder eines Dichters gibt.« Julio Cortázar entführt den Leser zu sich selbst.

Elizabeth von Arnim
Elizabeth und ihr Garten

Roman
Aus dem Englischen von Adelheid Dormagen
st 2434. 144 Seiten

Elizabeth und ihr Garten, die ironischen Betrachtungen einer Gutsfrau von Stande, in denen sie über die bornierten Standesgenossen und insbesondere über die Männer herzieht, ist ein Ausbruch aus den gesellschaftlichen Rollen und die Entdeckung der eigenen Wege einer Frau.

Reise um den Tag in 13 Welten

Miguel Barnet
Alle träumten von Cuba

Die Lebensgeschichte eines
galicischen Auswanderers
Roman
Aus dem Spanischen von Anneliese Botond
st 2435. 224 Seiten

Die Lebensgeschichte des galicischen Auswanderers Manuel Ruiz, der das mondäne Cuba vor der Revolution aus Heimweh wieder verläßt, in den Bürgerkrieg in Spanien verstrickt wird und von Frankreich aus wieder nach Havanna gelangt. Ein dokumentarischer Roman voller Sehnsucht, Wehmut und Poesie.

Guillermo Cabrera Infante
Drei traurige Tiger

Roman
Aus dem kubanischen Spanisch von Wilfried Böhringer
st 2436. 542 Seiten

Nacht in der Karibik, großstädtische Amüsierwelt, Havanna im Jahr 1958, vor der Revolution: Drei traurige Tiger (oder sind es vier?) tigern durch den Dschungel aus nächtlichen Straßen, Bars, Nachtclubs, Absteigen. Ein Roman voll erzählerischer Erfindungskraft, Erotik und Humor.

Marguerite Duras
Der Matrose von Gibraltar

Roman
Aus dem Französischen von Maria Dessauer
st 2437. 360 Seiten

Marguerite Duras sucht im Mittelmeer mit Anna, der schönen und reichen Besitzerin einer Luxusjacht, deren verlorenen Liebhaber, den Matrosen von Gibraltar. Ein Roman über die Liebe, die absolute Liebe, diesem höchsten Gut, das unerreichbar scheint.

Reise um den Tag in 13 Welten

Bodo Kirchhoff
Mexikanische Novelle

st 2438. 176 Seiten

Ein deutscher Journalist reist nach Mexiko, um das Porträt eines Soldaten zu schreiben. Eine Mexikanerin verliebt sich in ihn. Als sie von ihrem Bruder in ihre Heimatstadt zurückgeschickt wird, reist der Erzähler ihr nach ... Bodo Kirchhoff, so ein Kritiker, »erzählt eine ›unerhörte Begebenheit‹ mit solcher Spannungsperfektion, daß man als Leser atemlos folgt und nach Mehr verlangt«.

Wolfgang Koeppen
Nach Rußland und anderswohin

Empfindsame Reisen
st 2439. 268 Seiten

Mit Wolfgang Koeppen reisen wir quer durch Europa. In seinen Reiseberichten erweist er sich als minuziöser Beobachter, dessen sprachliche Potenz hinter der Schärfe des Wahrgenommenen nicht zurückbleibt. Koeppen hält sich offen für das Erlebnis, für die Zufälle des Augenblicks und sieht gerade das, was wahrzunehmen das präparierte Reiseabenteuer verhindert.

Milan Kundera
Das Leben ist anderswo

Roman
Mit einem Nachwort des Autors
Aus dem Tschechischen von Susanna Roth
st 2440. 344 Seiten

Milan Kunderas *Das Leben ist anderswo* ist die ironische Geschichte einer Jugend. Denn Jaromil, der junge Mann aus Prag, ist ein Dichter oder besser, seine Mutter hat ihn zum Dichter gemacht und fordert ihn damit sein Leben lang heraus.

Reise um den Tag in 13 Welten

William Least Heat Moon
Blue Highways

Eine Reise in Amerika
Aus dem Amerikanischen von Dieter Hildebrandt
st 2441. 584 Seiten

Das Faszinierende an Amerika: Es ist immer wieder neu zu entdecken. *Blue Highways* ist ein Entdeckungsbuch besonderer Art, denn – so scheint es – hier ist Kolumbus noch heute unterwegs. Wir befahren die Highways, direkt über die Wege und Abwege der amerikanischen Wirklichkeit.

Angeles Mastretta
Mexikanischer Tango

Roman
Aus dem Spanischen von Monika López
st 2442. 328 Seiten

Mexikanischer Tango – ein lateinamerikanischer Emanzipationsroman voller Liebe und Leidenschaft, eine »Sensation und Entdeckung« (*FAZ*). Catalina entdeckt ihre eigenen Stärken und prallt so mit der Denk- und Gefühlsweise einer ganzen Gesellschaft zusammen.

Eduardo Mendoza
Die Stadt der Wunder

Roman
Aus dem Spanischen von Peter Schwaar
st 2443. 504 Seiten

Eduardo Mendoza erzählt von der abenteuerlichen Karriere des Onofre Bouvila, seinem Aufstieg zum mächtigsten Mann einer europäischen Metropole und damit von der spannenden Geschichte Barcelonas, einer der schönsten Städte der Welt: *Die Stadt der Wunder*.

suhrkamp taschenbücher
Eine Auswahl

Adorno: Erziehung zur Mündigkeit. st 11
Aitmatow: Dshamilja. st 1579
Alain: Die Pflicht, glücklich zu sein. st 859
Allende: Eva Luna. st 1897
– Das Geisterhaus. st 1676
– Die Geschichten der Eva Luna. st 2193
– Von Liebe und Schatten. st 1735
The Best of H.C. Artmann. st 275
Augustin: Der amerikanische Traum. st 1840
Bachmann: Malina. st 641
Bahlow: Deutsches Namenlexikon. st 65
Ball: Hermann Hesse. st 385
Barnes: Nachtgewächs. st 2195
Barnet: Ein Kubaner in New York. st 1978
Barthes: Fragmente einer Sprache der Liebe. st 1586
Becker, Jürgen: Gedichte. st 690
Becker, Jurek: Bronsteins Kinder. st 1517
– Jakob der Lügner. st 774
Beckett: Endspiel. st 171
– Malone stirbt. st 407
– Molloy. st 229
– Warten auf Godot. st 1
– Watt. st 46
Beig: Hochzeitslose. st 1163
– Rabenkrächzen. Eine Chronik aus Oberschwaben. st 911
Benjamin: Angelus Novus. st 1512
– Illuminationen. st 345
Berkéwicz: Adam. st 1664
Berkéwicz: Josef stirbt. st 1125
– Maria, Maria. st 1809
Bernhard: Alte Meister. st 1553
– Auslöschung. Ein Zerfall. st 1563
– Beton. st 1488
– Claus Peymann kauft sich eine Hose und geht mit mir essen. st 2222
– Gesammelte Gedichte. st 2262
– Holzfällen. st 1523
– Stücke 1-4. st 1524, 1534, 1544, 1554
– Der Untergeher. st 1497
– Verstörung. st 1480
Blackwood: Der Tanz in den Tod. st 848
Blatter: Das blaue Haus. st 2141
– Wassermann. st 1597
Brasch: Der schöne 27. September. st 903
Braun, Volker: Gedichte. st 499
– Hinze-Kunze-Roman. st 1538
Brecht: Dreigroschenroman. st 1846
– Gedichte über die Liebe. st 1001
– Geschichten vom Herrn Keuner. st 16
– Hauspostille. st 2152
Bertolt Brechts Dreigroschenbuch. st 87
Broch: Die Verzauberung. st 350
– Die Schuldlosen. st 209
Buch: Die Hochzeit von Port-au-Prince. st 1260
– Tropische Früchte. st 2231
Burger: Der Schuß auf die Kanzel. st 1823
Cabrera Infante: Drei traurige Tiger. st 1714

265/1/11.93

suhrkamp taschenbücher
Eine Auswahl

Capote: Die Grasharfe. st 1796
Carpentier: Explosion in der Kathedrale. st 370
– Die Harfe und der Schatten. st 1024
Carroll: Schlaf in den Flammen. st 1742
Celan: Gesammelte Werke in fünf Bänden. st 1331/1332
Cioran: Syllogismen der Bitterkeit (1952). st 607
Clarín: Die Präsidentin. st 1390
Cortázar: Bestiarium. st 543
– Die Gewinner. st 1761
– Ein gewisser Lukas. st 1937
– Rayuela. st 1462
Dalos: Die Beschneidung. st 2166
Dorst: Merlin oder Das wüste Land. st 1076
Duerr: Sedna oder die Liebe zum Leben. st 1710
Duras: Hiroshima mon amour. st 112
– Der Liebhaber. st 1629
– Der Matrose von Gibraltar. st 1847
– Sommerregen. st 2284
Eich: Fünfzehn Hörspiele. st 120
Eliade: Auf der Mântuleasa-Straße. st 1826
Elias: Mozart. st 2198
– Über den Prozeß der Zivilisation. Soziogenetische und psychogenetische Untersuchungen. st 2259
Enzensberger: Ach Europa! st 1690
– Gedichte. st 1360
– Mittelmaß und Wahn. st 1800
Enzensberger: Zukunftsmusik. st 2223
Federspiel: Geographie der Lust. st 1895
– Die Liebe ist eine Himmelsmacht. st 1529
Feldenkrais: Abenteuer im Dschungel des Gehirns. st 663
– Bewußtheit durch Bewegung. st 429
– Die Entdeckung des Selbstverständlichen. st 1440
– Das starke Selbst. st 1957
Fleißer: Abenteuer aus dem Englischen Garten. st 925
– Eine Zierde für den Verein. st 294
Frisch: Gesammelte Werke in zeitlicher Folge. 7 Bde. st 1401-1407
– Andorra. st 277
– Homo faber. st 354
– Mein Name sei Gantenbein. st 286
– Montauk. st 700
– Stiller. st 105
– Der Traum des Apothekers von Locarno. st 2170
Fromm / Suzuki / Martino: Zen-Buddhismus und Psychoanalyse. st 37
Fuentes: Nichts als das Leben. st 343
Gandhi: Mein Leben. st 953
García Lorca: Dichtung vom Cante Jondo. st 1007
Goetz: Irre. st 1224
Gulyga: Immanuel Kant. st 1093
Handke: Die Angst des Tormanns beim Elfmeter. st 27

265/2/11.93

suhrkamp taschenbücher
Eine Auswahl

Handke: Der Chinese des Schmerzes. st 1339
– Der Hausierer. st 1959
– Kindergeschichte. st 1071
– Langsame Heimkehr. Tetralogie. st 1069-1072
– Die linkshändige Frau. st 560
– Die Stunde der wahren Empfindung. st 452
– Versuch über den geglückten Tag. st 2282
– Versuch über die Jukebox. st 2208
– Versuch über die Müdigkeit. st 2146
– Wunschloses Unglück. st 146
Hesse: Gesammelte Werke. 12 Bde. st 1600
– Demian. st 206
– Das Glasperlenspiel. st 79
– Klein und Wagner. st 116
– Klingsors letzter Sommer. st 1195
– Knulp. st 1571
– Die Morgenlandfahrt. st 750
– Narziß und Goldmund. st 274
– Die Nürnberger Reise. st 227
– Peter Camenzind. st 161
– Schön ist die Jugend. st 1380
– Siddhartha. st 182
– Der Steppenwolf. st 175
– Unterm Rad. st 52
– Der vierte Lebenslauf Josef Knechts. st 1261
Hettche: Ludwig muß sterben. st 1949
Hildesheimer: Marbot. st 1009
– Mitteilungen an Max über den Stand der Dinge. st 1276
– Tynset. st 1968
Hohl: Die Notizen. st 1000
Horváth: Gesammelte Werke. 15 Bde. st 1051-1065
– Jugend ohne Gott. st 1063
Hrabal: Ich habe den englischen König bedient. st 1754
– Das Städtchen am Wasser. st 1613-1615
– Tanzstunden für Erwachsene und Fortgeschrittene. st 2264
Hürlimann: Die Tessinerin. st 985
Inoue: Die Eiswand. st 551
– Der Stierkampf. st 944
Johnson: Das dritte Buch über Achim. st 169
– Mutmassungen über Jakob. st 147
– Eine Reise nach Klagenfurt. st 235
Jonas: Das Prinzip Verantwortung. st 1085
Joyce: Anna Livia Plurabelle. st 751
Kaminski: Flimmergeschichten. st 2164
– Kiebitz. st 1807
– Nächstes Jahr in Jerusalem. st 1519
Kaschnitz: Liebesgeschichten. st 1292
Kiefer: Über Räume und Völker. st 1805
Kirchhoff: Infanta. st 1872
– Mexikanische Novelle. st 1367
Koch: See-Leben. st 783
Koeppen: Gesammelte Werke in 6 Bänden. st 1774
– Jakob Littners Aufzeichnungen aus einem Erdloch. st 2267

265/3/11.93

suhrkamp taschenbücher
Eine Auswahl

Koeppen: Tauben im Gras. st 601
– Der Tod in Rom. st 241
– Das Treibhaus. st 78
Konrád: Der Komplize. st 1220
– Melinda und Dragoman. st 2257
Kracauer: Die Angestellten. st 13
– Kino. st 126
Kraus: Schriften in 20 Bänden. st 1311-1320, st 1323-1330
– Die letzten Tage der Menschheit. st 1320
– Literatur und Lüge. st 1313
– Sittlichkeit und Kriminalität. st 1311
Karl-Kraus-Lesebuch. st 1435
Kundera: Abschiedswalzer. st 1815
– Das Buch vom Lachen und vom Vergessen. st 2288
– Das Leben ist anderswo. st 1950
Laederach: Laederachs 69 Arten den Blues zu spielen. st 1446
Least Heat Moon: Blue Highways. st 1621
Lem: Die Astronauten. st 441
– Frieden auf Erden. st 1574
– Der futurologische Kongreß. st 534
– Das Katastrophenprinzip. st 999
– Lokaltermin. st 1455
– Robotermärchen. st 856
– Sterntagebücher. st 459
– Waffensysteme des 21. Jahrhunderts. st 998
Lenz, Hermann: Die Augen eines Dieners. st 348
Leutenegger: Ninive. st 685
Lezama Lima: Paradiso. st 1005
Lovecraft: Berge des Wahnsinns. st 1780
– Der Fall Charles Dexter Ward. st 1782
– Stadt ohne Namen. st 694
Mastretta: Mexikanischer Tango. st 1787
Mayer: Außenseiter. st 736
– Ein Deutscher auf Widerruf. Bd. 1. st 1500
– Ein Deutscher auf Widerruf. d. 2. st 1501
– Georg Büchner und seine Zeit. st 58
– Thomas Mann. st 1047
– Der Turm von Babel. st 2174
Mayröcker: Ausgewählte Gedichte. st 1302
Meyer, E. Y.: In Trubschachen. st 501
Miller: Am Anfang war Erziehung. st 951
Das Drama des begabten Kindes. st 950
– Du sollst nicht merken. st 952
Morshäuser: Die Berliner Simulation. st 1293
Moser: Grammatik der Gefühle. st 897
– Körpertherapeutische Phantasien. st 1896
– Lehrjahre auf der Couch. st 352
– Vorsicht Berührung. st 2144
Muschg: Albissers Grund. st 334
– Fremdkörper. st 964
– Im Sommer des Hasen. st 263
– Das Licht und der Schlüssel. st 1560

265/4/11.93

suhrkamp taschenbücher
Eine Auswahl

Museum der modernen Poesie. st 476

Neruda: Liebesbriefe an Albertina Rosa. st 829

Nizon: Im Bauch des Wals. st 1900

Nooteboom: In den niederländischen Bergen. st 2253

– Mokusei! Eine Liebesgeschichte. st 2209

O'Brien: Der dritte Polizist. st 1810

Onetti: So traurig wie sie. st 1601

Oz: Bericht zur Lage des Staates Israel. st 2192

– Black Box. st 1898

– Eine Frau erkennen. st 2206

– Der perfekte Frieden. st 1747

Paz: Essays. 2 Bde. st 1036

– Gedichte. st 1832

Penzoldt: Idolino. st 1961

Percy: Der Idiot des Südens. st 1531

Plenzdorf: Legende vom Glück ohne Ende. st 722

– Die neuen Leiden des jungen W. st 300

Poniatowska: Stark ist das Schweigen. st 1438

Praetorius: Reisebuch für den Menschenfeind. st 2203

Proust: Auf der Suche nach der verlorenen Zeit. 10 Bde. st

Puig: Der Kuß der Spinnenfrau. st 869

– Der schönste Tango der Welt. st 474

Ribeiro: Brasilien, Brasilien. st 1835

Rochefort: Zum Glück gehts dem Sommer entgegen. st 523

Rodoreda: Auf der Plaça del Diamant. st 977

Rothmann: Stier. st 2255

Rubinstein: Nichts zu verlieren und dennoch Angst. st 2230

Russell: Eroberung des Glücks. st 389

Sanzara: Das verlorene Kind. st 910

Semprún: Die große Reise. st 744

– Was für ein schöner Sonntag. st 972

Sloterdijk: Der Zauberbaum. st 1445

Späth: Stilles Gelände am See. st 2289

Sternberger: Drei Wurzeln der Politik. st 1032

Strugatzki / Strugatzki: Die häßlichen Schwäne. st 1275

– Eine Milliarde Jahre vor dem Weltuntergang. st 1338

Tendrjakow: Die Abrechnung. st 965

Unseld: Der Autor und sein Verleger. st 1204

– Begegnungen mit Hermann Hesse. st 218

Vargas Llosa: Der Geschichtenerzähler. st 1982

– Der Hauptmann und sein Frauenbataillon. st 959

– Der Krieg am Ende der Welt. st 1343

– Lob der Stiefmutter. st 2200

– Tante Julia und der Kunstschreiber. st 1520

265/5/11.93

suhrkamp taschenbücher
Eine Auswahl

Vargas Llosa: Wer hat Palomino Molero umgebracht? 1786

Walser, Martin: Die Anselm Kristlein Trilogie (Halbzeit, Das Einhorn, Der Sturz). st 684

– Brandung. st 1374

– Ehen in Philippsburg. st 1209

– Ein fliehendes Pferd. st 600

– Jagd. st 1785

– Jenseits der Liebe. st 525

– Liebeserklärungen. st 1259

– Lügengeschichten. st 1736

– Das Schwanenhaus. st 800

– Seelenarbeit. st 901

– Die Verteidigung der Kindheit. st 2252

Walser, Robert: Der Gehülfe. st 1110

– Geschwister Tanner. st 1109

– Jakob von Gunten. st 1111

– Der Räuber. st 1112

Watts: Der Lauf des Wassers. st 878

– Vom Geist des Zen. st 1288

Weber-Kellermann: Die deutsche Familie. st 185

Weiß, Ernst: Der Augenzeuge. st 797

Weiss, Peter: Das Duell. st 41

Winkler: Friedhof der bitteren Orangen. st 2171

Zeemann: Einübung in Katastrophen. st 565

Zweig: Brasilien. st 984

265/6/11.93